KB122802

시간과 공간의 결

— 문학 속 시간과 공간, 그리고 장소

시간과 공간의 결
— 문학 속 시간과 공간, 그리고 장소

1쇄 발행일 | 2022년 12월 15일

지은이 | 강민희
펴낸이 | 정화숙
펴낸곳 | 개미

출판등록 | 제313 – 2001 – 61호 1992. 2. 18
주소 | (04175) 서울시 마포구 마포대로 12, B-103호(마포동, 한신빌딩)
전화 | (02)704 – 2546
팩스 | (02)714 – 2365
E-mail | lily12140@hanmail.net

ISBN 979 – 11 – 90168 – 53 – 3 03800

값 15,000원

이 도서는 한국출판문화산업진흥원의 '2022년 중소출판사 출판콘텐츠 창작 지원 사업'의 일환으로 국민체육진흥기금을 지원받아 제작되었습니다.

시간과 공간의 결

— 문학 속 시간과 공간, 그리고 장소

강민희 평론집

개미

머리말

십여 년 전, 내 화법에는 시간성이 거의 드러나지 않는다는 사실을 알았다. 시간성이 부족한 탓에 이야기는 한결같이 두서없었다. 그러나 다정한 사람들은 그 혼란스러운 이야기를 무던히, 또 부단히 견뎌주었다. 덕분에 문학의 공간을 서성일 수 있었다. 길치라서 단 한 번도 계획대로 목적지에 닿지 못했는데 '오히려 좋아!' 정신으로 예상치 못한 문제를 발견할 수 있었다. 그러니까 이 책은 시간 개념이 없는 길치가 공간을 키워드로 문학을 읽어내려고 좌충우돌한 편력의 산물인 셈이다.

공간을 문학을 이해하는 키워드로 삼은 이유는 간단하다. 날로 복잡해지는 텍스트의 의미를 가늠하기 위한 단순한 구성틀이 필요했고, 공간 담론은 새로운 현실 인식에 관한 논의를 개진하는 방편일 수 있으며, 문학공간이야 말로 동시대성을 환기할 수 있는 장(場)이라고 생각했기 때문이다. 공간에의 천착이 인물과 사건을 중심으로 한 평론이 주류를 이루어왔던 경향을 극복하는 데에도 도움을 주리라는 기대감도 없지 않았다.

문학을 이해하는 키워드로 공간을 설정하고 나니 시간의 축도 마련해야 했다. 형태를 고민했지만, 결과는 소박하다 못해 범범하기까지 한 '어제', '오늘', '내일'이다.

첫 장인 「공간을 보는 눈」에서는 공간과 장소, 그리고 장소성을 중심으로 한 공간이론을 살피고자 했다. '절대 시간'이라는 단어에 부합하는 '절대 공간'에 대한 질문과 공간의 생산 과정, 장소와 장소성, 비장소와 장소상실을 이 장은 나름의 이론을 벼리고자 했던 시도라고 볼 수 있다.

두 번째 장인 「문학, 지난 시간과 공간을 기억하다」에는 여섯, 일곱 해를 밤낮없이 걸었던 대구의 골목과 '지금, 여기'에서도 여전히 유의미하고 실재하는 소설의 공간이 켜켜이 쌓여 있다. 이 장을 쓰는 동안 수업이 없는 날마다 밖으로 나갔고, 근대 건축물이 '대장 아파트'와 주차장을 짓기 위해 박살 나는 모습을 보았고, 빨간 스프레이로 쓴 글자를 무수히 마주했으며, '브로꾸' 담장이 허물어진 골목을 지나는 어르신을 만났다. 이 이야기는 이 책에는 미처 싣지 못했다.

세 번째 장인 「문학이 말하는 지금, 여기의 공간」은 편의점과 아파트를 공간으로 한 소설을 '지금'을 고민한 흔적이다. 편의점에 관한 글을 쓰는 동안 자주 가던 슈퍼마켓이 편의점으로 바뀌었고, '영끌족'을 양산할 정도로 올랐던 아파트값은 하락세로 들어섰다는 뉴스를 보았다. 자주 드나들고, 사는 곳의 민낯을 매일 확인하는 일은 쓰디썼지만, 무의미하지 않았다.

마지막 장인 「문학이 예언하는 내일의 풍경」에서는 오래된 미래와 미증유의 감염병이 만들어낸 오늘과 내일을 마주 보고자 했다.

소설과 공간, 때때로 시간. 단순한 틀이라고 생각했던 이 키워드는 감당할 수 없을 정도로 크고 넓으며 깊었다. 하지만 헛웃음이 날 정도로 단순한 논리로 어제, 오늘, 그리고 내일을 질주하는 동안 문학이, 소설이, 그리고 내가 발 딛고 있는 곳이 무엇인지, 또 무엇을, 왜 향하고 있는지를 용기 내어 질문할 수 있었다. 물론, 짧지 않은 시간에 걸쳐 쓴 글이 겨우 이 정도의 수준인데다 시론(試論)에 불과한 내용도 적지 않아 부끄러울 따름이다.

턱없이 짧고 거친 호흡으로 걸어왔지만 그래도 여기까지 오는 동안 많은 분의 도움을 받았다. 원근에서 나의 안녕과 정진을 빌어주는 가족, 느리고 게으르며 심약한 제자를 다독이시는 선생님들, "거친 생각과 불안한 눈빛"과 성격을 죄다 알면서도 나를 아껴주는 친구들, 가까운 곳에서 응원을 보내주시는 동료들, 언제나, 어디서나 함께 하시는 당신은 이 책을 펴내는 동안에도 나를 견뎌주셨다.

끝으로 부족한 글을 책으로 바꿔주시고자 여름과 가을 내내 고생하신 도서출판 개미의 식구들께 감사의 인사를 올린다.

2022년 겨울의 문턱

강민희

차례

Ⅲ 문학이 말하는 지금, 여기의 공간들

Ⅳ 문학이 예언하는 내일의 풍경

I
공간을 보는 눈

공간을 넘어 장소로

절대 공간은 가능한가?

시계로 시간의 흐름은 관측하는 'A', 멀리 떨어진 곳에서 'A'가 관측한 내용을 전달받기 위해 기다리는 'B', 다른 운동에 열중하는 'C'가 있다고 가정해 보자. 이들은 함께 있지만 'A'에게는 관측하다가 발견한 특정한 순간이, 'B'는 'A'가 자신에게 내용을 전할 때가, 'C'는 'A'가 자신의 운동을 정지시킨 시점이 유의미할 것이다. '의미'를 중심으로 두면 세 사람에게는 '절대 시간absolute time'이 아니라 상대적인 '고유 시간proper time'이 참이다. 그런데 '절대'와 '고유'는 시간에만 적용될까?

아이작 뉴턴은 『프린키피아』에서 절대 공간과 상대 공간이 무엇인지를 간명히 했다.

> 절대 공간이란 자신의 본성에 따라서 있으며, 외부의 어떠한 것과도 관계가 없고, 늘 똑같으며 움직이지 않는다. 상대 공간이란 어떤 움직이는 좌표이거나, 또는 절대 공간을 잰 것을 말한다. 물체에 대한 위치를 써서, 우리는 이 공간을 파악한다. 우리는 흔히 이것을 움직이지 않은 공간으로 여긴다. 이러한 예로는 땅속 공간, 공중 공간, 우주 공간을 들 수

있다. 이것은 모두 지구와의 상대적 위치에 따라서 결정된다. 절대 공간과 상대 공간은 생김새나 크기는 같다. 그러나 이들이 수치상으로 늘 같은 것은 아니다.

예를 들어서 지구가 움직이면, 공기가 차지하는 공간은 지구에 대한 상대적 관계로 보면 늘 똑같지만, 공기가 지나는 위치를 절대 공간에서 보면, 어느 때는 어떤 위치에 있다가, 시간이 지나면 그 공간의 다른 어떤 위치에 있게 된다. 그러니 엄밀하게 말하면 공기의 위치는 계속 바뀐다.[1)]

뉴턴은 "땅속 공간, 공중 공간, 우주 공간"처럼 "자신의 본성에 따라서 있으며, 외부의 어떠한 것과도 관계가 없고, 늘 똑같으며 움직이지 않는" 곳을 절대 공간으로, "어떤 움직임의 좌표이거나, 또는 절대적 공간을 잰 것을" 상대 공간으로 정의했다. 흥미롭게도 "절대 공간과 상대 공간은 생김새나 크기는 같다. 그러나 이들이 수치상으로 늘 같은 것은 아니"다. 지구와 공기의 비유처럼 "공기가 차지하는 공간은 지구에 대한 상대적 관계로 보면 늘 똑같지만, 공기가 지나는 위치를 절대 공간에서 보면" "공기의 위치는 계속 바뀐다." 그러니까 절대 공간과 상대 공간은 "생김새나 크기는 같"다 하더라도 "수치상으로 늘 같은 것은 아니"다.

그렇다면 자연스럽게 다음의 물음이 생긴다. 이 수치상의 차이는 무엇을 의미하고, 또 왜 발생하는가?

공간의 사전적 의미는 "어떤 물질 또는 물체가 존재할 수 있거나 어떤 일이 일어날 수 있는 곳"이다. 즉, 어떤 곳에 "어떤 물질 또는 물체가 존재"하거나 "어떤 일이 일어"나야만 공간은 의미를 획득할

1) 아이작 뉴턴, 이무현 역, 『프린키피아 제1권 물체들의 움직임』, ㈜교우, 2018, 8쪽.

수 있다. 누구도, 무엇도, 어떤 일도 없는 곳은 "공간은 죽은 것, 고정된 것, 비변증법적인 것, 정지된 것으로 간주"[2]될 뿐이다.

한편 우리의 일상에는 합리적이고 이성적인 실용 공간, 순수 체계pure system가 작용하는 신화 공간, 그리고 제3의 공간이 공존한다. 우리는 실용 공간에서 인간의 편의를 위한 기능을 누리며 산다. 더러는 인간의 사고나 삶, 행위와 밀접한 관련 없이 오로지 경제적 · 실용적 · 효율적 가치를 반영하는 공간이 교통신호나 상업광고판 같은 보충적인 기호의 도움으로 재의미화하는 모습을 보기도 한다. 혼합 체계라는 이름 아래 획일화와 불명료한 혼합 체계mixed system 안에서 공간은 각자의 방식으로 의미작용signification을 시도하지만 전달되지도, 이해되지도 못한다.

순수 체계가 작동하는 신화 공간은 일상에서 거의 휘발됐다. 하지만 최초의 공간이자 물리적 · 객관적 · 절대적 공간이라는 점에서 여전히 경외의 대상으로 자리한다. 쇼이Choay에 의하면 근대 이전의 공간 형태는 인간의 삶과 행위를 그대로 상징하는 형태였고, 우리의 선조들은 작은 우주를 표상하고 삶 자체를 그대로 반영한다. 그에 따르면 신화 공간의 의미작용은 서로 상응하는 관계에 있는 일련의 문화적 시스템과 상응한다. 그 공간에 거주하는 구성원들의 사회생활에 관한 모든 양상을 포괄한다. 그러나 전술한 바와 같이 일상에서 순수 체계에 기반한 신화 공간은 관혼상제나 제례, 또는 금기를 위반할 때 일시적으로 재생되었다가 사라질 뿐이다.

에드워드 소자Edward Soja가 주목했던 제3의 공간은 상대적 공간이자, 인간의 다양한 삶의 의미가 교차하는 과정에서 끊임없이 사회

---

2) Michel Foucault, trans. by Colin Gordon, *Questions on Geography, Space, Knowledge and Power*, Routledge, 2007, p.70.

적으로 재구성되고 확장되는 제3의 공간이라고 볼 수 있다. 제3의 공간에서의 주체는 담론으로 개념화한 공간을 그대로 수용하기보다, 비판하고 전용하며 재구성하는 다양한 주체의 모습으로 나타난다.[3)]

공간은 어떻게 생산되는가?

데이비드 하비David Harvey는 "항상 사회의 변화와 모던화, 그리고 (기술적 · 사회적 · 정치적) 혁명의 과정에 초점을 맞추어 왔기에"[4)] 공간과 장소에서의 '존재' 보다는 시간을 통한 '생성' 의 과정을 강조하는 경향을 보일 수밖에 없었다고 이야기한다. 그러나 이러한 경향은 르페브르Henri Lefebvre에 의해 변화한다. 공간에 대한 지배가 일상생활은 물론 근본적인 사회적 권력의 원천이라는 그의 사고는 『공간의 생산The Production of Space』을 통해 이해할 수 있다. 그는 이 책에서 현대사회의 공간은 자본논리에 의해 지배와 억압이 작동하지만, 저항과 해방 또한 가능한 대상이라고 주장하면서 공간의 생산을 '공간적 실천spatial practice', '공간의 재현representation of space' 그리고 '재현된 공간representational space' 이라는 계기들moments의 변증법적 작용이라고 적었다.[5)]

먼저 '공간적 실천' 은 지각된 공간으로, 일상의 반복을 통해 공간

3) 김영순 외, 『문화기호학과 공간스토리텔링』, 북코리아, 2016, 57쪽.
4) 데이비드 하비, 구동회 · 박영민 역, 『포스트모더니티의 조건』, 한울아카데미, 2005, 254쪽.
5) 박영민 · 김남주, 「르페브르의 공간변증법」, 국토연구원 편, 『공간이론의 사상가들』, 한울, 2001.; 강현수, 『도시의 주인은 누구인가—도시에 관한 권리』, 책세상문고, 2021.; 앙리 르페브르, 양영란 역, 『공간의 생산』, 에코리브르, 2011.

을 형성하고 전유專有하는 공간이다. 교환가치로 값이 매겨진 공간에서 자본(주의적) 방식에 따라 반복된 삶을 살아가는 우리의 일상을 복기하면 '공간적 실천'을 한결 수월하게 이해할 수 있다. 그런데 이 '공간적 실천'은 지배질서를 재생산하는 동시에 새로운 방식의 공간적 실천이라는 저항의 계기를 제시하기도 한다.

다음으로 '공간의 재현'은 인지된 공간으로서 이론적 담론에 따라 규정된 공간을 뜻한다. 아파트 재건축을 바라보는 이론가와 도시계획가, 활동가, 거주자의 입장은 같지 않을 것이다. 이들은 같은 아파트를 각자의 방식으로 인지하고 개념화기 때문이며, 이 인지의 저변에는 지배적 지식, 담론, 제도가 작동하는데 이러한 공간 재현의 지배적인 이데올로기는 사회적 공간social space을 장악하고 획일화한다. 그러나 현실에서는 지배권력의 의도대로만 공간이 (재)생산되는 것은 아니다. 이 지점에서 차이 공간differential space을 생산하는 해방적 실천이 구현될 수 있다.

끝으로 다양한 심상과 상징을 통해 고유하게 체험되는 '재현된 공간'이다. 우리는 물리적 공간에 문학, 예술, 철학과 같은 정신적 · 체험적 상상력을 더해 상징적 의미를 부여한다. 이러한 공간적 상상력이 발현하는 재현 공간을 통해 진부한 일상과 규범적 지배코드에 맞서 생기 넘치는 대항 공간의 실험이 시도된다.

르페브르는 이러한 계기들이 상호 흡수, 제한, 대립하는 변증법적 과정을 통해 공간이 생산, 재생산된다고 했다. 그런데 이 삼각변증법은 공간생산의 모순과 갈등이 발생하는 지점을 드러냄으로써 새로운 가능성을 발견할 수 있도록 한다. 그리고 이때 생성되는 '차이'는 공간의 추상성과 동질화에 대한 저항을 뜻한다.[6] 따라서 차이 공간의 생산은 "기존 공간의 억압과 모순을 비판적으로 뚫고 나와 새로운 생산양식으로 새로운 공간을 창출하려는 비판적 시도"[7]이자 "공간을 파편화, 균질화, 계층화하는 자본권력에 맞서 차이의 권리를 확보하기 위한 투쟁"[8]이라고 할 수 있다.

인간적인 장소가 될 수 없는 공간의 이름, 비장소와 장소상실

웨버Melvin M. Webber는 제2차 세계대전 이후 서구 도시들에서 관찰되는 양상을 바탕으로 '비장소적인 도시 영역the nonplace urban realm'이라는 개념을 제안했다. 그는 "도시와 도시 생활의 본질은 장소가 아니라 상호작용"[9]이라고 주장하면서 사람들 사이의 커뮤니케이션 기술이 발달하면서 도시 생활의 바탕인 장소 개념이 변화했다고 보았다.

웨버의 논의를 계승한 것으로 여겨지는 마르크 오제는 특정한 공간의 이용자 사이에 생겨나는 관계의 부재, 역사성의 부재, 고유한 정체성의 부재 등의 특징을 지니는 공항이나 대형쇼핑몰, 멀티플렉스 영화관과 같은 장소들을 '인간적인 장소'가 될 수 없는 공간으로 규정하고, 이들을 '비장소non-place'라 부르자고 제안했다. 이들 비장소에서 우리는 "개인과 공적 기구 사이의 비인간적 매개물—오직 표지나 화면으로 이루어진—에 개별적으로 결합되는 고립을 경험"

---

6) 앙리 르페브르, 양영란 역, 『공간의 생산』, 에코리브르, 2011, 528~530쪽.

7) 배지현, 「교육과정 연구에서 르페브르의 공간생산론의 활용 가능성 탐색」, 한국교육과정학회, 『교육과정연구』, 2014, 48쪽.

8) 강현수, 『도시의 주인은 누구인가—도시에 관한 권리』, 책세상문고, 2021, 35쪽.

9) Webber, Melvin M., "The Urban Place and the Nonplace Urban Realm." M. Webber et al., *Explorations into Urban Structure*, University of Pennsylvania Press, 1964, p.147.

하게 된다.[10] 가령 대형쇼핑몰에서 우리는 상품 결제를 위한 신용카드, 운반용 카트 등의 명시적 기호를 마주하면서 비장소의 특성이 투영된 '고객' 이라는 일시적인 정체성을 부여받는다. 대형쇼핑몰을 이용하는 동안은 일시적인 기존의 정체성을 상실하는 데서 비롯된 수동적 즐거움과 비장소에서의 새로운 역할 수행에 기인하는 더 능동적인 즐거움을 누리게 된다. 그러나 비장소는 이용자에게 본질적이고 장기적인 즐거움을 선사하지 못한다. 이곳이 '고객' 에게 부여한 익명성이 '나' 의 유일무이함을 증명할 관계, 역사성, 고유한 정체성을 일시적이나마 앗아가기 때문이다.[11]

비장소는 렐프가 제안한 '무장소성' 혹은 '장소 상실' 개념에서도 예견되었다. 그는 산업화로 인해 점차 획일적으로 변해가는 경관에 대한 분석을 바탕으로, 집단이나 공동체의 전통적인 장소 정체성과 분리된 '장소에 대해 진정하지 못한 태도' 가 등장하였다고 주장한다. 그에 따르면 장소에 대해 진정하지 못한 태도는 "효율 추구를 목적으로 계획된 객관주의적 기술技術에 대한 신뢰로부터 나온 것으로"[12], 대중매체에 의해 더욱 강화되어 전파된다. 이 같은 태도의 만연으로 만들어진 '무장소성' 은 "의미 있는 장소를 가지지 못한 환경과, 장소가 가진 의미를 인정하지 않는 잠재적인 태도 양자를 함께 기술하는 말"[13]로서 다양성을 획일성으로, 경험적 질서를 개념적 질

---

10) Marc Augé, trans. by J. Howe, *Non-Places: Introduction to an Anthropology of Supermodernity*, Verso, 1995, p.117.

11) 역사성과 함께 논의할 수 있는 키워드는 현재성(actuality)이다. 공간이 시간에 포획된 것처럼 "지금, 이 순간"만 지속하는 비장소에서 이용자들은 친숙하면서도 유명한 보편성을 지니는 우주관이 만들어내는 이미지에 들리씌인다. 이는 새로운 우주관에 어울리는 인지효과를 생성하여 익명성을 통한 편안함을 느끼게 된다.

12) 에드워드 렐프, 김덕현 외 역, 『장소와 장소상실』, 논형, 2005, 183쪽.

13) ________, 위의 책, 290쪽.

서로 바꾸어 버리는 특징을 지니게 된다.[14)]

공간을 넘어 장소로

인문학과 사회과학의 장소는 공간의 범주를 훌쩍 뛰어넘는다. 장소는 인간의 경험 혹은 생활세계와 밀접한 관계를 맺고 있는 특정한 물리적 지점, 즉 "사람들이 그 형상과 의미를 결정하는, 사회적 실천의 산물"을 이르기 때문이다.[15)] 장소와 공간은 어떤 관계일까?

드 세르토Michel De Certeau는 분명한 위치를 지닌 채 안정적인 성격을 지니는 장소와 달리, 공간은 속도와 시간, 방향 등 다양한 변수들을 함께 고려할 것을 제안한다. 똑같은 지점에 서로 다른 둘 이상의 사물이나 사람이 놓일 가능성을 배제하는 고유의 법칙the law of the proper'[16)]이 지배력을 발휘하고, 공간을 "실천된 장소practiced place"[17)]로 인식하는 그의 주장은 '장소의 고정성'과 '공간의 유동성'을 환기하는 한편, 공간의 유동성과 인간의 실천 사이의 역동적인 관계에 초점을 맞추어 실천을 통한 장소의 공간으로의 변이에 주목했다는 점에서 흥미를 자아낸다.

투안Yi-Fu Tuan에 따르면, 공간과 장소는 공통의 경험을 나타내는 친숙한 단어들이지만 공간은 장소보다 더 추상적인 성격을 지닌다.

---

14) 물론 오제의 비장소와 렐프의 장소상실 혹은 무장소성은 같지 않다. 왜냐하면 비장소는 '장소가 없는 곳'이 아니라, '전통적인(인간적인) 장소가 아닌 곳'이기 때문이다.

15) Mahyar Arefi, "Non-place and Placelessness as Narratives of Loss: Rethinking the Notion of Place." *Journal of Urban Design* 4(2), 1999, p.179.

16) Michel De Certeau, *Practice of Everyday Life*, University of California Press, 1984, p.117.

17) ______________, op.cit., p.117.

특수화되지 않은 (추상적인) 공간에서 출발하여, 우리가 공간을 더 잘 알게 되고 그 공간에 가치를 부여하게 됨에 따라 공간은 장소가 된다[18]고 말했다. 그리고 대상 또는 장소에 대한 인간의 경험이 총체적인 생활 속에서 모든 감각을 통해서 이루어질 때, 대상과 장소가 구체적인 현실성을 획득하므로 장소를 추상이나 개념이 아니라 생활세계the lived world가 직접 경험되는 현상의 측면에서 이해해야 한다고 주장하기도 했다.

같은 맥락에서 스틸Steele은 "장소라는 단어는 물리적인 위치, 심리적 상태, 사회적 지위, 심리적인 위치, 평가의 기준 등을 의미한다"[19]고 적었고, 루커만Lukermann은 "위치, 자연과 문화적 요소의 통합, 역사 · 문화적 변화, 인간 행위에 의한 의미 등이 장소의 요소"라고 말했다.[20] 메이May도 "우리가 어떤 주어진 환경을 경험하고 그것을 독특한 실재라고 구분하여 생각하게 되는 지각적 측면에서의 통일성을 갖춘 공간이 장소"라고 지적하면서 장소에 대한 경험과 지각의 국면이 중요함을 환기했다.[21] 에드워드 렐프Edward Relph 역시 하이데어의 주장을 인용하여 "인간의 질서와 자연의 질서가 융합된 것이자, 우리가 세계를 직접적으로 경험하는 의미 깊은 중심"[22]이 장소라고 말했다.

장소는 물리적 · 활동적 · 상징적 국면의 복합개념이기도 하다. 이

---

18) Yi-Fu Tuan, *Space and Place: The Perspective of Experience*, The University of Minnesota Press, 1977, p.6.

19) Fritz Steele, *The Sense of Place*, CBI Publishing Company, 1981, p.5.

20) F. Lukermann, "Geography at a formal intellectual discipline and the way in which it contributes to human knowledge." *Canadian Geography* 8(4), 1964, p.28.

21) 서울大學校 地理學科, 『地理學論叢: 別號』 56, 서울大學校社會科學大學地理學科, 2004, p.14. 재인용.

22) 에드워드 렐프, 김덕현 외 역, 『장소와 장소상실』, 논형, 2005, 287쪽.

석환과 황기원의 말처럼 "장소의 측면에서 장소란 어떤 사건이 발생하는 물리적으로 한정된 공간이며, 인간의 측면에서는 울타리 내부로서의 환경, 지각 · 실존 공간, 상대적 위치 및 시간, 경관 등에 의해 총체적으로 설명되는 중층 결정적 성격을 지니고 있다."[23] 어정연과 여홍구도 장소는 물리적 실체와 인간 행위의 결합물이며, 상징적 대상이라는 데 의견을 보탰다. 논자마다 표현은 다르지만, 장소는 "의미", "경험과 지각", "인간과의 관계", "물리적 · 활동적 · 상징적 맥락"과 같은 요소를 기반으로 인간과 공간의 관계를 통해 맥락화하고, 이렇게 형성된 맥락이 장소성의 근간이 된다.[24]

그러나 모든 공간이 장소성placeness을 획득하는 것은 아니다. 공간에서의 경험과 충분한 이해를 쌓아 관계성이 형성될 때 비로소 공간은 고유성을 획득하여 장소로 인식될 수 있다. "우리의 태도 · 경험 · 의도라는 렌즈를 통해서, 우리만의 고유한 환경으로부터 장소와 경관을 바라"본다는 말은 공간이 장소로 인식되는 과정을 효과적으로 보여준다. 이는 같은 곳이라도 개인마다 장소성을 형성할 수 있고, 이들이 병존할 수 있다는 가정을 뒷받침한다.

그렇다면 비교적 오랜 세월에 걸쳐 여러 사람에게 장소로 인식되었음에도 거의 단일한 장소성을 갖는 곳, 경제논리에 따라 거의 단일한 장소성이 선택된 특화거리와 같은 사례는 어떻게 바라보아야 할까? 이 지점이—공간이건 장소이건—"상품화되고, 소비의 대상으로 여겨지며, 광고와 판매의 대상"[25]으로 선택되면서 다양한 실천이

23) 이석환 · 황기원, 「장소와 장소성의 다의적 개념에 관한 연구」, 대한국토 · 도시계획학회, 『국토계획』 32(5), 1997, 181쪽.

24) 어정연 · 여홍구, 「장소개념에서의 장소가치에 대한 논의」, 대한국토 · 도시계획학회, 『국토계획』 45(2), 2011, 21~34쪽.

25) 강민희, 「문화자원으로서의 '길'이 갖는 의미와 가치-대구시 '북성로'를 중심으로」, 한국문예창작학회, 『한국문예창작』 16(3), 2017, 120쪽.

소거되는 현상을 복기하면서 근본적인 차원에서는 장소성을 생성하는 방식과 그 구조에 대한 고민이 부족함을 반성해야 하지 않을까?

장소의 기억, 지역의 이야기가 되다

공간 스토리텔링의 개념과 과정

20여 년 전부터 학문적 영역이나 언론 매체 등에서 스토리텔링 Storytelling이라는 용어를 자주 듣게 마주하게 되었다. 오랫동안 들으면서 익숙해진 탓인지 이제는 스토리텔링이 그 뜻을 알건 모르건 낯설게 느껴지지 않을 정도로 대중화하였고, 소설, 애니메이션, 영화, 드라마는 물론, 마케팅과 관광, 공간, 자기계발에 이르기까지 이 단어와 연결돼 있는 것처럼 보인다.

스토리텔링은 '이야기'를 뜻하는 'story'와 '말하다'는 'telling'이 결합한 단어로 '이야기하기'로 해석되곤 한다. 그러나 우리말로 번역하지 않아도 의미를 간파할 수 있기 때문에 '이야기하기'보다 스토리텔링을 두루 쓰고 있다.

스토리텔링은 2000년대 이후 크게 주목받는 대표적인 융·복합 학문이다. 국내에는 주로 문화콘텐츠 연구자들에 의해 소개되어 문화산업의 핵심 전략으로 알려져 있지만, 스토리텔링의 영역은 이보다 훨씬 더 광범위하다. 때로는 "경영과 홍보, 마케팅, 교육, 치료, 문화의 엄청난 관행들", "통제 및 규제 기법들에 걸쳐 있는 다형적이고 노마드적인 개념"[1)]으로 대안적 개념으로 여겨지기도 한다. 이렇게 볼 때 스토리텔링은 이질적인 분야의 "단순 융합이나 컨버전스가 아니라 여러 학문들을 두루 통합할 수 있는 근본 원리"로서의 "통섭적인 면모를 지니고 있다"[2]고 말할 수 있다. 한국의 학계와 현장에서 지칭하는 '스토리텔링'이란 미디어 및 기술의 발달과 적용, 문화콘텐츠 개념의 대두와 글로벌 마켓의 확장, 창조 사회로의 이행 등 사회문화적 패러다임의 전환과 함께 나타났다.

왜 스토리텔링이 강조되는 것일까? 이는 전 세계가 물질적인 재화보다 창조적인 지식과 콘텐츠에 더욱 가치를 부여하는 '창조적 사회Creative society'로 산업 체제를 전환된다는 리차드 플로리다의 지적과 무관하지 않다.[3] 실제로 EU의 신 리스본 전략, 영국의 창조산업 선언, 일본의 「콘텐츠 진흥법」 제정 등은 창조적 사회의 이행을 위한 움직임이라고 할 수 있다. 이러한 상황에서 스토리텔링이 엔터테인먼트 분야는 물론, 다양한 콘텐츠의 창조성을 강조할 수 있다는 의견이 제시되면서 자연스럽게 스토리텔링의 역량을 강조하는 분위기가 조성되었다. 심지어 사실적 정보 전달의 영역에 속하던 에듀테인먼트, 인포메이션 콘텐츠 영역까지도.

우리나라에서는 2000년대에 접어들면서 스토리텔링에 대한 대중의 수요와 학계의 관심이 폭발적으로 증가했다. 이러한 관심은 인터넷 공간의 확장과 디지털 기술의 급속한 발전에서 그 이유를 찾아볼 수 있다. 영상 세대의 전면화, 감성 문화의 확장, 상호작용성이 특화된 전자공간의 점증, 사용자의 참여에 의해 구축되는 증강현실이 일

1) 크리스티앙 살몽, 류은영 역, 『스토리텔링: 이야기를 만들어 정신을 포맷하는 장치』, 현실문화, 2010, 11쪽.

2) 최혜실, 「문학교육에서 바라본 문학의 힘: 문학, 문화산업, 문학교육의 연결고리로서의 스토리텔링」, 한국문학교육학회, 『문학교육학』 29, 263~264쪽.

3) 리처드 플로리다, 이원호 외 역, 『도시와 창조 계급』, 푸른길, 2008.

상화하면서 스토리텔링은 미디어콘텐츠, 혹은 문화콘텐츠 전 분야의 기획 · 제작(창작) 과정에 유의미한 방법론으로 세분하였다.

스토리텔링과 의미의 확장

서사를 스토리와 담화의 두 층위로 나누고 서사 텍스트가 '무엇을 이야기하는가?'와 '어떻게 이야기하는가?'에 집중하던 구조주의 서사학의 이원론적 체계는 서사를 정적이고 완결성 있는 구조로 파악하는 관점을 반영한다. 즉 사건에 대한 진술이 지배적인 담화 양식으로, 스토리, 담화, 이야기가 담화로 변하는 과정 세 가지를 포괄한다.[4)]

스토리텔링은 서사를 스토리, 텍스트, 서술이라는 세 층위로 파악하면서, 스토리를 만들어내는 이야기하기 행위의 역동성에 주의를 환기한다.[5)] 또한 독서 과정을 통해 이루어지는 능동적 의미 생성작용을 중요하게 다루면서 소통의 상호성에 관심을 기울인다. 특히 스토리텔링의 현장성과 상호작용성은 텍스트의 구조나 서사의 체계보다 근본적이고 포괄적인 차원으로 이행한다. 따라서 스토리텔링의 청자는 스토리를 구성하고 이끌어가는 데 직접 참여할 뿐 아니라,

---

4) 사건에 대한 진술이 지배적인 담화 양식으로, 스토리, 담화, 이야기가 담화로 변하는 과정 세 가지를 포괄한다. 고욱 외, 『디지털스토리텔링』, 황금가지, 2003, 13쪽.

5) 주네트, 미케 발, 리몬케넌 등이 제시한 삼원론적 서사구조론은 서사적 담화의 영역 안에 포함되어 다루어지던 서술의 차원을 따로 조명하여 부각시킴으로써 서사화 행위의 역동적 과정에 관심을 기울이게 한다. 특히 주네트는 "서술하는 행위 없이는 서사적 진술이란 있을 수 없고 때로는 서술된 내용까지도 있을 수 없다"고 말하면서 서사가 "말하는 행위에 의해 생산된다"는 점을 명확히 했는데, 이는 서사에서 스토리텔링으로 나아가는 움직임을 미리 예고한 것으로도 볼 수 있다. 박진, 『서사학과 텍스트 이론』, 랜덤하우스, 2005, 95쪽.; Gérard Genette, trans. by Jane E. Lewin, *Narrative Discourse*, Cornell University Press, 1983, p.26.

이야기를 듣고 난 뒤 들은 이야기를 변형하고 재구성하여 다른 청자에게 다시 이야기하는 화자의 자리에 서기도 한다.

왜 이러한 변화가 일어난 것일까? 우선 디지털 시대의 구술성Orality이 문자문화에 토대를 둔 서사 텍스트의 의사소통 구조를 뒤바꿔놓은 상황을 고려할 수 있다. 문학에서 서사로의 관심의 이동은 그 자체로 매체적 확장과 장르적 개방성을 내포하지만, 기존의 서사 이론은 여전히 문자 텍스트를 논의의 주요 대상으로 삼거나 텍스트의 미적 완결성과 개인적 저자의 창조성이라는 문자문화 시대의 패러다임을 완전히 탈피하지는 못했다.[6] 그런데 탈脫인쇄 매체인 컴퓨터가 '탈 구텐베르크 시대'의 필수 도구로 자리 잡게 되면서, 인터넷에서의 이야기 공유 방식이 다시 구술적인 이야기 전달방식을 상기시키게 된 것이다.[7] 스토리텔링에 대한 관심은 문자문화 시대에 축소되고 주변적으로 밀려났던 구술적 특성이 탈문자문화적인 디지털 시대에 이르러 강력하게 귀환하는 현상과 불가분의 관계일지도 모른다.

스토리텔링의 또 다른 등장 배경에는 권위적이고 지배적인 담론을 해체하는 탈근대 담론들의 흐름이 자리하고 있다. 내러티브적 지식Sovoir narratif이 과학적 지식을 대체하고 이질적인 작은 이야기들Petit recit의 놀이가 거대서사의 정당화 담론이 붕괴된 자리를 점유하는 양상은 탈근대 사회의 조건이자[8] 스토리텔링 시대의 조건이라

---

6) 영상 매체를 중심으로 하면서도 서사의 미학적 설계와 내포저자의 의도를 중시하는 채트먼의 서사 이론이 여기에 해당된다. Seymour Chatman, *Story and Discourse: Narrative Structure in Fiction and Film*, Cornell University Press, 1978, p.17, p.26.; Seymour Chatman, *Coming to Terms : The Rhetoric of Narrative in Fiction and Film*, Cornell University Press, 1990, p.203.

7) 류현주, 「디지털 스토리텔링 시대의 내러티브」, 현대문학이론학회, 『현대문학이론연구』 24, 2005, 128쪽.

할 수 있다. 스토리텔링 시대는 권위적 전문가에 의해 전달되는 억압적 담론이 아니라 무수한 개인들의 "삶에서 상연된 이야기들 Enacted stories"이 활력을 얻고, 자기 목소리를 지니지 못했던 다수의 주체들이 "자기 자신의 이야기를 말하는 능력"을 복원하는 시대이다.[9] 인터넷 상에서 저자와 독자가 따로 없는 '독서-글쓰기 연속체'[10]가 생성되는 양상, 학습자 중심의 상호적이고 참여적인 교육으로 변화하는 양상 등은 모두 이런 맥락과 무관하지 않다. 그리고 이러한 변화를 이끌어가는 주요 동력으로 스토리텔링이 부각되고 있다.

스토리텔링은 "이야기를 만들어 대중을 사로잡고자 하는 정치, 경제, 경영, 마케팅, 문화산업의 효과적인 감성 유혹 장치"이기도 하다.[11] 그러나 스토리텔링시대의 긍정적 가능성만을 예찬할 수는 없다. 감정자본주의의 상업적 전략과 디지털 권력의 대중조작에 스스로를 내어주는 결과를 초래할 가능성이 있기 때문이다. 따라서 스토리텔링은 해방적 잠재력과 디지털 자본의 교묘한 술책이 공존하고 세력과 반세력이 충돌하는 모순적 장이기도 하다.

그런데 공간의 스토리텔링은 어떤 절차를 거쳐 만들어지는 것일까? 이 질문은 텅 빈, 내용이 없는 '공간'을 어떻게 장소로 만들어낼 것인가는 질문에 대한 답이기도 하다.

인간은 공간을 체험하고, 기억하며, 공간 속에서 새로운 이야기를 만들어내거나 전달하는 호모 나란스homo narrans적 특성을 지닌다.

---

8) 장-프랑수아 리오타르, 이현복 역, 『포스트모던적 조건』, 서광사, 1979, 13~15쪽, 26~28쪽, 69쪽, 133쪽.

9) 아서 프랭크, 최은경 역, 『몸의 증언: 상처입은 스토리텔러를 통해 생각하는 질병의 윤리학』, 갈무리, 2013, 48쪽, 228쪽.

10) 피에르 레비, 권수경 역, 『집단지성』, 문학과지성사, 2002, 146쪽.

11) 류은영, 「담화의 논리: 구술에서 디지털 스토리텔링까지」, 한국외국대학교 외국문학연구소, 『외국문학연구』 39, 2010, 86쪽.

더 구체적으로 말하자면 공간 없이는 이야기가 생겨날 수 없고, 어떠한 공간 속에서의 체험이 곧 이야기를 추동한다는 것이다.

이때 스토리텔링은 공간과 인간 사이의 이야기를 연결하는 매개체이자, 이야기의 생성을 촉진하는 촉매재와 같은 역할을 하게 된다. 즉, 공간을 인간의 의미로 전환하고 장소화하기 위해서는 스토리텔링이 필요하다. 스토리텔링은 김영순의 지적처럼 "부유하는 공간을 인간의 인식 속에 가두어 기억의 재생장소로 치환시킬 수 있다."[12)]

일반적으로 공간 스토리텔링을 공간 생산자가 공간을 통해 이야기하는 것으로 이해할 수 있다. 그러나 이는 공간을 기획하는 단계에 치중한 결과다. 왜냐하면 공간 스토리텔링은 공간에 향유자가 개입하지 않으면 완성될 수 없기 때문이다. 공간의 향유자는 공간 속에서 기획자 또는 건축가가 제공한 내용물을 체험하면서 공간에 대해 알아가고, 친숙해지며, 그 공간에 의미를 부여하게 된다. 따라서 공간 스토리텔링은 기획자나 계획자, 건축가 등의 생산자의 시각에서 공간을 기획할 때 적용되는 것이자, 향유자가 생산자가 마련한 공간을 읽고 해석하는 과정이라고 층위를 나누어 이해해야 할 것이다. 이에 더하여 공간이 시간의 흐름 속에서 자연스럽게 형성되어 온 곳을 공간으로 삼을 때에는 그곳에서 살고, 일하는 이들의 이야기까지를 포함해야 할 것이다. 흥미로운 사실은 두 가지 공간 스토리텔링은 명확히 구분되지 않고 서로 맞물려 작용한다는 점이다. 도시공간의 경우 공간기획자가 향유자의 요구needs를 읽고 그에 부합하는 공간을 재개발하거나, 누군가의 삶의 터전인 공간에 새로운 이

---

12) 김영순, 「공간 텍스트의 사회문화적 재구성과 공간 스토리텔링」, 인문콘텐츠학회, 『인문콘텐츠』 19, 2010, 36쪽.

야기를 부여하는 것, 그리고 일정한 의도를 갖고 기획 · 조성하는 경우도 공간 스토리텔링의 의의가 있다.

공간 스토리텔링의 과정과 요소들

공간사회학the sociology of space은 인간과 그 사회가 점유하고 이용하는 공간 간의 관계에 초점을 둔다. 이러한 공간사회학은 공간적 변환의 사회적 원인에 주목하는 '공간에 대한 사회학'과 공간이 지니는 사회적 권력, 영향력을 포착하는 '공간의 사회학'으로 진척, 발전되어 있다. 이러한 공간사회학적 관점에서 볼 때, 특정 장소를 이해하는 것은 무엇보다 중요한데, 그 중심에는 공간 스토리텔링이 있다.

'도시재생'이나 '원도심 재생'과 관련하여 획일화한 현대 도시 공간은 스토리텔링의 도입을 필요로 한다. 이는 급격한 산업화로 인해 현대 도시공간의 획일화, 장소의 의미성 부재, 인간과 인간 사이의 소통의 부재를 야기하였기 때문이다. 그래서 도시 공간의 복원 측면에서 공간 스토리텔링을 통해 공간의 소비자를 공간의 향유자로 변화시키는데 주력하고 있다. 이는 장소 파악을 통해 흩어져 있는 변화무쌍한 현상들이 특정한 장소이미지place image로 모이게 되면, 투안의 말처럼 장소정체성place identity을 살릴 수 있고 이를 통해 공간 스토리텔링을 더 효과적으로 활용할 수 있다.

공간 스토리텔링의 과정은 생산자와 향유자의 관점에서 살펴볼 수 있다. 첫 번째 과정에서는 공간의 생산자적 관점에서 공간의 맥락을 분석하고, 이를 바탕으로 공간의 본질적인 장소성을 도출한다.

이때 스토리텔링의 대상의 역사, 유무형의 자원, 때로는 그곳에 깃든 사람들의 이야기에 이르기까지를 두루 살펴 공간의 맥락을 파악하게 된다. 이를 위해서 우선 공간의 질quality과 결texture을 파악해야 한다.[13] 이는 공간의 지형과 풍광, 자연생태의 관찰, 현상학적 관찰, 인터뷰나 참여관찰, 문헌조사 등을 통해 발견할 수 있다. 여기서 공간의 질은 주어진 사건의 종합적 의미, 특징, 전체성을, 공간의 결은 질을 구성하는 관계나 세부적인 조직으로 이해할 수 있다. 이 단계는 적지 않은 시간과 공력이 요구됨에도 구체적이고 가시적인 결과물을 도출할 수도 있고 그렇지 않을 수도 있다.

그러나 공간에 깃든 다양한 역사적 · 지형적 특성, 인간의 행위적 특성을 관찰하고 수집하며 분석함으로써 도시 연속체의 맥락을 파악하고, 공간을 있는 그대로 바라볼 수 있는 여지를 마련할 수 있다. 그리고 이를 통해서 공간의 본질에 기반한 장소성을 도출할 수 있다.

두 번째 과정에서는 도출된 장소성을 토대로 콘셉트와 테마를 부여한다. 이는 장소의 정체성을 또렷이 하고, 공간의 정주자나 향유자가 장소성을 체험할 수 있는 발판을 마련해주는 역할을 한다. 따라서 공간의 맥락을 분석하여 도출된 장소성을 바탕으로 콘셉트와 테마를 구체화하고, 이를 기반으로 알맞은 이야기를 발굴하거나 구성하는 일은 공간 스토리텔링의 핵심적인 단계라고 보아도 큰 무리가 없을 터다.

그렇다면 어떤 이야기가 공간에 부여될까? 공간에 부여되는 이야기는 원래 공간에 존재하는 이야기, 미디어를 통해 만들어진 가상의

---

13) 이동언, 「맥락주의를 건축이론화 하기 위한 시도(1)」, 한국건축역사학회, 『건축역사연구』 8(2), 1999, 110~112쪽.

이야기, 새로운 공간을 위한 새로운 이야기의 도입 등을 들 수 있다. 이와 같은 이야기 유형은 공간의 개발이나 기획의 목적에 따라 취택할 수 있고, 기존의 장소성과 연결되어 새로운 의미를 형성할 수 있어야 한다.

세 번째 과정에서는 공간의 생산자적 관점으로 이야기를 기반으로 공간을 구성한다. 공간 스토리텔링은 공간과 인간의 소통, 인간의 의미작용을 목적으로 하기 때문에 반드시 새로운 공간을 만들어야 하는 것은 아니다. 하지만 그 기존에 형성된 공간에 어떤 이야기를 어떻게, 왜 투영하고자 하는지를 고민해야 할 터다.

공간 스토리텔링은 역사성, 현장성, 상호작용성으로 구성된다. 지역의 새로운 이미지를 드러내고 숨겨진 장소나 생산물을 상품화하는 장소마케팅은 스토리텔링에서의 현장성에 초점을 맞춘다. 그러나 공간 스토리텔링은 장소마케팅과 달리 상호작용성과 역사성이 뒷받침되기 때문에 선별되지 않은 진정한 장소성, 객관적 고유성에 대한 접근도 가능하다. 따라서 스토리텔링은 장소마케팅의 취약점인 장소형성을 보완할 수 있는 요소를 함축하고 있다고 할 수 있고, 장소성을 마련하려는 시도로서 스토리텔링 전략의 가능성을 발견할 수 있다.

한편 공간 스토리 중에는 직접적으로 이야기되면서 지역의 관광상품으로 부각되는 것도 있고, 지역주민의 일상생활에 녹아있는 역사 속 수많은 이야기들과 주민들의 생활 그 자체로서의 스토리가 있다. 그러나 기존의 스토리텔링 전략들은 일상문화로서의 스토리보다는 상업적 가치가 높은 스토리에 국한되는 경향도 적지 않다. 이를 극복하려면 관광상품으로 드러나는 스토리 이면에 존재하는 주민들의 이야기에 접근할 수 있어야 한다. 이 접근성은 공간 스토리텔링에 내재된 켜를 찬찬히 살피며 높일 수 있다.

우리는 여러 공간을 만나고, 나와 '코드'가 맞는 곳에 머물며 깃든 이야기를 누리면서 일정한 관계를 형성하고, 새로운 이야기를 만들며 살아간다. 이 때문에 우리의 삶은 여러 공간에서 다양한 이야기를 만들어 가는 것이라고 해도 과언이 아닐 것이다. 그러나 공간은 스스로 자신을 드러내어 이야기를 전하지 않는다. 그저 자신이 품었던, 품고 있는, 품을 사람들에 의해 이야기를 만들고, 그때그때 세상에 등장하는 다양한 방법으로 확산하고, 소멸하였다가 다시 태어나는 모습을 바라볼 뿐이다.

Ⅱ
문학이 기억하는 어제의 장소

고독한 구도자가 길 위에 세긴 메시지

— 정소성의 대하소설 『대동여지도』론

길과 지도 그리고 구도자의 메시지

지도는 길을 안내하는 가장 오래된, 그리고 여전히 유용한 도구다. 버스나 지하철의 노선도부터 등산이나 관광을 위한 안내도, 공인중개소의 벽면을 차지한 지역개발도, 그리고 네비게이션의 화면에 이르기까지. 이 때문에 우리는 거의 매일 지도를 마주한다고 거칠게 말해도 좋을 것이다. 흥미로운 점은 지도를 실제 크기나 모양대로 모든 것을 그릴 수 없고, 사용 목적에 따라 필요한 요소만을 취사 선택하더라도 본연의 신뢰도는 낮아지지 않는다는 것이다. 이는 지도가 시대와 민족의 지적 유산이자, 이를 통해 문화의 교류와 관련한 중요한 의미를 전한다는 사실과 무관하지 않다.

그런데 발품을 팔아 무수한 지역을 답사하고, 그 길에서 마주한 지형지물에서 필요한 요소를 취택하며, 이를 그림으로 남긴 지도제작자의 이야기는 지도에 비해 멀고 낯설다. 우리나라의 지도를 이야기하는 자리에서 빼놓기 어려운 고산자古山子 김정호金正浩의 사정도 마찬가지다. 김정호는 왜 지도를 그리고자 하였고, 어떤 이유로 거듭하여 백두산까지 올랐는가? 그는 땅을 어떻게 이해하였을까? 가늠조차 쉽지 않다.

이러한 상황에서 김정호가 한양과 의주를 잇는 의주대로, 압록강 소항, 백두산 등반, 두만강 순항, 서북로인 서수라대도, 송파나루로 운위되는 한양, 영남대로, 남해항로, 제주해로, 서해항로 등을 발로 누볐던 2년 반의 1차 답사를 그려낸 정소성의 대하소설 『대동여지도』는 무척 흥미로운 텍스트다. 정소성은 '김정호'의 발걸음을 어떻게 그렸고, 그의 입을 빌려 어떤 메시지를 전하고자 하였는가?

『대동여지도』에 드러난 길 위에 서는 법

지도 제작자의 이야기가 거의 알려지지 않았다는 앞의 문장처럼 김정호에 대한 기록도 많지 않다. 김정호에 대한 기록은 『청구도』에 수록된 최한기의 「청구도제靑邱圖題」, 이규경의 『오주연문장전산고五洲衍文長箋散稿』에 수록된 「만국경위지구도변증설萬國經緯地地球圖辨證說」과 「지지변증설地志辨證說」, 신헌의 『금당초고琴堂初稿』에 수록된 「대동방여도서大東方輿圖序」, 유재건의 『이향견문록里鄕見聞錄』에 수록된 「김고산정호金古山正浩」에 불과하다. 뚜렷한 업적을 남겼음에도 단편적인 언급에 불과한 김정호. 족보가 발달한 조선에서 가계기록조차 찾을 수 없다는 사실은 그의 신분이 양반이나 중인이 아닐 가능성을 알려준다. 유재건의 『이향견문록』에 그 이름을 올렸다는 사실도 김정호의 신분이 결코 높지 않았음을 방증한다. 소설은 이러한 사실을 그대로 반영한다. 정소성의 『대동여지도』에서 '김정호'는 평민이 대다수인 황해도 은율에서 어부로 호구糊口하는 '김바우'의 아들로 그려진다.

'김정호'는 어릴 때부터 "참으로 보기 드문 두뇌를 가"진 인물로

'김바우'가 "열심히 고기를 잡아 돈을" 벌어 "조금은 나은 경제적 기반"을 마련해 주었기에 일찌감치 글공부를 시작한다. 서당의 훈장인 '송언길'로부터 '이 첨정'의 아들 '이용희'보다 "한길 웃질"이라는 평가를 받는가 하면, '이 첨정'과 그의 측실인 '신씨 부인'으로부터 신임을 얻어 '이용희'와 그의 사촌 '신헌' 등과도 일찍이 붕우朋友의 연을 맺는다. 이러한 '김정호'의 인간관계는 그가 신분을 고려하여 사람을 만난 것 같다는 생각으로 이어지지만 이것이 착각이었음은 금방 밝혀진다.

그는 신분제에 가려져 있던 인간 본연의 가치를 충분히 알고 있었다. 구월산 명화적떼의 '안주인'을 구하기 위해 밤새 거친 산을 뒤지고, "원래가 흉악무도한 살인자"였던 '기팔'과 '짱구'를 동행으로 삼는다. 특히 구월산의 명화적明火的떼, 살인자, 과부, 재가승과 같이 세상으로부터 존중받지 못했던 사람들도 '김정호'에게는 유의미하다. 이러한 '김정호'의 태도는 지엄한 반상의 법도가 와해되던 시대적 상황과 '김정호' 자신이 "근본을 알 수 없는 자들로서 사사로운 생각으로 이런 짓을 함으로서 사악을 저지르고 나라에 해가 됨을 조금도 저어하지 않을 것"[1]이라고 평가받는다는 사실도 무관하지 않다.

그러나 보다 근본적인 이유가 있다. '김정호'는 왜, 그리고 어떻게 신분을 초월한 사귐을 실현할 수 있었을까? '한강수로'를 "장돌뱅이나 돌아다니는 길"이라는 '한돌이'의 말에 일갈하는 대목은 '김정호'의 소박하고도 현실적인 휴머니즘을 여실히 보여준다.

"네 이놈! 장돌뱅이나 다니는 길이라니? 사람은 누구나 위대하다! 그

1) 정소성, 『대동여지도 1』, 자유문학사, 1994, 398쪽.

러기에 사람은 누구나 똑같은 것이다. 그런 생각을 버리지 않으면, 네 놈은 천벌을 받을 것이 틀림이 없느니라."

— 정소성, 『대동여지도 4』, 자유문학사, 1994, 68쪽.

한편, 이러한 '김정호'의 태도는 '월출산'에서 거의 정점에 이른다. 그의 일행은 '월출산'을 답사하다가 나환자들을 만난다. 이 과정에서 '을년이'가 납치되고, '한돌이'는 나환자가 휘두른 도끼에 맞아 왼쪽 쇄골이 내려앉아 이튿날 아침까지 회복하지 못하는 곤혹을 치른다. 일행이 겪은 참화에 분노한 '한돌이'는 "죽더라도 다 나아서 한번 힘껏 싸우다가 죽고 싶다"고 이야기한다. 이에 '김정호'는 "세상을 악으로 바라보아서는 안되"며, "겸손한 자세와 부드러운 목소리 그리고 선량한 눈빛"을 지녀야 한다고 다독인다.

"그런 생각은 버려라. 세상을 악으로 바라보아서는 안 되는 법이다. 악한 마음으로 세상을 바라보는 사람에게는 세상은 악하게 보이고, 선한 마음으로 세상을 보는 사람에게는 선하게 보이는 법이다. 세상을 바라보는 눈을 바로 가질 수 있는 수양을 쌓는 것이야 말로 가장 어려운 일이다."

"나으리, 세상을 어떤 눈으로 바라보아야 합니까요?"

"세상을 선한 눈으로 가장 겸손한 태도로 바라보아야 하느니라."

"나으리, 이 악한 세상을 그런 식으로 바라보다가는 정말 굶어죽고 맞아죽고 지금의 소인놈같이 도끼나 맞아 죽기에 따악 알맞을 것이옵니다요."

"당장은 그렇지도 모르겠다. 그러나 먼 눈으로 보면 결코 그렇지 않다. 겸손한 자세와 부드러운 목소리, 그리고 선량한 눈빛이야말로 학자가 지녀야 할 가장 근본적인 자세이다. 거드름을 피우는 자세와 날카로운 목소리, 그리고 남의 잘못을 결코 용납하지 않으려는 각진 시선은 현자의 것이 아니다."

— 정소성, 『대동여지도 4』, 자유문학사, 1994, 89쪽.

신분의 벽을 가뿐히 뛰어넘는 휴머니즘을 보여주는 '김정호' 지만, 새로운 시대에 인간이 인간답게 살기 위해서는 필요조건은 당장에라도 실천할 수 있을 정도로 구체적이다. 그가 생각하는 인간답게 살기 위한 조건은 '공부' 다. "사람으로 태어났으면 공부를 해야" 한다고 말하는가 하면 "학자는 절대적으로 자기만의 독창력으로 어떤 학문을 수립하는 것"이 아니라, "앞선 사람들의 업적에다 자신의 생각과 학문을 조금 덧붙이는 것이"[2]라면서 학자의 태도를 설파한다. 뿐만 아니라, "잠시를 중단해도 학문은 크게 후퇴하는 법, 학문하는 사람에게는 쉼이란 없는 법이다. 무덤만이 그의 휴식처일 뿐이다."[3] 라고도 한다. 이처럼 『대동여지도』에는 인간과 학문의 관계, 학문의 무게에 대한 '김정호' 의 생각이 또렷이 드러난다.

이러한 생각은 '김정호' 만의 것일까? 오랜 시간동안 학문의 세계에 몸 담았고, 후학을 길러냈던 학자이자 선생이었던 정소성의 이력을 생각하면 이는 '김정호' 의 입을 빌려 나온 작가의 생각이라고 보아도 큰 무리가 없을 것이다. 어쩌면 작가는 인간에의 존중과 학문정진에 대한 자신의 생각을 '인간의 길' 과 '학문의 길' 을 걷는 후학에게 그 뜻을 투명하게 전달하고자 한 것은 아닐까?

황해도 은율에 흘러든 중국인 모녀와 그들이 지니고 있던 지도는

2) 앞의 책, 188쪽.

3) ______, 『대동여지도 3』, 자유문학사, 1994, 11쪽.

'김정호' 에게 새로운 뜻을 세우는 계기로 작용한다. 늦은 시간까지 책을 읽는 그를 채근하는 '향이' 에게 "좀더 좋은 지도를 그려서 빙장 어른의 고혼을 달래어야만 하겠"다고 말할 때도 "다시 한번 언젠가 꼬부랑 글씨로 된 세계지도를 가지고 있던 중국인 모녀가 생각되었다. 그녀들이 가지고 있던 그 지도를 빼앗아놓기라도 했더라면 지금쯤 어마나 다행일까"하고[4] 생각한다.

그리고 이때를 기점으로 '김정호' 에게 지도는 피붙이에 대한 애틋함을 훌쩍 뛰어넘는 대상으로, 이에 대한 열정과 흥미는 거의 그의 생애를 압도하는 존재로 부상한다. "향이의 해산날이 다가오고 있지만, 기왕에 강화도까지 온 김에 이 섬을 좀 둘러보고 싶은 욕심이 생"[5]기는 것도, '신헌' 의 도움으로 강화 유수영에서 풀려난 뒤에도 "분골쇄신해서 좋은 지도를 만드는 것만이 자네의 우정에 보답하는 길"[6]이라고 대답하는 모습도 지도에 대한 '김정호' 의 열정을 보여준다.

그러나 지도는 흥미와 열정만으로는 만들 수 없다. 꼬부랑 글씨로 된 세계지도처럼 정교한 지도를 만들고 싶지만 현실적 제약이 많아 고민하는 '김정호' 에게 '신헌' 을 비롯한 막역지우들이 관상감이 되어 관의 도움을 받으며 지도를 만들라고 할 때조차 그는 쉽게 응하지 못한다. 지도를 만드는 일이 "죽음과의 대결"임을 알기 때문이다.

그 험하고 험한 산과 산, 끝없는 들판과 해안선, 세차게 흐르는 강안을

4) 정소성, 『대동여지도 3』, 자유문학사, 1994, 116~117쪽.

5) 위의 책, 156쪽.

6) 정소성, 『대동여지도 1』, 자유문학사, 1994, 197쪽.

비바람 맞으면서 끝도 없이 걸어야 하는 것이다.

지도 제작자의 길은 이런 자연 조건만이 그의 발길을 가로막는 것은 아니다.

각 지방마다 도사린 괴이스런 풍습, 그리고 풍토병, 무엇보다도 아직도 그 위세가 사그러들지 않은 괴질…….

능선마다 영마다 도사리고 있는 명화적들, 그리고 빼놓을 수 없는 호환들……. 굶주림에 쫓겨 여기저기를 유랑하는 사람들…….

— 정소성, 『대동여지도 1』, 자유문학사, 1994, 209쪽.

지도를 만드는 일이 "죽음과의 대결"이 된 데에는 '김정호'가 "은율현 금산리에서 몰래 도망친 사람이고, 무죄가 밝혀지기는 했으나 구월산 명화적패들과 연이 닿아 있다는 혐의를 받고 있는 사람"[7]이라는 것과 무관하지는 않다. 그러나 보다 본질적인 문제가 있다. '지도'와 그 제작은 나라의 안위와 직결되어 "무엇보다도 자신이 국토의 해안선을 조사한다는 것은 국법이 금하고 있는 일"이기 때문이다. 게다가 "당시 성리학자들은, 땅은 천기가 깃들여 있어서 함부로 그 심부를 노출시켜서는 안된다는 생각을 가지고 있었"[8]으니 '김정호'가 아니라 누구에게도 쉬운 일이 아니었으리라. 때문에 '김정호'는 지도를 갈망하면서도 — 어쩌면 그 갈망으로 말미암아 — 늘 "붙잡혀서 포도청에라도 넘겨지"지 않을지 걱정하고, "정말 죽기를 결심하고 도망치"며, "붙잡히면 어쩌면 죽을지도 모른다는 생각"에 시달린다. 장독杖毒에 시달리는 일도 드물지 않다. 그럼에도 그는 "현장의 지도", "두 발의 지리학"을 위해 길 위에 선다.

7) 정소성, 『대동여지도 1』, 자유문학사, 1994, 188쪽.
8) 위의 책, 188쪽.

물론 '김정호'가 빈손이었던 것은 아니다. 「청구도」와 「대동여지도」를 만들기 전에도 「신증동국여지승람新增東國輿地勝覽」과 「택리지擇里志」가 있어 길을 밝혀주었다. 다만 "두 책자에 적혀 있는 내용이 틀리는 것이 상당히 많고, 또 빼먹은 것도 많고, 과장되어 있는 것도 많"은 데다 "고을과 고을의 거리, 산의 높이, 하천의 길이 등이 정확하지 않"았다. 이전의 지도에 드러난 흉결을 바로 잡고, 한계를 뛰어넘기 위해 '김정호'는 '기팔'과 함께 "부정확한 거리를 바로 잡"기 위해 결코 좁지 않은 조선땅을 "기리고차記里鼓車를 떠밀고" 다녔고,[9] '직접수준측량법'을 선택하여 "묘향의 연봉들의 높이를 이 방식으로 측정"한다. 적지 않은 시간이 걸리는 고된 작업이어서 동행하는 '기팔'이 "차라리, 산적노릇이 훨씬 수월"하다고 이야기할 정도다.

'김정호'는 소원하던 백두산에 오른다. 그의 오래 묵은 꿈은 완성되었을까? 그는 정상에 올라 "나는, 조선팔도를 끝없이 돌아다녀야 한다. 그래서 어디 땅이건 모르는 것이 없어야 한다. 나의 집은 조선의 땅, 바로 그것"[10]라고 다짐한다. 그리고 "지도만을 그리려고 하는 것"이 아니라 "지지地志도 쓰려고 마음먹"는다. 길이 끝났다고 생각한 곳에서 새로운 길을 시작한 고산자의 마음은 어땠을까?

> 자신은 지도만을 그리려고 하는 것은 아니었다. 지지(地志)도 쓰려고 마음먹고 있었다. 지지 없는 지도란 별 의미가 없거나, 의미를 반감하는 것으로 굳게 믿었다.
>
> 정호는 참다운 지도, 그리고 지지를 쓰기 위해서는 조선땅을 한 차례

9) 정소성, 『대동여지도 2』, 자유문학사, 1994, 14쪽.
10) ＿＿＿, 『대동여지도 3』, 자유문학사, 1994, 62쪽.

만 답사해서는 안 된다는 생각을 굳히고 있었다.

— 정소성, 『대동여지도 3』, 자유문학사, 1994, 112쪽.

‘김정호’가 거의 지독해 보일 정도로 지도와 지도 제작에 몰두한 이유는 참된 것에 대한 열망에서 비롯되었다. 사실 마저 오도되는 세상에서 오로지 참다움을 좇는 그의 모습은 답답하면서도 듬직하다.

‘김정호’는 신념이 개인의 아픔마저 견딜 수 있도록 함을 보여준다. 어머니 ‘또련이’의 죽음을 전해 들은 그는 “어머님이 돌아가신 일 이외에는 더 알고 싶지 않다. 집안 일에 대해서는…… 조선팔도를 다 답사하기 전에는……”이라며 당장은 상주의 도리를 다할 수 없음을 밝힌다. “강철같은 그의 결심을 직접 들”은 ‘을년이’와 ‘한돌이’는 적지 않게 놀라는 한편, ‘김정호’의 가르침 중 하나인 “사람은 두 가지 일을 성공적으로 할 수 없”음을 체감한다. 한양에 이르러 집이 있는 송파나루가 아닌 한강나루터로 가는 배에 올라 “가장 중요한 것을 보지 못했”고, “이대로 하선을 했다가는 아무것도 할 수 없으”므로 “조령을 통하는 영남대로를 보”[11]겠다고 선언하는 모습 역시 지도제작자로서의 ‘김정호’의 면면을 이해하고도 남는다.

그리고 가족의 생사, 동료의 고통, 본인의 괴로움 속에서도 지도에 몰두한 덕분일까. ‘김정호’는 결과물을 남겼다. 철종 12년(1816)년에 교간한 가로 3m, 세로 7m에 달하는 거의 완벽한 지도첩[12]

11) 앞의 책, 175쪽.

12) 「대동여지도」는 「지도유설地圖遊說」에서 말한 “진나라 배수의 6원칙과 방여기요方輿紀要라는 지리서가 방위를 바르게 하고 거리를 분명하게 하는 두 가지 일은 방여(方輿)의 백미(白眉)”라는 인식을 실천한 것이기도 하다. 요컨대 김정호의 「대동여지도」는 이론적으로는 강조되었으나 쉽게 해결할 수 없었던 방위와 거리의 문제를 기필코 풀고 말겠다는 김정호의 의지가 고스란히 묻어나는 작품이라고 보아도 무방할 것이다.

「대동여지도」가 바로 그것이다. 그리고 지도첩에서 시작해 정소성의 『대동여지도』에 이르면 새삼 그가 얼마나 지도에 절실했고, 얼마나 확고한 신념을 가지고 발걸음을 옮겼는지 생각하게 된다. 이는 작가의 배려일 터다. 그가 「작가의 말」을 통해 "뭔가를 이루고자 하는 너무나 절실한 마음과 그것을 뒷받침하는 확고한 신념이 있을 때, 위대한 인간은 그것을 기어코 이루고 마는 것이"[13]라고 이야기했다는 점은 이 추측이 틀리지 않으리라는 확신마저 준다. 그리고 같은 맥락에서 마음을 둔 일을 '제대로' 해내고자 하는 절실함, 그리고 시련을 마주하더라도 확고한 신념으로 견디고 끝내 이겨내라는 후배에 대한 응원이 책 곳곳에 깃들어있다는 생각마저 할 수 있다.

'김정호'는 격변의 시기를 살았다. "장사와 조그만 공장, 광산, 그리고 고기잡이도 부를 창출할 수 있음을 보여주"는 수준을 초월해 "오히려 더 집중적으로 부를 창출할 수 있음을 보여주"[14]기 시작했고, "잡관직은 양민이나 평민들도 과거를 볼 수 있"었다. 때문에 '김정호'의 막역지우들이 출사에 뜻을 두라고 권하는 것은 결코 과하지 않다. "지방 지도만 그리고 있"지 말고 "전국도에 도전해야" 한다면서 "학문의 중심지"[15]인 한양으로 이사하라는 '신헌'의 조언 역시 같은 맥락에서 자연스러워 보인다.

그러나 '김정호'는 "벼슬길은 일찍이 단 한 번도 생각하지 않는"는 등 몸을 낮춘다. 이러한 태도는 '윤춘발'과의 첫만남에서도 드러

13) 정소성, 『대동여지도 1』, 자유문학사, 1994, 4쪽.
14) 위의 책, 183쪽.
15) 위의 책, 224쪽.

난다.

"나라의 땅덩이를 두루 살피는 일을 하고 있다니? 그게 무슨 말이오? 당신 젊은 양반이 무슨 풍수쟁이요?"

"아니, 그런 사람은 아니오. 난 그저 지도를 그리러 조선 팔도를 두루 돌아다니는 사람이오."

"황해도 사람이라면, 워낙 서해의 땅이라, 벼슬길은 어렵겠소이다."

"벼슬길은 일찍이 단 한 번도 생각한 적이 없소이다. 평민 주제에 무슨 과거를 볼 수도 없으려니와, 과거를 본다한들 붙을 만한 실력을 쌓지도 못했소이다."

"요새 세상에 잡관직은 양민이나 평민들도 과거를 볼 수 있지요. 노형께서 대과를 보려는 분같지는 않아 보이는데, 어디 잡과 취재에라도 응해볼 작정이시오? 전주 사람 정여립의 반란시 서해인들이 적극 호응한 죄로 황해도인들의 벼슬길이 거의 완전히 막혀버린 지가 벌써 근 삼백 년이오."

— 정소성, 『대동여지도 1』, 자유문학사, 1994, 162쪽.

'김정호'는 타인의 칭송을 받을 때조차 "참다운 지도를 기리기 위해 조선 팔도를 답사하는 학자"일 뿐이라며 겸양의 미덕을 보여준다. '김정호'의 이러한 태도는 어디에서 비롯되었을까? 아마도 '조선땅'으로 운위되는 자연에 대한 경탄과 인간에의 존중에서 시작되었을 터다. 이는 '짱구'를 비롯한 일행과 '폐4군'을 둘러보는 과정에서 나눈 대화를 통해서도 확인할 수 있다.

"나으리, 어쩌면 조선땅이 그렇게도 사람과 똑같을 수가 있사옵니까요?"

"그렇다. 땅은 인간의 몸을 닮은 법이다. 땅이 곧바로 인간이니라. 그러므로 우리는 땅에 거역해서는 안된다. 인간은 땅에 순종하고 살아야 하느니라."

— 정소성, 『대동여지도 2』, 자유문학사, 1994, 276~277쪽.

땅에 대한 존중은 "조선 땅, 어디에도 지옥과 같은 땅은 없다. 어떤 땅이던, 땅은 나름대로의 아름다움으로 단장되어 있고, 그리하여 자기를 찾아오는 나그네를 한껏 환영하는 것"[16]이라는 문장을 통해 또렷이 드러난다. 그리고 이러한 존중은 "조선 땅, 어디에도 지옥과 같은 땅은 없다"는 '김정호'의 주장으로 이어져 그의 공간론과 인간론을 낳는다. 그에게 조선과 조선의 백성은 어떤 모양새로 변하건 "나름대로의 아름다움으로 단장되어 있고, 그리하여 자기를 찾아오는 나그네를 한껏 환영하는" 따뜻하고 넉넉한, 그리고 끝내는 조화의 대상이다.

'김정호'는 전국을 누비고, 실력을 칭송받으면서도 "참다운 지도를 기리기 위해 조선 팔도를 답사하는 학자"라고 자칭한다. 그 이상의 이름은 부담스러워 할 뿐이다. 자신의 처지와 역할을 정확히 알고 그 역할에 최선을 다하는 셈이다. '김정호'는 가장으로서의 역할은 거의 하지 못했고, 또 그러지 않았다고 지적하는 사람도 없지는 않을 것이다. 옳은 소리다. 그럼에도 여정을 마친 후에도 정진하여 서른세살에 「청구도」를 펴냈고, "불멸의 역작인 대동여지도가 나온 것은 그의 나이 육순이 넘은"[17] 때라는 문장은, 신념을 갖고 끊임없

16) 정소성, 『대동여지도 3』, 자유문학사, 1994, 210쪽.

17) 정소성, 『대동여지도 4』, 자유문학사, 1994, 297쪽.

이 정진하는 일의 의미가 무엇인지 명확히 알려준다.

길 앞에 선 이들을 위한 스승의 목소리를 복기하며

정소성은 영미권 문학에 비해 상대적으로 낯설던 프랑스 문학연구의 지평을 넓힌 학자이자 선생이며 소설가였다. 그는 1977년 『현대문학』에 「질주疾走」가 추천되어 문단에 등장한 이후 현실문제에 천착하면서 분단 현실 속에서의 이데올로기 문제와 인간상실, 그리고 이것이 가진 폭력성과 억압성을 증언하는가하면 대안으로 인류애를 제시해 왔다. 특히 제29회 월탄문학상의 수상작인 『대동여지도』는 작가의 너른 지평을 고독하고 내면적인 여행자의 시선으로 광대한 소설적 공간에 펼쳐내면서 인간의 내면성과 사회적 존재로서의 특성을 보여준다는 점에서 그의 작품의 특성을 여실히 보여주는 수작이다.

그런데 이 작품이 묘사하는 '김정호'의 면면과 행보는 정소성의 그것과 겹쳐 보이기도 한다. 학문에 대한 절실함과 확고한 신념으로 정진했던 시간, "겸손한 자세와 부드러운 목소리, 그리고 선량한 눈빛"을 지닌 학자로 프랑스문학의 일가를 이루었던 순간, 그리고 선한 마음으로 후학을 존중하며 살뜰히 키워냈던 그의 생애 때문이리라. 그리고 여기에 이르면 정소성이 '김정호'의 목소리와 발걸음을 빌려 독자에 하고 싶었던 말이 무엇인지 가늠하게 된다. 그는 '김정호'의 그의 삶을 통해 선한 마음으로 인간을 존중하고 믿을 것을, 끊임없이 학문에 정진하며 자신을 낮출 것을 이야기 하고 싶었던 것은 아닐까? 어쩌면 마음을 둔 일을 '제대로' 해내고자 하는 절실함, 그리고 시련을 마주하더라도 확고한 신념으로 견디고 끝내 이겨내라는 후배에 대한 응원을 보내고 싶었을지도 모른다. 때문에 정소성의 『대동여지도』는 먼저 길 위에 선 선배이자 선생님께서 행장을 꾸려 길 앞에 선 후배를, 제자를 북돋우는 소설이라고 평가해도 무리가 없을 터다.

이제 포털사이트에 작가의 이름을 검색하면 "정소성(鄭昭盛, 1944년 2월 11일 ~ 2020년 10월 24일)은 대한민국의 소설가"라는 문장을 마주하게 된다.[18)]

이 문장 앞에서 선배이자 스승이었던 분을 잃었음을 체감하고 다시 먹먹함을 느낀다. 그러나 한반도의 길을 거닐던 '김정호'의 발걸음이 한 번에 끝나지 않았던 것처럼 정소성이 남긴 발걸음과 그 걸음으로 열어준 길도 끝나지 않을 것을 믿는다.

18) 「정소성」, 『위키백과』(https://ko.wikipedia.org/wiki/%EC%A0%95%EC%86%8C%EC%84%B1)(검색일자 : 2022.11.20.).

개인의 체험에 깃든 공동의 장소성

— 안회남 「탄갱(炭坑)」론

안회남의 체험과 중편소설 「탄갱」의 성격

같은 공간이라도 개인의 역할이나 상황에 따라 장소성이 달라지게 마련이다.[1] 이는 우리가 투명한 '절대 공간absolute space'이 아닌, 변화의 여지를 내재한 장소에 발 딛고 있기 때문이리라.

일찍이 에드워드 렐프는 하이데거의 말을 빌려 "'장소'는 인간 실존이 외부와 맺는 유대를 드러내는 동시에 인간의 자유와 실재성의 깊이를 확인하는 방식으로 인간을 위치시킨다."고 이야기했다.[2] 이는 주관적이고도 유의미한 경험과 지식이 투영되어 유대감을 느끼는 공간만이 장소가 될 수 있고, 장소감placeness이 개인의 자존감과 장소의 정체성place identity의 뿌리라는 말과 다르지 않다.[3]

---

1) 공간이 '비어있는 곳'이기에 '절대적 공간'이라는 의미가 있다면 실존적(existential) 장(場)의 역할을 감당하게 된다. 즉 물질적인 대상과 사건을 담는 컨테이너와 같은 의미로 인식되며, 이러한 맥락에서 물리적, 수학적, 기계적인 개념으로 이해할 수 있을 것이다. 더불어 '사이'의 뜻이 포함돼 있으므로 공간 안에 있는 대상과 그 안에서 일어나는 사건과 행위의 관계와 맥락을 엿볼 수 있다. 전종한, 『인문지리학의 시선』, 사회평론, 2012, 33~34쪽 참조.

2) Martin Heidegger, "An ontological consideration of place." *The Question of Being*, Twayne Publishers Inc., 1958, p.19. 에드워드 렐프, 김덕현 외 역, 『장소와 장소상실』, 논형, 2005, 25쪽.

3) 우리는 공간이라는 물리적인 환경에서 '내부'의 경험을 축적하며, 이 과정에서 자연스럽게 형성된 '내부성'으로 말미암아 공간과 인간이 교류하는 경험과 장소성을 형성하는 경우를 일상에서 마주할 수 있다.

그런데 공동체로 운위되는 집단의 경험이 독특한 내부성을 만들어내고, 이로 인해 장소성이 형성된다면 어떨까? '진정한 장소감'이 "내부에 있다는 느낌, 개인으로서 그리고 공동체의 일원으로서 나의 장소에 속해 있다는 느낌"[4]이라면 복수의 지각자가 특정 공간에 느끼는 다양한 감정과 공통의 경험이 장소성을 형성하는 데 모자람이 없을 것이다. 특히 총체적 기억institutional memor에 뿌리를 둔 장소성은 개인과 개인, 개인과 조직, 조직과 조직 등 다종다양한 사회적 관계와 그에 따른 의식의 변화과정을 살피는 단초로 작용할 수 있지 않을까?[5]

공동체의 장소경험이 사회적 관계와 그 변화과정을 살피는 데 도움을 줄 수 있다는 전제하에 안회남의 「탄갱炭坑」에 묘사된 장소경험과 장소성의 변화를 살펴 이 가정이 타당할지 살펴보자. 안회남은 1944년 9월부터 1945년 9월까지 기타큐슈北九州 사가현佐賀算 이마리伊萬里 오가와大川의 대일광업大日鑛業 다치카와 탄광立川炭鑛에 강제동원의 경험을 작품에 투영한 소설가다. 탄광으로 끌려간 조선인 문인은 없지 안회남을 제외하고도 없지 않으나, 그가 귀국 직후 1년여 동안 강제동원과 관련한 작품을 무려 12편이나 발표했다[6]는 사실을 복기하면 강제동원문학을 논의하는 자리에서 우선적으로 살펴볼 가치가 있다고 판단된다. 게다가 안회남이 강제동원의 피해자로,

---

4) 에드워드 렐프, 김덕현 외 역, 『장소와 장소상실』, 논형, 2005, 116쪽.

5) 특정한 공간에 형성된 장소성과 이에 관한 개별적 기억이 총체적 기억으로 전환할 수 있다면 누군가는 생애를 복기하면서 자신의 삶을 송두리째 뒤흔든 문제와 그 실체를 파악할 수 있고, 다른 누군가는 공적인 기록만으로는 파악하기 어려운 사건과 사건 사이의 맥락을 검토할 여지를 마련할 수 있을 것이다.

6) 「탄갱」(『민성』 창간호, 1945.12), 「철쇄 끊어지다」(『개벽』 복간 1호, 1946.1), 「말」(『대조』 1946.1), 「그 뒤 이야기」(『생활문화』 창간호, 1946.1), 「섬」(『신천지』 창간호, 1946.1), 「별」(『혁명』, 1946.1), 「쌀」(『신세대』 창간호, 1946.3), 「소」(『조광』 123(복간호), 1946.3), 「봄」(『서울신문』, 1946.5.15.~1946.5.16.), 「밤」(『민고』 창간호, 1946.5), 「불」(『문학』 창간호, 1946.8), 「폭풍의 역사」(『문학평론』, 1946.4.) 등이 이에 속한다.

「탄갱」이 식민지에서 억압받은 조선 동포의 생생한 기억으로 그 가치를 인정받았다는 사실은 같은 맥락에서 의미심장하다.

> 우리 文壇의 重鎭 安懷南氏가 昨年 여름에 포악한日本의 虐政으로 九州炭鑛에 徵用당해 갔던 사실은 아직도 우리 기억에 새로울것입니다. 氏는 數많은 同胞와 함께 광이를 들고 炭坑속에서 굶주림과 헐벗음과 한숨으로 날을 보내었으니 여기 실리는 『炭坑』이야말로 氏가 친히 體驗한 生地獄의 赤裸裸한 記錄입니다.[7]

일제강점기 말에 강제동원 되었던 작가의 체험을 바탕으로 창작된 「탄갱」은 "시기와 주제를 볼 때 광복 직후 '강제동원 기록문학'의 효시에 해당하는 소설이라는 점에서 사료적 가치가 크"[8]고, 일본인과 조선인의 관계뿐 아니라, 조선인 내부의 복잡한 관계도를 강제동원의 공간 위에 전개하여 "수많은 동포와 함께 괭이를 들고 탄갱속에서 굶주림과 헐벗음과 한숨으로 날을 보내었으니 여기 실리는 '탄갱' 이야말로 그가 친히 체험한 생지옥의 적나라한 기록"이라는 점에서 증언과 문학의 측면에서도 그 가치가 결코 낮지 않아 보인다.

실제로 이 작품은 일제강점기 말기부터 고향으로 되돌아오기까지 작가가 들었을 것으로 여겨지는 온갖 소문, 강제동원 되었던 조선인의 경험담, 광부들의 복잡한 관계성까지 오롯이 묘사돼 있다. 이 때

---

7) 安懷南, 鄭玄雄 書, 「炭坑」, 『民聲』 1(창간호, 1945.12.25, 10쪽). 이후 본 논의에서 활용한 원문은 근대서지학회의 『근대서지』 20에 수록된 자료에서 발췌하였다. 근대서지학회 편집부, 「탄갱(炭坑) : 정현웅 畵, 『민성(民聲)』 1~15, 1945.12~1947.3, 총 14회」, 근대서지학회, 『근대서지』 20, 2019, 256~320쪽.

8) 신지영, 「강제동원 기록문학의 첫 자리, 그리고 '옥순이' : 안회남의 중편소설 「탄갱(炭坑)」, 근대서지학회, 『근대서지』 20호, 2019.12, 247~248쪽.

문에 문학인 동시에 강제동원의 사료이자, 기록이 담지 못한 지점을 드러내는 '증언—기록'으로서의 그 가치가 또렷하다. 뿐만 아니라, 자아와 타자의 동등성이 두드러져 개인적 이야기가 공동의 이야기communal story를 구성한다는 점에서 '공동의 정체성'이 개인과 집단의 정체성이 어떻게 융합된 형태로 발현되는지도 가늠케 한다.

그런데 「탄갱」은 어디까지가 실제이고 어디까지가 허구일까? 작가의 체험이 소재로 활용되긴 하지만 이 작품은 엄연히 허구다. 다만, 소설의 등장인물이 현실의 인물을 환기하고 이야기의 전개가 현실을 재현하고 있다는 점에서 '사실적'이라고 부를 수 있을 것이다. 따라서 안회남의 「탄갱」은 사실과 허구의 경계에 자리한 오토픽션auto-fiction이라고 부르기에 무리가 없을 것이다.[9] 소설에서 '사가현의 다치카와 탄광'이 아니라 '지쿠호筑豊 탄광의 다치카와立川 탄광'을 언급하는 것은 역사적 사실과 무관하지 않지만 오토픽션의 특성이 드러나는 지점으로도 이해할 수 있을 것이다.[10]

'징용'의 폭력성이 응축된 도망칠 수 없는 "악마의 목구멍"

소설은 "커다란 아가리", "악마惡魔의 목구녕"에 비견되는 "시커먼

9) 자전적 소설에 대해 제이(Jay)는 "작가에게 있어서 '자전적 소설'은 일종의 무덤과도 같은 공간이다. 왜냐면 작품의 허구적 요소들이 새로운 삶을 부여받음과 동시에 작가의 과거는 편안한 안식을 취해야 하기 때문"이라고 설명한다. Paul Jay, *Being in the Text: Self-Representation from Wordsworth to Roland Barthes*, Cornell University Press, 1984, p.146.

10) 지쿠호 탄광은 기타큐슈의 가장 큰 탄광지대로 수많은 조선인이 강제노동하고 있었다는 점에서 작가 역시 지쿠호에 있다고 생각했을 수 있다. 단, '지쿠호'가 강제동원당한 조선인의 구술 속에서 보통명사처럼 등장한다는 사실도 간과할 수 없다. 김태석 외, 『MBC 경남 창사 50주년 특집 다큐멘터리 끌려간 사람들, 지쿠호 50년의 기록』, 2018.11.12., 2018.11.19.

굴"인 "갱내坑內에서 『까쓰』가 터지면서 광부鑛夫가 한꺼번에 육십육명이 사상死傷"한 가을 오후에 시작된다. 사고를 당한 "송장들의 얼골하며 전신이 까마케 끄슬려서 그가 조선사람인지 일본사람인지 또는 이름이 누군지 어듸사는 사람인지 알아낼길이 없"다. 그럼에도 "그속의 대부분이 조선사람이라는 것은 짐작"할 수 있다.[11] "싼 탄광의품값"을 받으면서 "조선이 그립고 고향으로 가고" 싶어 했던 조선인 강제동원자들은 "지하地下 수천척의 굴속외에는 갈데가없"었다.

'세끼닝責任'인 '김돌산'과 아내인 '옥순이'는 '탄갱'의 비극을 대표한다. '김돌산'은 "처음 드러은해 가을에 도망을하다가" 붙잡혔고, "시다고싸꾸이사당으로 넘어가 이년만기滿期를 채웠으나 회사에서는 보내주지를 않고 일년을 더 연기"하는 바람에 5년의 시간을 탄갱에서 일하고 그 안에서 가스폭발로 숨을 거둔 인물이다. 탄갱의 부당한 동원 연기에 '김돌산'은 조선인 강제강제동원자들과 "죽었는지 살었는지 서로 생사조차몰습니다."라며 귀국을 요청하기도 했다. 그러나 이마저도 오래 가질 못한다. 사무실 측이 "처음에는 한데모하놓고 연설을했"고, "다음부터는 유치장에서 한사람식 한사람식 따로 나오게해서 여러 가지 말로 달래다가 때'렸으며, 국민국가라는

11) 기타규슈 탄광은 조선인 강제동원자 전체의 절반 이상이 공출된 지역으로, 이때 동원된 조선인의 숫자는 일본 전 노동자의 31.2%로 채광 현장 중 조선인이 "3분의 2, 많은 곳은 10분의 9를 점"할 정도였다. 「국민징용령」이 시행된 시기는 1939년 7월 15일부터지만 "조선, 대만, 화태 및 남양 군도에서는 1939년 10월 1일부터 시행"하였고, 1941년 3월 13일에 조선총독부가 「훈령 제23」호에 의거, '내무국 노무과'를 설립하고 강제동원과 관련한 업무를 1945년 4월 17일까지 지속했다. 조선에 「일반동원령」이 적용된 이후인 1944년 9월경에 안회남이 강제동원되었던 사실을 감안하면 가스폭발로 인한 사망자 중 다수가 조선인 강제동원자라는 「탄갱」의 서술은 사실과 무관하지 않다고 여겨진다. 박경식, 박경옥 역, 『조선인 강제연행의 기록—1910-1945, 나라를 떠나야 했던 조선인에 대한 최초 보고서』, 고즈윈, 2008, 56~59쪽.; 정혜경, 「일본 제국과 조선인 노무자 공출—조선인 강제연행 · 강제노동 연구 Ⅱ」, 도서출판선인, 2011, 60~61쪽.

이데올로기에 기댄 "정착계약서定着契約書에다 도장을찍으라고 으르딱딱"임을 놓았기 때문이다. 조선인 강제강제동원자들은 "누가 우리 조선사람이 일본나라백성이되구싶다디?", "이놈들아 느이들보구 누가 전쟁하라던?"이라고 말하지만 "이말한마디만 입밖에내이면 금방 모가지가 달어날 것"을 알고 있다. 게다가 '징용법'이 시행되면서 "광부 전부가 징용을 당해모두 계약연기가 된다는 선고"마저 내려진다.

『지금 일본은 세계에서 제일 강한 미국과 큰 싸움을 하고 있다. 그래서 그필요로 이번에 새로히 징용법(徵用法)이 생긴것이다. 이 징용이란 뭐인고하니 한말로하면 나이지찡(內地人)이 전쟁터에나가서 죽는대신 조선사람은 탄광에 와서 일을 해야한다는 것이다.』

— 안회남, 「탄갱」, 281쪽.

『잘들어두어야 한다. 제군이 도망을하면 제군의 한사람만 자기 신세를 망치는 것이 아니라 제군의 아버지는 버리를 못하게되고 어머니는 배급을 못타게되고 형이나 동생은 또 징용을 당하게되고 아이들은 학교에까지도 댕기지 못하게 되는 것이다………』

— 안회남, 「탄갱」, 282쪽.

'징용법'을 등에 업은 탄갱의 폭력성은 '김돌산'의 죽음 이후의 '옥순이'에게서 두드러진다. '김돌산의 처'로 탄갱의 부엌에서 일하는 '옥순이'는 "결코 대단한 미인은 아니었지만, 그래도 모든 고향을 떠나 있는, 젊은 남자들의 마음을 움직일만한, 곱사한 젊은 여인"으로 매를 맞고 앓아누운 '최장근이'를 위해 탄갱의 부엌에서 일하면서 "일반 광부들이 먹는게 아니라, 요장과 사감, 그 외의 여러 사무원들이 먹는 것" 즉, "콩깨묵밥이 아니라, 오랜 옛날에 정들었던 백옥같은 흰 쌀밥에,찝질한 소금국 대신, 신선한 야채와 생선과 맛난 고기국"을 챙겨주는 인물이다. 그녀의 온기는 무미건조했던 '제일협화요'에 따스함을 불어넣기에 충분하다. '옥순이'가 나른 음식을 "동무들도 그것을 감사히 받아서, 장근이 앞에 갖다 놓고 하였"다는 대목이 이를 가늠케 한다.

그러나 '나까무라'가 그녀를 '긴상金さん'이 아닌, '옥순이'로 부르기 시작하면서 상황이 변하기 시작한다. 이 변화로 인해 조선인 강제동원자들은 따뜻한 마음을 보여주었던 '옥순이'를 "오직 추하고 더"럽다고 생각하게 된다. 그녀가 '나까무라'와 통정하여 편의를 취했으리라고 추측했기 때문이다.

하지만 조선인 강제동원자들의 생각은 부분적으로 혹은 일시적으로만 옳은 것이었다. '옥순이'에게 '나까무라'는 "분명히 남편대신 밤마다 밤마다 한 이불 속에서 자기의 몸을 껴안아주던 사나이"이자 "함께 정을 나누며 사랑을 속삭이던" 연인이었지만, '최장근이'에게 시집을 가라고 윽박지르고 "술장술 시켜줄테니, 술장수해라"라며 소리를 질러대는 인물로 바뀐 지 오래이기 때문이다.

「이년이 왜 얼이 빠졌어?」

꽉 소리를 지르고는 찰싹 옥순이의 뺨을 후려갈겼다. (이번에는 딱이 아니라 찰싹—) 그러더니 커다랗게,

「너 그럼 이녀, 내 술장술 시켜줄테니, 술장수해라………」하고 소리소리 질렀다.

— 안회남, 「탄갱」, 315쪽

요컨대 '옥순이'는 '나까무라'에게 성적 착취를 당하고 있을 뿐 아니라, 동료이자 동포에게도 멸시의 대상으로 전락한 셈이다. 그런데 왜 '나까무라'는 '옥순이'에게 폭력을 행사하고 술장사를 강권했을까? 이는 두 사람을 둘러싼 염문을 해소하기 위한 노력이 아니다. 오로지 "조센인 광부들은, 일본인 여자한테는 놀러 안가니까………" 라며 운을 뗀 '노무과죠 도노勞務課長殿'에게 잘 보이고 싶다는 지극히 단순한 열망이 불러온 결과다. 즉, '옥순이'는 조선인을 억압하는 조선인 '나까무라'에 의해 '돌산의 안해'이자 주변을 살뜰히 살피던 따스한 여인에서 "술파는 갈보가 아니라, 백명 천명, 수많은 사람의 계집"으로 전락한 셈이다.

'김돌산'과 그의 식솔이 고향에 머물 수 있었다면 어땠을까? 언제, 어떻게 죽을지 모를 위험에서 자유로울 수 있었을 것이고, "늙은 어머니와 안해 아이들은 수천리타향 그 지옥속에다 남겨둔채" 죽지 않았을 수 있다. 적어도 '김돌산'의 가족이 '탄갱'으로 흘러들지 않았다면 평범한 농부였던, 그래서 탄광에서도 소몰이를 흉내를 내곤 했던 '김돌산'과 그 가족의 몰락은 없었을 것이다.

"그립고 가고시펐으나" 과거 시제로만 서술되는 고향

우리는 살아가는 동안 복수의 정체성을 형성하지만 '최초'라는 수식어를 붙일 수 있는—그래서 '근본적'이라고 불러도 무리가 없을—정체성은 대체로 '집'에서 형성된다. 이 때문에 우리는 이곳에서 안주하고, 휴식하며, 끊임없이 되돌아간다. 집이 "우리가 복종할 수밖에 없는 압도적이고 교환 불가능한 무엇이며, 우리가 여러 해

동안 집을 떠나 있었다 해도 우리 삶의 방향을 정하고 길잡이가 되는 어떤 것"[12]이라는 빈센트 비시나스Vincent Vycinas의 말도 '집'의 이러한 특성에서 비롯되었을 터다. 그런데 "훌륭한, 존재 응집의 이미지"이자, "인간이 우주와 용감하게 맞서는 데 있어서 하나의 도구"[13]였던 '집'이 되돌아갈 수 없는 곳이 된다면 어떨까?

「탄갱」에서 '집'이 확장한 형태인 '고향'은 과거형으로 호출되곤 한다. 조선인 강제동원자들은 "조선의 산과내 특히 잔디밭이 그리웠다. 술을먹고 얼근해서 육자배기와 단가를 불을때면 그는 늘 소마무밑 잔디밭우에 자기가 누어있는 모양을 그려보"고, '동향'이라는 말에 친밀감을 표하기도 한다. "조선사람광부의 그 전부가 고향에 돌아가고싶은 향수병鄕愁病에 걸려 있"고, 시커먼 "석탄가루가 눈갈루암만 들어가두" 푸르렀던 고향의 잔디밭과 붉은 언덕길이며 논두렁길을, 송아지 우는 소리를 보고 듣는다는 서술은 조선인 강제동원자들에게 '고향'이 무엇이었는지를 짐작하게 하는 척도이자 무게를 더하는 대상임을 잘 보여준다.

『석탄가루가 눈갈루 암만 들어가두 보이는 건 퍼—런 들판……… 고향뿐이지?』

『홍 그래서 뭘보구있느냐구?………』

장근이는 사실 자기는 석탄가루를 뒤집어쓰고 노미소리에 귀청을 매이면서도 그때 조선서 송아지우는소리를 들으며 논두렁길을 갔었다고 생각했다. 산잔등의 붉은 언덕길이있는 참나무그늘 잔디밭우에 누었는 것을 꿈꾸고잇엇는데 참말 돌산이는 그것을 잘알아바추엇다고놀랬엇다.

---

12) 에드워드 렐프, 김덕현 외 역, 『장소와 장소상실』, 논형, 2008, 97쪽.

13) 가스통 바슐라르, 곽광수 역, 『공간의 시학』, 동문선, 2003, 132쪽, 133쪽.

그래서 세끼닝김돌산에게 몇가지 처분할 옷가지를 매끼고 도망갈계획을 고백하엿엇다. 그랬는데 돌산이가 자기 각반을 다리에 감은채 처참하게 도 죽은 것이다.

— 안회남, 「탄갱」, 269~270쪽

가스폭발 사고로 '최장근이' 가 사망했다는 소문이 돌 때 가장 슬퍼했던 '박금동이' 가 "그와 동향에서 오고 그와 제일친밀하게 지내" 었다는 것과 '박금동이' 의 입에서 흘러나온 비탄이 "고향에서 떠나오든 생각 함께 고생을하며 지내든 생각"으로, "네가죽고 나혼자 고향엘 어떻게 돌아가니?"라는 질문으로 이어진다는 점도 '고향' 에 대한 조선인 강제동원자들의 장소인식을 보여주는 대목이다.

그런데 '고향' 은 가족이 있기에 더욱 돌아가고 싶은 곳이지만, '가소꾸모찌家族 持' 가 "악마의 목구멍"을 벗어나지 못하는 이유가 되기도 한다.

회사에서는 그들에게 조선에있는 가족들을 데려오라고 권유(勸誘)하였다. 돌산이도 그리운 어머님과 보고시픈 처자를 대할욕심에 그말에 소긋해가지고는 소위 『가소꾸모찌』가되었다. 그러나 이것은 조선인 광부를 영원히 탄광에다 붓잡아두려는 회사의 방책이었다. 돌산이도 어머니와 안해와 아이들을 탄광에다 데려다놓고는 아풀사 생각을하며 탄식을 하였다. 혼자몸으로도 헤어나가기 극난한 이 탄광을 노모와 유약한 처자를 데리그 어떻게 빠저나갈것인가?……… 그는 옴치고 뛸수가없었다. 일년을지나 이년을지나 삼년이 지났다. 그러나 돌산이는 지하(地下)수천척의 굴속외에는 갈데가없었다. 어머니와안해도 다시 조선이 그립고 고향으로 가고시펐으나 어떻게할 방도가없었다. 싼 탄광의품값으로 살아가는 돌산이에게는 가족들은 그를 영원히 탄광의노예(奴隸)로 맨드는 볼모였다.
그는 가족을데리고 다시 조선엘나가는 것이 일평생 원이었다. 어떻게 하면 다시 한번 조선땅을 밟아보나. 그것은 돌산의 염원인동시에 그의어머니 그의안해의 원염이기도했다. 그는 자기의소원 어머니와안해의 소원을 이루어보리라 늘 그생각 쁜이었다.

— 안회남, 「탄갱」, 263쪽

「탄갱」의 '고향'은 '징용', "가족을 데려오라"는 회사의 권유를 가장한 압박, "탄광에다 데려다놓은" "영원히 탄광의 노예로 맨드는 볼모"인 가족으로 인해 돌아가기 어려운 곳으로 변모한다. 때문에 "우리들이 오랜 머무름에 의해 구체화된 지속의 아름다운 화석들을 발견"하는 곳이 아니라, '없는ou—장소topos'일 뿐이다.

한편 유토피아인 '고향'은 '탄갱'과 이곳에 축적된 일본인과 조선인, 조선인과 조선인 등의 다양한 인간관계와 사회 조직을 비판하는 계기로 작용한다. 조선인 강제동원자들은 '고향'을 그리워하면 할수록 조선인이면서도 자신들을 가혹하게 대하는 '나까무라'와 '회사'가 얼마나 부정적인지 가늠하게 되고, 이야기를 나누게 된다. 요컨대 「탄갱」에서의 '고향'은 조선인 징용자들이 '탄갱'의 문제를 파악할 수 있도록 이끄는 안내자이자, 옳고 그름이라는 소박한 윤리적 표준으로 기능하는 것이다.

탄갱과 시대의 헤테로토피아, '제일협회요'

'다른 공간', '타자성의 공간'으로 해석되는 헤테로토피아heterotopia

는 한 사회의 기준이 변화하거나 통일성이 없는 여러 요소의 혼종적 결합을 지칭한다. 그래서 이는 단순히 기존의 규범과 질서의 와해로 인한 사회적 동요가 아니라, 대안적 관계성을 제시하곤 한다.[14] 이를 두고 푸코는 헤테로토피아가 우리가 사는 무질서하고 오류 투성이인 공간과 변별되는 새롭고, 대안적이며, 재현 가능한 완벽한 공간을 형성하는 역할을 한다고 말했다. 그러나 헤테로토피아는 완벽한 유토피아의 존재에 근거하기보다 변증법적 사고를 통해 현재 상황을 바꿀 필요가 있다고 여겨질 때 마련된다.[15]

실제로 우리는 삶의 무수한 국면을 마주하고, 다양한 유형의 인간관계를 형성하면서 '이곳'과 '저곳'이 같은 규범으로 보편화할 수 없음을 깨닫는다. 그리고 긍정과 부정을 뛰어넘어 새로운 상황에 부합하는 규범과 의례가 존재하는 공간인 헤테로토피아를 만나게 된다. 「탄갱」도 헤테로토피아로 불릴 수 있는 공간이 있다. 강제동원이 이루어지는 '탄광'도, 아름다웠으나 돌아갈 수 없는 '고향'에도 속하지 않고 조선인 강제동원자들의 독특한 규율이 존재하는 '제일협화요第一協和寮'가 바로 그곳이다.

> 그들은 고향을 떠나 탄광에 와닿으면얼마동안은 마음을 안정시켜 새살림살이를 꾸미노라고 야단인것이다. 그래서 궤짝도 짜고 이구주(九州)지방에는 대나무가흔한지라 대일할줄 아는사람에게 청하여 대고리짝을 맨들어 나무궤짝대용도하고 자물쇠를 구하여다 장식겸 그것을 채워두고 해서 잔재미를 붙여 보는것이다.

---

14) Kevin Hetherington, *The Badlands of Modernity—Heterotopia and Social Ordering*, Routledge, 1997, p.8.

15) Michel Foucault and Jay Miskowiec, "Of Other Spaces." Diacrtics 16(1), 1986, p.27.

> 그러나 그 조고마한 안정감(安定感)이 오래갈리없다. 그것은 말할것도 없이 늘생명의 위협을 받고 또 탄관생활자체가 어떠한것이든간에 너무나 너무나 신산하고 괴롭고 쓸쓸하기 때문이다. 그래서 쉽사리 궤짝도가방도 살림살이세간도 다 내버리고는 손쉽게 도망을 가기위해서 늘 조막만하게보따리를 싸서는 머리위에다 걸어놓는 것이다.
>
> — 안회남, 「탄갱」, 257쪽.

'제일협화요'는 "조선인광부가 약이백여명 합숙合宿하"는 "말만 침방이지, 방안에는 요 한잎 이불하나" 뿐인 비루한 곳이다. 그러나 "고향을 떠나 탄광에 와닿으면얼마동안은 마음을 안정시켜 새살림살이를 꾸미노라고 야단"하는 독특한 안정감이 존재하는 공간이기도 하다. 물론 이 '조고마한 안정감'은 "말할것도없이 늘생명의 위협을 받고 또 탄관생활자체가 어떠한것이든간에 너무나 너무나 신산하고 괴롭고 쓸쓸하기 때문"에 지속하지 못한다.

'조고마한 안정감'이 사라진 자리에는 "손쉽게 도망을 가기위해 늘 조막만하게보따리를 싸서는 머리위에다 걸어"둔다는 규칙과 "멀리 고향을 떠나와 억울하게도 죽은사람들!"을 생각하고, "한방 동무들"로서 한탄하는 일상이 자리 잡는다. '회사'를 향한 "그들의 노한 마음은 어떤 저항할수없는절대한힘에도 한번 대들고 싸워보고 싶엇다. 세상의 모든것을 때려부시고 저주하고싶엇다."는 마음과 생각도 이곳에서 구체성을 획득한다. 이처럼 '제일협화요'는 조선인 강제징용자로 운위되는 공동체의 신화적 상상력이 발휘된 공간place of myth으로 '탄갱'의 이데올로기적 구도를 재고하게 하고, 담론을 형성하여 대체질서를 제공한다는 점에서 헤테로토피아의 성격을 내재한다.[16)]

한편 「탄갱」은 소설의 공간은 물론, 글쓰기 자체도 헤테로토피아로 제 역할을 할 수 있다고 여겨진다.[17] 소설을 통해 역사적으로 주변인의 위치에 있던 탄광의 '조선인 강제동원자'의 목소리를 냄으로써 기존의 사회질서에 응전하는 '반反 헤게모니의 공간'이자 '저항의 공간'을 창출하고, 새로운 정체성을 확립하는 데 영향을 미쳤을 뿐 아니라, 국가적 경계에 갇혀 개인의 기억과 표현 가능성effability factor마저 제국주의의 입장에서 억압당해 왔음[18]을 생각하면 소설의 공간은 조선의 관점에서 헤테로토피아일 가능성이 절대 낮지 않기 때문이다.[19]

문학과 '증언—기록'의 공간에 남은 과제

공간은 개인에 따라 다르게 경험될 수 있지만, 때로는 공통적 경

16) '제일협화요'는 중간지대(zone mediane)라는 현실적인 측면도 지니고 있다. 일시적으로나마 정신적 · 육체적 긴장감과 피로를 덜 수 없다면 소설은 물론 현실의 강제동원도 불가능에 가까울 것이다. Rob Shields, Places on the Margin—Alternative Geographies of Modernity, Routledge, 1992, pp.29~65. 참조.

17) 이러한 텍스트는 사회적 피드백과 함께 기존의 굳어진 가치관에 물음표를 던지고, 대안적 사고의 모티브를 제시하기도 한다. Kevin Hetherington, op.cit., p.9.

18) '총체적 기억'에 대한 일본의 태도는 참신할 정도로 진부하다. 대동아전쟁을 내부의 사건으로 치환한 탓에 실질적인 희생양이었던 조선, 만주, 대만 등의 희생자들은 거의 언급하지 않는다. 전쟁의 원인이 일본 내부에 있기에 전후의 회복 역시 일본의 재생이면 충분할 수 있다. 고이즈미(小泉純一郎) 총리가 중국을 방문했을 때 "그 전쟁"을 두고 "우리들도 과거의 역사를 직시하여 두 번 다시 전쟁을 하지 않겠다는 반성으로부터 전후에 평화국가로서 번영할 수 있었다."고 말한 것은 일본의 입장을 여실히 보여준다. 이러한 인식 속에서 피해자들의 표현 가능성(effability factor)은 유지되기 어렵다. 『朝日新聞』, 2001.10.09. 참조.

19) 조선인의 강제동원에 대한 논의는 공식화된 기록 이외에 1970년대 박경식, 김광렬과 같은 재일조선인 연구자 및 하야시 에이타이(林えいだい) 등이 발품을 팔아 증언과 구술을 채록하고 현장을 답사한 보고서에 빚지고 있음을 생각하면 안회남의 「탄갱」은 독특한 사료로 유의미하다.

험이 형성되는 장으로 기능한다. 특히 특정한 공간에서 이루어지는 공통적 경험은 장소성을 생성하는 기분이 되기도 한다. 그래서 공간에서의 다양한 경험과 그에 따른 인식의 변화과정을 살피는 일은 장소성 형성은 물론 당대를 관통하는 문제의식을 읽어내는 방법일 수 있다. 특히 특정한 공간에서 공통적인 경험한 이들의 목소리, 그리고 이를 다룬 텍스트는 개별성과 공통성—때에 따라서는 역사성마저—을 지닐 수 있다.

이러한 가정에 따라 강제동원되었던 체험을 소재로 한 안회남의 「탄갱」의 장소성과 그 변화양상을 살펴보았다. 그 결과, 1) 국민국가의 폭력성이 응축된 도망칠 수 없는 "악마의 목구멍"인 '탄갱'과 2) "그립고 가고시펐으나" 과거 시제로만 서술되는 고향, 3) '제일협화요'로 대표되는 탄갱과 시대의 헤테로토피아, 조선인 강제동원자들의 방으로 작품의 공간을 세분화할 수 있었다. 그리고 이 과정에서 「탄갱」은 소설의 공간은 물론, 글쓰기를 통해 시대의 헤테로토피아로 역할을 하였으리라는 잠정적인 결론도 함께 도출하였다. 해당 작품이 역사적으로 주변인의 위치에 있던 탄광의 '조선인 강제동원자'의 목소리를 표출함으로써 기존의 사회질서에 응전하는 '반(反) 헤게모니의 공간'이자 '저항의 공간'을 창출하고, 새로운 정체성을 확립하는 데 영향을 미쳤으며, 일제하에서 억압됐던 개인의 기억과 표현 가능성을 회복한 사례일 수 있기 때문이다.

2022년의 대한민국은 '탄갱'에 축적된 피로를 해소했을까? 다소 성급한 결론이지만 긍정하기 쉽지 않아 보인다. 「대법원 2018.10.30. 선고 2013나61381 판결」이 강제동원 피해자들의 불법노동행위 손해배상 청구를 할 길을 열어준 것은 사실이다.[20] 일본 정부는 제철, 제강, 조선, 석탄산업을 "메이지 일본의 산업혁명유산明治日本の産業

革命遺産 製鐵’製鋼’造船’石炭産業”으로 유네스코 세계유산으로 등록했고,[21] 하시마端島 등에서 강제동원자들이 흔적을 지우거나 부정하고 있다는 사실은 ‘김돌산’을 비롯한 조선인 강제동원자의 문제가 여전히 현재진행형임을 체감케 한다. 그리고 이러한 현실은 안회남의 「탄갱」과 ‘김돌산’들이 우리사회에서, 그리고 문학연구에서 섬세한 논의가 필요한 대상임을 방증하기도 한다. 이야 말로 강제노동이 자행되었던 공간을 다룬 문학이자 ‘증언—기록’ 그 자체이기 때문이다.

20) 2018년 10월 30일 “대법원 2018.10.30. 선고 2013다61381 판결”에서 대법원은 “1965년 한일청구권협정(이하 ‘청구권협정’이라고 함)의 범위에 불법행위 손해배상청구권은 포함되지 않으며, 피해자들이 손해배상청구권을 행사하는 것에 객관적 권리행사 장애 사유가 존재하였기 때문에 시효항변을 하는 것은 권리남용으로 인정할 수 없다고 판단”했다. 임재성, 「강제동원 대법원 판결 내용과 후속조치 경과」, 『강제동원 문제해결을 위한 한일 전문가정책 토론회』, 2019.1.9., 1쪽

21) 민족문제연구소 · 강제동원진상규명네트워크, 『일본의 메이지산업혁명유산과 강제노동』, 민족문제연구소 · 강제동원진상규명네트워크, 2017, 10쪽.

기록과 소설로 만나는 그때의 북성로

지도를 넘어 마주한 기록과 소설

"낮에 감히 소동을 벌이지 못하는 사람은 밤거리를 걸어야 한다"는 셰익스피어의 말처럼 밤은 사회적 풍경에 혁명을 일으키곤 했다. 비록 "밤에 구멍을 내"거나 "세상으로부터 숨으려"는 나그네가 대다수여서 해가 뜨면 뿔뿔이 흩어졌지만, 밤과 밤거리에서 약자들은 또 다른 삶의 기회, 별개의 영역을 갈구하고 때로 마주했다. 그러나 이와 같은 시간관은 근대화와 함께 거의 사라졌다. 근대의 여명기부터 지금까지 "세상으로부터 숨"을 기회를 박탈당한 우리는 어둠을 밝히고 늦은 시간까지 해야만 하는 일을 하고 있다.

이런 변화는 조선에도 찾아왔다. 특히 일제강점기는 대구의 야간경제가 시작되던 시기였다. 어둠이 내리면 생업을 접고 각자의 집으로 돌아갔다가 날이 밝으면 일터로 모여드는 게 익숙했던 시기가 근대의 도래와 함께 서서히 저물고 있었던 셈이다. 다만 이 시기의 야간경제는 여름 한정이었다. 대구에 기나긴 여름이 찾아들면 중앙통을 중심으로 매일 야시장이 열렸다. 일상에 요긴한 삽화부터 짧지만 후끈후끈한 여름밤을 달랠 과일을 사려는 사람들까지 몰려들면서 일제강점기의 북성로는 '조선의 긴자'로 불리는 최고의 핫플레이스로 자리매김했다.

1918년에 발행한 대구 지도를 살펴보면, 지금의 북성로 1가에 해당하는 모토마치元町 1쵸메丁目와 북성로 2가에 해당하는 2쵸메丁目의 위치를 짐작할 수 있다. 대구역 사거리 대우빌딩에서 달성공원 입구에 이르는 모토마치 1쵸메와 2쵸메에는 지역을 대표하는 번화가로 일본이 경영하던 상점이 즐비했다. 이는 요릿집과 영화관, 여관 등이 자리했던 무라카미쵸村上町와 맞닿아있었기 때문이기도 하지만, 대구역과 가까워 일본인의 상업활동이 활성화했던 북성로 자체의 위상에서 비롯된 것이라고 보아야 할 것이다.

1935년에 발행된 지도를 보면 북성로에는 '최초'나 '발상지'라는 수식어가 아깝지 않은 시설이 적지 않음을 알 수 있다. 대구읍성 밖에 마련된 최초의 공중목욕탕 조일탕朝日湯, 대구 최초의 자동차운전연습장 대구자동차학원실습장, 국채보상운동의 발상지 광문사, 한국 최초의 연초제조창 대구전매지국, 삼성상회 터, 교남학교의 전신인 우현서루, 대구교육청 지정 백년초등학교인 종로초등학교와 수창초등학교는 모두 북성로에 자리하고 있었다. 대구 최초로 상품권을 발행한 지이홍포목점池二洪布木店과 대구 최초의 백화점인 이비시아백화점 역시 북성로와 가깝다.

그런데 일제강점기 대구는 지도나 『조선총독부 관보朝鮮總督府 官報』 등의 공적 기록물 없이도 살펴볼 수 있다. 가와이 아사오河井朝雄의 『대구 이야기大邱物語』, 미와 조테츠三輪如鐵의 『조선 대구일반朝鮮大邱一斑』, 야마기타 고토쿠山北光德의 『우인수난기愚人受難錄』, 노다 타다시野田正의 『대구안내大邱案內』 등 일제강점기 대구에 살았던 일본인 저널리스트의 개인기록물이 있기 때문이다. 특히 가와이 아사오의 『대구 이야기』는 『대구부사』 등과 더불어 일제강점기 대구 관련 연구에서 빈번히 인용되어 왔을 정도로 초기 대구 이주 일본인 사회의 다양한 측면과 문제를 담고 있고, 미와 조테츠의 『조선 대구일반』은 근대 이후 대구를 본격적으로 소개한 최초의 일본어 자료라는 점에서 주목할 필요가 있다.

이 글은 『대구 이야기』와 『조선 대구일반』 그리고 이 시기를 배경으로 한 조두진의 『북성로의 밤』을 통해 당대의 북성로를 살펴보고자 한다.[1)]

대구읍성의 마지막과 신작로의 시작

일제강점기에 제작된 지도는 한반도를 철저히 수탈하기 위해 제작되었지만, 한편으로는 오늘날의 도시가로가 어떻게 형성, 발전했는지를 보여준다는 점에서 흥미로운 자료다. 실제로 이 시기에는 전에 없던 길이 새로 만들어지거나, 사람이 걸어 다니거나 우마차 한 대가 지날 정도로 좁았던 길이 자동차가 교행教行할 수 있는 규모로 넓어졌음을 발견할 수 있다. 우리는 이 길을 신작로新作路라고 부른다.

구한말 지식인들은 도로가 나라의 부강과 뗄 수 없는 사이임을 잘 알고 있었다. 그러나 이미 일제에 나라를 빼앗긴 뒤라 독자적인 도로를 건설할 수 없었고, 균형잡힌 발전이 아니라, 수탈을 손쉽게 하기 위한 정비를 목적으로 하는 신작로의 건설을 바라보아야만 했다. 일제 역시 길의 중요성을 잘 알고 있었다. 1906년 3월, 7년에 걸쳐

---

1) 『대구 이야기』의 서문에 "미와 조테츠의 『대구일반』 이후로 대구의 27~8년간의 경과를 정리한 문헌이 없다"는 문장으로도 『대구일반』이 대구 관련 일본어 문헌에서 차지하는 위치를 보여준다고 할 수 있다.

전국의 주요 도로를 개수하는 「전국 도로 개수 계획」을 세우고 같은 해 4월, 치도국治道局을 만들어 도로관리를 전담했다는 기록만 보아도 일제가 신민통치를 위해서는 정리된 길이 필요하다고 인식했음을 알 수 있다.

대구도 사정은 다르지 않았다. 대구를 관통하던 사람과 수레, 우마牛馬가 다녔던 길은 영남대로를 비롯해 수 개가 조선시대부터 이어졌으나, 1907년 대구읍성이 훼철되면서 읍성의 시대가 저물고 도로의 시대가 밝았다. 박중양은 융희 2년(1908) 12월 공비 19,849원을 들여 폭 5간의 신작로를 냈다. 이 신작로가 동성로, 남성로, 서성로, 북성로 이른바 사성로다. 다음해에는 순조의 대구 행차에 맞추어 경상감영과 객사 중간을 십자十字로 뚫는 십자대로十字大路, 즉 혼마치 도쿠다本丁道路 공사가 이루어졌다. 38,962원을 들여 폭 5간 6분 1리의 크기로 사성로를 도심 내부로 연결하며 교차하는 이 십자대로는 경상감영을 동서남북으로 연결하는 길이자, 일본인들의 대구 수탈을 가속화하는 계기로 작용했다. 융희 3년(1909) 10월 일본거류민단 측은 대구이사청을 관찰부 곁방살이에서 옮기기 위해 지금의 시청터를 사들여 7간 도로를 만들고 동문 밖 3간 도로를 5간으로 넓히기도 했다.

성벽 해체는 박중양씨의 결단이었고 대구 발전을 위한 것이었다. 관찰사 서리가 파괴공사에 착수하면서 내부대신內部大臣에게 신청서를 우송하였다. 이는 예정된 계획이었다. 8일째에 불인가의 명령이 통달되어 왔을 뿐 아니라 한국 정부는 박중양씨의 비위를 규명하기 위해 황제의 칙서勅書를 받아 이를 보내왔다. 박씨의 신변이 점점 위태해졌으나 이토伊藤博文 공의 주선으로 다행히 무사하게 되었다. 1909년 박중양씨의 경상북도 관찰사 시대에 소위 십자도로十字道路의 개통을 보았다. 십자도로라 함은 부청府廳 앞에서 상정上町, 본정本町에 이르는 동서선과 경정京町에서 대화정大和町에 이르는 남북선을 말한다. 경비는 한국정부의 국고 지원으로 이 도로가 개통될 무렵 한일합병이 되고 말았다. 박중양씨는 충청남도 장관으로 영전되었으니 대구부민이 사은의 뜻으로 금줄이 달린 금시계를 선물하였는데 시계 뒤 뚜껑 안쪽에 이중 십자형二重十字形을 새겨넣었으니 이는 성벽 파괴의 공적과 십자로 개통의 배려를 상징한 것이었다. 그만큼 박중양씨는 대구의 은인이었다.[2)]

예전에 성벽자리였던 큰 도로는 1906년 11월에 당시 관찰사 서리였던 박중양 씨가 오카모토 부이사관과 가게야마 민회장의 의견을 받아들여 경성 정부의 허락을 받지 않은 상태에서 미증유의 영단으로 성벽과 성문 전부를 파괴하면서 시작되었다. 박중양 씨가 평양 관찰사로 부임하면서 그대로 있다가 그가 1909년 6월에 대구 관찰사로 돌아오자마자 곧바로 개수에 착수해 1909년 가을에 준공했으며 한국정부가 국고를 지출했다.[3)]

십자대로는 경북도청이 산격동으로 이전하기 전까지 일본인들의 최대 상권지였다. 1913년 십자대로 개수공사를 마치면서 십자도로가 교차하는 사거리 주위에는 많은 변화가 생겼다. 태평로를 중심으로 대구역세권이 확장되고, 달서문 밖 동산에는 미국교회당과 선교사 건물, 남산에는 성모당과 같은 프랑스 건물들이 속속 들어섰다. 달성에는 대구신사와 공원이 설치되어 읍성 밖으로 본격적인 확장이 시작됐다. 또 이 주변에는 조선식산은행지점과 경찰서, 헌병대,

---

2) 가와이 아사오, 손필원 역, 『대구 이야기(大邱物語)』, 대구 중구 문화원, 1998, 122~123쪽.
3) 미와 조테츠, 최범순 역, 『조선 대구일반(朝鮮大邱一斑)』, 영남대학교출판부, 2016, 106~107쪽.

우체국, 금융조합, 조선은행과 같은 식민지 통치기구가 들어섰고, 인접한 대안동에는 일본사찰인 서본원사와 동본원사가 들어섰다. 이를 중심으로 원정통으로 불렸던 북성로를 중심으로 중앙통, 동성정, 본정로 상권이 확장하였고, 이곳은 일본인들의 공간으로 자리매김했다. 또한, 지방소매상을 상대하는 일용공도매상은 여전히 쟁쟁한 '큰장' 서문시장과 접한 시장정, 본'에 밀집했다. 이에 비해 조선인이 힘을 발휘하던 상설점포는 본정과 경정을 중심으로 확장했다. 따라서 신작로는 재조일본인의 염원이라고 보아도 큰 무리가 없다.

> 성벽 해체 소식을 재빨리 들은 사람들이 눈먼 땅을 사재기하여 일시에 자산을 불렸다. 성벽이 아직 있을 때 원정元町은 성안과 성밖의 땅 값 차이가 너무 컸었다. 성밖이 평당 6원에서 10원 정도, 성안은 평당 2, 3원 하던 것이 도로가 개설되고 나자 당장에 10배 이상으로 뛰었던 것이다.[4)]

대구읍성이 훼철되기 전 북성로의 지가地價는 "성밖이 평당 6원에서 10원 정도, 성안은 평당 2, 3원 하던 것이 도로가 개설되고 나자 당장에 10배 이상으로 뛰었"다. 그러나 "성벽 해체 소식을 재빨리 들은 사람들이 눈먼 땅을 사재기하여 일시에 자산을 불렸다"는 이야기는 조선인과는 별 상관이 없었다.

조선인에서 일본인으로. 권력전환의 장소

오히려 "소위 십자도로의 개통"은 대구부민에게는 상실감과 식민

4) 가와이 아사오, 손필원 역, 앞의 책, 123쪽.

지배의 신호탄과 다르지 않았다. 대구읍성을 기준으로 형성됐던 지가가 손바닥 뒤집듯 달라졌다는 사실도 영향을 미쳤겠으나 보다 근본적인 문제는 가와이 아사오를 비롯한 재조일본인도 알고 있었던 대구읍성의 의미가 훼손되었다는 데 있었다.

> 대구의 성벽은 그 옛날 한국에서는 장관이었으리라 짐작된다. 수도 경성은 남산, 북한산이란 험준한 산과 한강이 서로 흘러 자연의 방비가 있으므로 남대문, 동대문에 따라서 일부에만 성벽을 쌓았을 뿐이다. 산험수리山險水利를 얻고 있다는 점에서는 평양도 거의 경성과 같았다. 다만 대구만은 요해지要害地로서 산수의 혜택을 얻지 못하고 있었다. 그 결함을 메우려 만들어진 것이 대구 성이었다. 평지에 완전한 성이 축조되기는 전도全道 중에서 대구뿐이었다. 성벽의 이름은 뒷날 일본인이 붙인 이름이고 한국인은 대구를 부르기를 「성내」라 하였다. 지금도 한발자국 교외로 나가면 촌사람들은 성내라 부르고 있다. 성내는 성안城內의 뜻이었다. 대구 성이 왜구倭寇의 침입방비를 위해 축조된 것인지 아닌지는 모르겠으나 기록에는 옛날 남방으로부터 왜구들의 침입이 잦아 방어용으로 토석을 굳혀 성을 쌓은 것인데 일본의 성들처럼 외벽과 형태가 거의 같았다.[5)]

"그 옛날 한국에서는 장관이었으리라 짐작"되는 대구읍성은 "요해지로서 산수의 혜택을 얻지 못"했던 대구에서 선택한 "옛날 남방으로부터 왜구들의 침입이 잦아 방어"의 방법, 즉 생존의 방법이었다고 해도 괴언이 아닐 것이다. 게다가 이를 기준으로 '성내'와 '성밖'을 구분했으니 대구부민의 공간인식에 대구읍성이 미친 영향을

5) 앞의 책, 115쪽.

짐작하고도 남는다.

그러나 십자대로를 만드는 과정에서 이토록 상징적인 대구읍성이 훼철되고, 경상감영의 중요한 부속건물인 달서문, 진동문, 영남제일관, 공북문이 파괴되었으며, 관풍루와 만경루는 연결고리가 전혀 없는 달성공원으로 이전됐다. 요컨대 십자도로의 개통은 대구읍성 훼철의 다른 이름이었고, 이는 곧 읍성 고유의 풍수체계와 전통미학, 경상감영과 대구읍성의 상징성과 독자성을 훼손하는 일이었다.

> 옛날에는 왜적이 자주 남부 지역을 침범해 건국 초기에 성벽을 쌓아 방어했다고 하니 대구의 성벽은 500년 전에 축조해서 이후에 개조했을 것이다. 이러한 점에서 성벽은 내란방어를 위한 것이 아니라 일본군 침입에 대비한 것이었음이 분명하다. 성벽 길이는 약 1,600간間으로 동성정東城町, 남성정南城町, 서성정西城町, 모토마치元町의 큰 도로는 성벽이 있던 자리이다. 1906년 11월에 당시 관찰사 서리이자 현 관찰사인 박중양 씨가 오카모토 리헤岡本利平 부이사관과 가게야마 히데키影山秀樹 민단장 두 사람의 의견을 받아들여 성 전체를 부순 후 1908년 가을에 관찰사로 부임해 현재 도로를 만들었다. 일본인의 침입을 막기 위해 축조했던 세종대왕의 혼은 어떻게 느낄는지.[6]

앞에서 살펴본 바와 같이 영조 12년(1736) 석성으로 축조된 대구읍성은 대구부민의 물리적 · 정신적 보호벽과 다르지 않았다. 부산에 거주하던 일본인들이 대구로 유입되기 시작할 때만 하더라도 대구부민은 대구읍성 안에서 활발하게 상업활동을 이어갔다.

그러나 이 읍성은 근대적 도시발달을 저해하고, 축성한 지 오래되

6) 미와 조테츠, 최범순 역, 『조선대구일반』, 영남대학교출판부, 2016, 33쪽.

어 허물어지는 등 통행에 방해가 된다는 이유를 들어 철거를 주장했던 일본인과 박중양의 목소리는 오히려 대구읍성이 조선인에게는 든든한 방벽이었음을 추측하게 한다. 이러한 상황은 조두진의 소설 『북성로의 밤』의 문장으로 남았다.

> 북성로(모도마치)는 35년 전, 그가 포목점을 열 때까지만 해도 대구읍성의 북쪽 벽이었다. 나카에와 몇몇 일본 상인들이 목숨을 걸고 성벽을 허물기 시작했을 때, 대부분의 일본 상인은 팔짱을 낀 채 구경만 했고, 조선상인은 무뢰배를 동원해 폭력을 행사하며 맞섰다. 경상북도 관찰사 서리 박중양은 이를 묵인하는 것으로 일본 상인을 지지하였다. 대구읍성이 버티고 있는 한 일본 상인이 발붙일 곳이 없었다. 사람의 왕래가 많은 요지要地는 모두 조선인의 땅이었고, 일본 상인은 성 밖 변두리를 전전하는 형편이었다. 대구에서 인부를 구하지 못한 나카에는 부산까지 가서 일본인 역부들을 데리고 와 성벽을 허물었다. 목숨을 내놓고 허문 성벽이었다.[7)]

'나카에 도미주로'의 시선에서 서술된 위의 문장은 대구읍성이 훼철되기 전까지 대구의 일본인들이 느꼈을 심리를 파악할 수 있을 뿐 아니라, 대구부민의 상처로 남은 이 읍성이 일본인들에게는 "목숨을 내놓고 허문 성벽"이자, "성 밖 변두리를 전전하는 형편"을 벗어나지 못하는 난관이었음을 가늠케 한다.

대구읍성이 훼철되기 전까지 읍성 안城內은 조선인들만의 공간이었다. 대구에서 일본인 사회가 막 형성될 때 일본인들은 조선인과 빈번히 갈등을 일으켰고, 대한제국 경북 관찰사의 배일排日정책에

7) 조두진, 『북성로의 밤』, 한겨레출판사, 2012, 16쪽.

부딪혔다. 특히 경부철도공사가 진행되면서 부산과 대구를 오가던 일본인들은 대구역 예정지를 예상하며 토지를 매입하고자 했다. 그러나 당시 경상북도 관찰사 이윤용李允用은 조선이 일본인의 사업에서 물건을 구입하거나 일본인에게 가옥 및 토지를 팔면 투옥했고, 이용익李容翊은 도내 군수회의를 소집해 기강을 잡는가 하면 일본인을 위해 일한 적 있는 조선인 20여 명을 체포해 구금했다.[8] 이를 두고 『황성신문』은 "이관찰은 진眞관찰사"라며 칭송했다.

達察頌譽大邱觀察使 李容翊氏는 赴任以後로 該府內의 陳陳舊習을 一倂革除ᄒᆞ는ᄃᆡ 從前으로 府屬의 服着ᄒᆞ던 戰服軍服名色도 除去ᄒᆞ고 大喇叭吹打홈도 撤去ᄒᆞ고 吏校徒隷을 一切 減額ᄒᆞ고 出入에 前擁後衛ᄒᆞ야 呵道辟除ᄒᆞᄂᆞᆫ 習도 革除ᄒᆞ고 有時로 一個使僮만 帶率ᄒᆞ고 市街로 步行周觀ᄒᆞ면셔 人民의 情況을 視察홈으로 民間에 稱頌이 藉藉ᄒᆞ며 曰 李觀察은 眞觀察使이라 ᄒᆞᆫ다더라

이는 해당 공간의 소멸은 대구부민의 공간, 조선인의 공간, 국권의 공간이 소멸하였음을 은유하는 동시에 일본인에 의한 대구와 조선의 장악이 본격화하였음을 상징한다.

조두진은 『북성로의 밤』에서 일본의 항복 선언 후 조선인들이 일제 권력과 그로 인한 풍요로움을 상징적으로 드러내던 북성로에서 일본인들이 운영했던 상점을 공격하고 만세를 외치는 행위를 통해 권력의 주체가 일본인에서 조선인들로 전환되었음을 사실적으로 보여준 셈이다.

---

8) 가와이 아사오, 손필원 역, 『대구 이야기』, 대구 중구 문화원, 1998, 153쪽.

미나카이백화점 북성로점에 등불이 켜지면

앞에서 언급한 바와 같이 북성로에는 '최초'라는 수식어가 아깝지 않은 시설이 적지 않다. 그러나 대구 최초로 엘리베이터가 설치된 건물인 미나카이 백화점三中井百貨店의 위상을 뛰어넘을 수 있는 곳은 많지 않다.

> 당시는 일본인 수도 증가하여 약 1,300여 명인데다가 슬슬 시가지의 체제도 잡혀가고 있어서 역 앞거리는 4칸 폭의 도로가 완성되었고 경주가도慶州街道에 따라 듬성듬성 일본인 가옥이 건조되고 있었다. (중략) 이보다 앞서 서문밖에 미나카이 상점三中井商店이라는 꽤 큰 점포가 있었다. 한국인을 위한 제 잡화諸雜貨의 도소매와 돈 놀이업도 겸했었다. 미나카이라는 상호는 나카에 성을 가진 2인中江五郎平, 中江富十郎과 나카무라의 3인의 두문자頭文字를 따고 오쿠이奥井和平라는 사람의 이井자를 따서 미나카이三中井이라 하였다. 이것이 조직되기까지는 4인이 각각 자기 점포를 가지고 있었으나 연맹하여 자본을 합쳐 미나카이 상점을 조직하여 한국인 취향을 따른 잡화판매로 패권을 잡았던 것이다. 훗날 미나카이는 대구에서 포목점을 열고 본 포를 경성으로 옮긴 후 각지에 미나카이 포목점을 설치하였다. 도쿄東京에서는 마루비루丸ビル 내에, 교토京都에는 구매부를 두는 등 눈부신 발전을 보였다. 그러나 미나카이의 요람은 실로 대구이며 나카에中江五郎平씨가 두각을 나타내던 것이 바로 이때였다.[9)]

가와이 아사오에 따르면 미나카이백화점은 "각각 자기 점포를 가

9) 가와이 아사오, 손필원 역, 앞의 책, 75~76쪽.

지고 있었"던 네 사람이 "연맹하여 자본을 합쳐 미나카이 상점을 조직하여 한국인 취향을 따른 잡화"를 판매했던 곳이자 "돈 놀이업을 겸했"던 곳임을 알 수 있다. 이후 미나카이백화점은 일본이 제1차 세계대전으로 전에 없던 호황을 누리게 되자 경성으로 본점을 옮기고 전국의 주요 도시에 지점을 설치했으며, 종래에는 한반도를 넘어 일본 도쿄와 교토, 만주까지 진출했다.

이처럼 "눈부신 발전을 보"인 "미나카이의 요람은 실로 대구"였고, 북성로였다. 흥미로운 사실은 제법 시간이 지난 후에도 북성로의 미나카이백화점에 대한 재조일본인과 대구부민의 관심이 줄지 않았다는 것이다. "미나카이 백화점의 엘리베이터는 한 번 타보고 죽는 것이 소원"[10]이라는 사람마저 있었다는 증언이 이를 방증한다.

이런 기억은 조두진의 소설 『북성로의 밤』에서 어떻게 그려질까? 1940년대 권력을 쥔 일본인과 이에 응전하는 조선인의 갈등을 중심으로 병참기지로 수탈당하는 대구의 모습을 묘사한 이 작품은, 1905년 북성로에 문을 연 미나카이백화점을 배경으로 배달부로 일하는 주인공 '노정주'와 이 백화점 사장인 '나카에 도미주로中江富十郎'의 딸 '아나코中江穴子'의 사랑이 큰 줄기를 이룬다. 1904년부터 한일 국교 정상화까지를 시간적 배경으로 삼기 때문에 조선과 일본, 조선인과 일본인, 항일과 친일이라는 척력斥力이 팽팽하다.

소설에는 북성로를 거니는 일본인은 가족이나 연인과 함께 쇼핑하거나 산책하는 여유로운 모습이지만, 조선인은 늦은 밤 향촌동 뒷골목에서 하오리羽織를 걸치고 술을 마시는 묘사되어 북성로와 향촌동 뒷골목이 각각 일본인과 조선인의 계급적 차이를 뚜렷하게 보여

10) 조두진, 「대구 옛 도심, 이야기로 살아난다—미나카이 백화점과 일본 패망」, 『매일신문』 18면, 2011.07.02.

준다. 가령 미나카이백화점은 소설에서 '황홀경'에 비유되면서 북성로의 번화함과 일제의 권력을 과시하는 공간으로 묘사된다.

> 북성로의 길쭉한 길은 밤에도 은방울꽃 모양의 가로등이 켜져 있어 환했다. 북성로의 밤은 이름다웠다. 길양옆에 조경 회사인 스기하라 합자회사, 구로가와 재목점, 목욕탕인 조일탕, 대구 곡물 회사, 마쓰노 석유회사를 비롯해 철물점과 채소가게와 생선가게, 식료품 가게, 약국, 도기점 등 크고 작은 점포가 즐비했다. 북성로의 점포들을 한 바퀴 순례하는 것만으로 생활에 필요한 물품을 모두 구할 수 있었다. 밤 10시가 가까웠지만 아직 불을 밝히고 영업 중인 점포도 많았다. 점원들이 점포 입구에 의자를 내놓고 앉아 담배를 피우고 있었다.[11]

"은방울 꽃 모양의 가로등", "밤늦도록 꺼지지 않는 가게의 불빛"을 통해 화려했던 북성로의 가로 경관을 상상할 수 있다. 또, "길양옆에 조경 회사인 스기하라 합자 회사, 구로가와 재목점, 목욕탕인 조일탕, 대구 곡물 회사, 마쓰노 석유회사를 비롯해 철물점과 채소가게와 생선가게, 식료품 가게, 약국, 도기점 등 크고 작은 점포가 즐비했다"는 문장 역시 북성로가 대구를 대표하는 소비공간으로 다양한 사회·경제활동이 활발했던 곳임을 보여준다.

한편 북성로에 자리한 미나카이백화점은 '장방형 유리창 벽면'과 '샹들리에'로 장식된 '성채'이자 '어둠속에 홀로 빛나는' 존재, 근교에 있는 비슬산과 신천이 보이는 고층건물이기도 했다.

> 지하 1층부터 지상 4층 규모의 미나카이 백화점은 황홀경이었다. 백

11) 조두진, 『북성로의 밤』, 한겨레출판사, 2012, 80쪽.

화점 북쪽 벽면에는 30개의 장방형 유리창이 붙어 있었다. 마치 얇은 유리가 그 거대한 건물을 지탱하고 있는 듯한 느낌을 주었다. (…) 네모로 된 커다란 상자 안에 사람이 들어가서 단추를 누르면 상자가 휘익 올라가 눈 깜짝할 사이에 3층이나 4층에 도착했다. (…) 백화점에 즐비한 여성용 원피스와 신사용 넥타이, 양산과 핸드백, 전축과 안경은 태어나서 처음 보는 물건이었다. 천장에 매달린 샹들리에는 낮이나 밤이나 불이 환하게 켜져있었다. 남쪽 창가 자리에서는 멀리 비슬산이 보였다. 그 앞으로 오포산이 웅크린 듯 앉아 있었고, 물이 마른 신천이 허연 바닥을 드러내며 구불구불 이어지고 있었다.[12]

한편 『북성로의 밤』에서 미나카이백화점은 대구에 거주하는 일본인들의 막대한 경제력과 북성로의 번화를 보여주는 공간이자 요직에는 조선인을 기용하지 않는 철칙을 고수하면서도 많은 조선인이 근무하는 일제권력의 장소이기도 하다. '백화점에 즐비한 여성용 원피스' 나 '신사용 넥타이' 와 같은 신문물이 즐비한 곳이다. "신문물은 당시에 서구 부강의 상징"이며 부유하고 힘 있는 나라를 실현하기 위한 "선망과 모방의 대상"이었고, 백화점의 '엘리베이터,' '유리' 등의 "건축 기술적 경관"은 제국의 우월성을 과시하는 역할을 하고 이러한 장치를 통해백화점 이용자는 특권의식을 느끼는 대상이었음을 감안하면[13] 이 백화점은 일본인과 소수의 부유한 조선인의 소비와 사교가 동시에 이루어졌으리라 추측할 수 있다.

또한, 조선인 직원이 일본인 손님을 위해 일본어로 접대하고 일본인 손님의 집까지 물건을 배달해주었으나 조선인들은 함부로 물건

12) 조두진, 『북성로의 밤』, 한겨례출판사, 2012, 130쪽

13) 정은혜, 『지리학자의 공간읽기』, 푸른길, 2018, 137쪽.

을 살 수 없었고, 고위 관리 직급에 조선인을 등용하지 않는 등 조선인을 의도적으로 배제하는 모습을 통해 "이용계급의 차별화"가 나타나는 장소로서의 의미를 보여준다.[14)]

사라지는 흔적과 그 후에 남은 지극히 현실적인 이야기

1945년 광복 후, 미나카이백화점 자리에는 적산관리청이 들어서고 북성로의 적산을 대구사람들이 인수했다. 기계와 공업사들은 북성로에, 공구 암시장은 인교동 삼성상회 주변 노점에 자리를 펼쳤다. 먼저 북성로 1가쪽으로 '세신', '삼화', '조일', '삼천리' 등의 기계제조업체가 탄생했고, 6 · 25전쟁수복기를 거치면서 '만물', '태창', '대양', '남선', '이화', '흥업', '신성', '수생', '동화' 등의 철물상회와 '대한', '종광', '대성' 등의 금속재료상이 터를 잡았다.[15)]

막대한 숫자의 귀환동포와 피난민, 일자리를 찾아 대구로 모여든 인력은 북성로의 귀중한 인적 자원으로 발돋움 했다. 이후 북성로 공구골목은 철물상 거리로 변모했다가 '대안동'의 인테리어업, '수창동'의 기계공구, '태평로'의 창고 등과 연계하여 한층 거대한 상권을 형성하면서 오늘날과 같은 집단상가의 모습을 갖추었다. '제3산업공단', '이현공단' 등 산업단지가 대구에 들어서면서 수많은 산

---

14) 정은혜, 앞의 책, 130쪽.

15) 북성로 공구골목은 6 · 25전쟁과 미군정기에 형성되었다고 보아야 할 것이다. 옛 수창초등학교 자리에 육군 헌병학교가 입지하면서 군수물자가 유출되어 본격적으로 상가가 형성되었고, 동국철물시장 자리에 자동차 부품공장이 건립되고, 1947년에 지금의 인교동 골목에 미군부대에서 불하된 폐공구를 수집하여 11명이 공구수리 및 판매를 시작하게 된 것이 오늘에 이르렀기 때문이다.

업용품들이 팔려나간 1970년대는 북성로의 전성기라고 불러도 무방하다.

그때만 해도 역전파출소 경찰들이 맨날 골목에 나와 통행지도를 했습니다. 떼돈을 번 상인도 수두룩했고요.

— 북성로 공구상인 A

초기 공구골목은 전국에 있는 공구가 다 이 골목에 있다' 고 할 만큼 크고 호황을 누렸지요. 공구를 찾는 사람들도 줄고, 상권도 분산돼 옛말이 됐지만.

— 북성로 기술장인 B

1990년대에 이르면 공구상이 즐비했던 인교동과 연결되면서 1㎞ 남짓한 북성로 공구골목이 명실상부한 대구 최대의 산업공구골목으로 자리매김했다. "골목 한 바퀴를 돌면 탱크도 만들 수 있다"거나 "도면만 있으면 탱크도 만든다"고 말할 정도로 기계, 선박, 차량, 건축에 이르기까지 온갖 부품을 갖추고 있었다. 조양철공소에서 만든 대구 첫 발동기와 이조철공소가 60년대에 만들어 선풍적 인기를 끌었던 참기름 짜는 기계는 북성로 공구골목의 위상을 보여준다.

그러나 IMF와 금융위기를 거치며 대구경북이 침체에 허덕일 때 북성로 역시 적지 않은 타격을 입었고, 1998년 대구시가 북구 산격동에 대구종합유통단지를 조성하면서 상당수의 업체가 빠져나갔다. 대구의 중심부에 위치해 접근성은 좋았으나 주차와 교통문제가 심각했고, 일제강점기에 형성돼 노후한 건물도 이주압력을 받는 데 한몫했다. 여전히 수백 개 점포가 영업하지만 장기화한 경기침체와 인터넷 쇼핑몰, 대기업의 소모성자재구매대행 등으로 공구상이 느끼는 피로감은 가볍지 않다. 국내 대표적 공구상가로 특화한 북성로가 "이전의 활기와 야성은 사라져 버렸고, 몇 집을 제외하면 장사조차 여의치 않아 보이는 조그마한 가게들이 빼곡하게 들어찬 낡은 거리로 변"[16]한 것이다.

다행히 2002년 12월 거리문화시민연대가 창립되면서 도심 골목 투어가 시작되었고, 대구의 근대문화골목에 대한 지역민의 관심이 높아졌다. 2000년대 이후 북성로의 상권 쇠퇴는 북성로에 유휴공간을 발생시켰고, 시민들의 도심 재개발에 관한 관심 환기와 함께 저렴한 임대료를 장점으로 문화예술인이 유입하기 시작하였다. 이에 대구시는 도시재생사업의 일환으로 북성로의 근대건축물을 대상으로 리노베이션을 지원했다. 그 결과, 북성로 공구골목은 2013년에 북성로의 거점 '공구박물관'과 한 'Cafe 삼덕상회'가 들어섰다. 이후 1910년대, 1950년대 적산가옥 두 채를 믹스해 카페 겸 복합 문화공간으로 탈바꿈한 '믹스카페북성로', 1930년대 실제 소금창고로 이용하던 건물에는 와인과 다양한 음식을 판매하는 '소금창고'가 생겨났다. 1920년대에 지은 '경일은행' 산하 2층 목조 건물은 '희움일본군위안부역사관'이, 1930년대에 지은 적산가옥은 뼈대만 남기고 '264작은문학관'으로 다시 태어났다.

그러나 대규모 아파트 단지로 운위되는 재개발 앞에서 창조력은 미력하다.

> 사진을 왜 찍습니까? 큰 아파트를 짓는다고 하니까 좋아보이지요? 아파트 위에서 내려다보면 공구골목 허름한 기 다 보일깁니다. 민원 안 넣

16) 이승우, 「북성로: 길의 새로운 도전을 말하다」, 대구문화재단, 『대문』, 2017, 겨울호.

겠어요? 안 그래도 북구로 간 상인이 많습니다. 이제 하나씩 하나씩 다 사라지겠지요. 그럼 북성로 공구골목이라 부를 수 있습니까?

— 북성로 상인회 회원 C

우연히 만난 상인의 이야기가 멀게 느껴지지 않는 이유는 무엇일까? 시곗바늘을 돌려 우리를 '그때, 그곳'으로 데려가 주었던 길에 아파트가 빼곡하게 들어찬다면 우리는 『북성로의 밤』에서 '노태영'과 '정주'가 그랬던 것처럼 "동서로 뻗은 북성로에서 남쪽으로 가지를 친 향촌동 좁은 골목"[17]으로 발길을 돌려야 할 것이다.

---

17) 조두진, 『북성로의 밤』, 한겨레출판사, 2012, 29쪽

지역문학이 자라는 토양, 문학동인지

지역문학의 정체

'지역'과 '문학'과 같이 익숙한 단어는 부피와 질감마저 또렷한 느낌이 든다. 이 때문에 '지역'이 무엇인지, 또 '문학'이 무엇인지 깜냥껏 정의하고 때로는 시원하게 주장할 수 있을 것 같은 착각마저 한다. 그러나 '지역문학'은 어디에 방점을 찍어야 할지 망설이게 된다. 지역문학 연구가 문학연구의 의미 있는 담론으로 주목받기 시작한 게 1990년대 후반인데다, 연구자 혹은 평론가들에 의해 간헐적이지만 성과를 내오고 있다는 사실을 감안하면 이 망설임은 어색하다. 이 어색함을 떨치기 위한 방법은 무엇인가? 아마도 지역문학이 무엇인지 이해하는 일일터다. 지역문학이란 무엇일까?

지역문학은 근대적 제도와 문화적 시스템에 의해 형성되었다. 주지하는 바와 같이 근대는 발전에의 욕망을 근원적인 내적 충동으로 간직하면서 고유한 당위를 축적하면서 지배력 우위의 명분을 마련했다. 그렇게 한 문화가 상대문화에 대하여 계도하는 힘을 얻으면서 지배와 피지배라는 종속 관계를 형성하게 되었다. 이와 같은 문화의 우열에 대한 인식이 한 나라 안에 적용되면 지역문학이 형성된다.

이처럼 지역문학은 국민문학 혹은 민족문학에 대한 하위영역으로 인식되었기에 태생적으로 중심주의 문학의 반대에 자리할 수밖에 없다.

그러나 이제, 더 이상은, 지역문학을 중심주의 문학의 대척점에서 바라보지 않는다. 오히려 지역의 정체성을 잘 드러낸 문학, 지역으로 운위되는 고유한 장소성이 또렷한 작품, 지역에서의 경험을 문학적으로 표현한 것으로 정의한다. 패러다임의 변화라고 불러도 좋을 정도의 변화가 어떻게 일어날 수 있었을까?

우선 지방자치제도의 부활을 둘 수 있다. 지역에서 중앙정부의 영향력이 감소되고, 중요한 정책을 지방자치단체가 주도하게 됨에 따라 각 지자체에서는 계층간 문화격차 해소, 고유문화를 바탕으로 한 문화시설 기반 조성 사업, 전통 문화예술의 대중화 및 뉴 미디어 등장에 따른 콘텐츠 개발 역량 강화에 역점을 두고, 이를 전문적으로 추진하기 위한 산하기관을 추진해야 한다는 인식이 확산했다. 이러한 인식의 연장선에서 지자체의 문화적 보편성과 지역적 정체성을 드러낼 수 있는 실질적 대안이 필요하다는 목소리가 높아지기 시작했다. 이에 더하여 갓 불어오기 시작한 글로컬리즘glocalism의 바람은 지역에 대한 관심을 증대하는 직접적인 계기가 되었다고 보아도 무방하리라. 학계와 문단에서 포스트모던, 탈식민주의 이론과 관련한 탈중심화 논리가 힘을 얻은 것도 이 무렵이다. '중앙문단'과 '지방문단'이라는 단어에 깃든 한계를 지적하는 목소리가 이어졌고, 학계에서도 중앙 중심의 문학연구를 지속한 현실에 대한 성찰을 도모하기 시작했다. 1996년이 '문학의 해'로 지정되면서 자치단체별로 지역문학 관련 전집이나 선집, 문학사 등을 펴냈다는 사실 역시 지역문학에 대한 관심을 방증한다.

지역문학은 지자체의 유효한 관광자원으로 인식되기도 했다. 지방자치제의 실시 이후 각 지자체에서는 지역의 이미지 제고를 위해 한정된 공간에서 지역만의 콘텐츠를 발굴하고자 노력해 왔다. 그런데 문화콘텐츠에서 간과할 수 없는 분야가 문학과 문학콘텐츠이다. 문학콘텐츠는 지역출신의 문인과 그들의 문학, 혹은 지역을 공간배경으로 하는 문학작품 등을 콘텐츠화하는 것을 의미한다. 문학을 원천소스로 활용할 경우 우선 지역문화를 유형화하여 정신적, 물질적 가치가 고양되는 현장을 만드는데 유리하며, 문학공간은 지역의 문화자원으로써 활용이 용이하다는 장점을 갖는다는 인식은 이제 낯설지 않다.

그리고 이러한 상황에서 문학동인지는 지역에서 그 무게를 다시 확인하고, 연구하며, 선양해야 할 대상 중 하나다.

문학동인지의 미학과 지역성

1966년에 창간된 『문학시대』는 「창간사」를 통해 지역문단이 "서울문화권에 예속"되어 푸대접을 받는다고 하고, 중앙문화만 비대해지는 현상을 "문화의 기형아 현상"이라고 맹렬히 비판했다.[1] 이 지적이 이루어진지 약 50년이 지난 지금도 여전히 지역문단은 다른 지역, 특히 수도권 매체에 대해 비판적이고, 논쟁은 집단적 운동성의 동력으로 작용하고 있다. 지역의 문예지의 주류가 동인체제임은 이러한 운동성과 무관하지 않을 것이다. 그럼에도 불구하고 지역의 동인회는 오늘날에 이르기까지 지역문인에게 안정적인 발표 지면을

1) 김영, 「새벽길 떠난 향파 선생님」, 이주홍아동문학상운영위원회, 『이주홍의 문학과 인생』, 도서출판 세한, 2001, 51~52쪽.

제공하고 이를 통해 지역 자체의 문인을 배출하고 있다. 또한 지역문화를 주도할 방법이자 실천방향으로 제시되고 있다.

문학동인지가 창조적인 지역문화 형성에 기여할 수 있다는 사실은 현대적인 문단이 형성되던 일제강점기에도 그 사례를 찾아볼 수 있다. 당시에는 교과과정에 포함되어 있는 문학수업을 제외하면 체계적인 습작 및 지도가 거의 이루어지지 못했고, 따라서 문학에 대한 열정을 키울 수 있는 환경이 상대적으로 조성되지 못했다. 따라서 문학동인지를 중심으로 창작활동을 전개하여 창조적인 지역문화 형성에 기여하게 된다.

극작가인 동랑東朗 유치진柳致眞은 회고문인 「나의 수업시대 작가의 "올챙이 때" 이야기」를 통해 동인지 『토성土聲』을 통해 동인활동을 하던 문학청년기를 회상한 바 있다.

> 토성회(土聲會)는 나의 고향의 우인(友人)과 선배로써 조직된 문학청년의 모임이었다. 이 모임을 생각하면 부끄러운 일도 많지만은 퍽도 그리운 일도 많다. 이 그룹에는 각자의 생활에서 어떤 흠함(欠陷)을 느끼며 그 흠함을 희구하야 채우려고 애쓰는 청년 그런 양(羊)같은 청년만이 모였었다. (중략) 그때의 멤버를 대강 생각하여보면 박명국, 김성주, 최두춘, 장노제 그리고 나의 아우인 치환 외 칠팔 명이었다. 문학청년의 하는 상습(常習)으로 우리도 동인지를 가졌다. 제명을 "토성(土聲)"이라 하여 처음에는 회람형식으로 하다가 그 후 계간으로 일 년쯤 발행하고 그리고 격월간으로 혹은 월간으로 발간하였다. 모두 등사(謄寫)로 하였었다. 동지(同誌)가 수중에 있었으면 그 중 시 한 절이나마 참고하였으면 하나 불행히 나는 지금 동지를 가지지 못하였다. 동지에는 시가 많았다. 그다음이 수필 그리고 소설, 평론의 순이었다. 평론이란 황당무계한 독단이 있고, 소

설이란 "××가—라고 말하였다"식이었다. 우습고 부끄러운 작품들뿐이었다. 나는 창피막심한 시를 썼다. 치환은 그때 중학 이삼학년의 소년이었으나 상당한 시재(詩才)를 보이고 있었다. (중략)

동인지 "토성"도 이럭저럭 삼사년 동안 부지하다가 폐간되고 그 모임도 흐지부지되고 말았다. 흐지부지된 큰 원인은 우리의 현실이 우리 꿈을 용납해 줄 수 없는 것과 우리의 꿈 자체가 현실생활에다가 비치면 꿈의 꿈에 지나지 못한 것 등을 우리 스스로가 깨달은 까닭이다.[2]

유치진은 중학교 4~5학년 무렵 철학을 공부하기로 결심했다. 철학에 대한 이해는 전무했지만 철학이 자신의 삶을 인도할 진리를 찾는데 일조할 것이라는 막연한 기대를 갖고 있었다. 그는 이때 쇼펜하우어나 니체와 같은 철학서적과 더불어 체호프의 작품을 접하게 되면서 문학에 입문하게 된다. 그리고 그 비슷한 시기에 통영의 문학청년들이 주축이 된 문학동인회 '토성회'가 구축된다. 철학과 문학에 관심을 두고 있던 유치진은 이 동인회에 가담하여 꾸준히 습작을 하게 된다.

'토성회'는 통영에 거주하던 "각자의 생활에서 어떤 흠함"을 느낀 비슷한 연령대의 문학청년들의 모임으로 회원은 7~8명으로 "문학청년의 하는 상습으로 동인지를" 발행하게 된다. 정기적인 발행이 이루어지지는 않았으나 동인회 활동을 하는 동안에는 동인지가 꾸준히 발행되었다. 물론 『토성』에 수록된 작품들의 수준은 그다지 높지 않았다. 오히려 "우습고 부끄러운 작품"에 가까웠다. 그렇지만 '토성회' 동인들은 문학에의 열정으로 습작을 지속하게 되고, 유치진과 유치환은 작가로 성장한다.

2) 유치진, 「나의 수업시대」, 『동아일보』, 동아일보사, 1937.7.22.

그러나 『토성』은 "이럭저럭 삼사년 동안 부지하다가 폐간되고 그 모임도 흐지부지되고 말았다." 그 이유는 "우리의 현실이 우리 꿈을 용납해 줄 수 없는 것과 우리의 꿈 자체가 현실생활에다가 비치면 꿈의 꿈에 지나지 못한 것 등을 우리 스스로가 깨달은 까닭"이라고 밝히고 있다. 이들은 기성작가가 아닌 문학청년들의 모임이었다. 따라서 유치진 · 치환 형제처럼 작가가 될 수도 있지만, 문학에 대한 열정으로 습작하는 것에 머무르는 경우가 더욱 빈번하다. 이들이 현실문제, 즉 생계에 대한 부담이나 진로나 미래에 대한 고민을 시작하게 되면 부득이하게 이상에 대한 추구는 포기하거나 현실과 타협하게 마련이다.

'토성회'는 유치진에게 첫 번째 문학적인 시대라고 해도 과언이 아니다. 작가가 되고 난 후에도 '토성회' 시절처럼 문학에 대한 열정으로 창작에 매진한 일이 없는데다 자신의 작품에 깊은 감동을 느낀 적도 없다고 술회하는 내용이 이를 뒷받침한다. 유치진에게 있어 문학동인회 '토성회'는 단순히 습작을 위한 집단이 아니라 "누구에게나 있는 낭만의 시기"로 그의 삶을 "성장시키고 기름지게 만든" 원동력이었던 셈이다.

문학동인지를 요람 삼아 성장한 또다른 작가 중 한 명은 엄흥섭이다. 그는 학창시절 전교생 거의 모두를 동인으로 삼는 '학우문예회'를 조직하고 그 기관지격인 동인지 『학우문예』를 발간했고, 문인이 되고 나서는 『습작시대』와 『월미』, 『인천시사』, 『백웅』, 『신시단』 등의 동인지를 통해 문학적 교류를 쌓았다.

엄흥섭은 1929년 진주 소재의 경남도립사범학교를 졸업하고 같은 지역에서 초등학교 교원으로 재직하면서 다양한 동인활동을 전개했다. 특히 1929년에는 카프에 가입하여 1946년 조선문학가동

맹의 소설부 위원장을 지내기도 했으며, 1929년 『조선문예』 제1호에 시 「세 거리로」, 1930년 『조선지광』에 단편소설 「흘러간 마음」을 발표하면서 폭넓은 문단활동을 전개하다가 1951년 월북했다. 동반자적 경향의 현실 참여와 계급주의적 작가로 알려져 있다.

> (중략) 인천의 진양촌 · 한형택 · 김도인 제군과 손을 잡고 『습작시대』란 동인지를 비로소 문단에 내놓았다. 그때 동인은 우리 외에도 유도순 · 박아지 · 양재응 · 최병화 · 염근수 제군이었다. 그때 나는 소설 「국밥」, 시 「바다」를 발표했다. 『습작시대』가 3호까지 나오고 몇 달 간 못 나오다가 공주(公州) 윤귀영군의 힘으로 『백웅』이 나왔으나 또 못나오게 되었다.
>
> 곧 뒤이어 나는 진주서 『신시단』이라는 시가동인지(詩歌同人誌)를 만들었다. 이때 동인은 김찬성, 김병호, 박아지 제군이었다. 『신시단』을 만들어 내기까지 김병호군과 나는 여러날밤을 새웠다. 병호군이나 나는 학교는 다르나 직업은 마찬가지 교원이었으므로 잡지를 해나가는 데엔 이중삼중의 부자유스런 몸이었다. 우리는 전혀 편집만 맡고 영업에 관한 것은 다른 사람에 맡겨버렸다. 병호군과 나는 동인 획득에 대한 플랜, 편집방침에 대한 협의 등으로 거의 날마다 만나 밤늦도록 떨어지지 않았다.[3)]

엄흥섭은 월북하기 전까지 다양한 동인지에 참여한다. 문학청년기에는 거의 전교생 모두가 참여하는 『학우문예』를, 인천으로 거주지를 옮기고 나서는 박아지, 진우촌 등과 더불어 『습작시대』를 발행했다. 이후에는 진주로 이동하여 시가동인지詩歌同人誌인 『신시단』을 펴내는 등 그의 문학적 궤적은 곧 동인지의 발행과 일치한다고 할

3) 엄흥섭, 「나의 수업시대」, 『동아일보』, 동아일보사, 1937.7.31.

수 있다.

엄흥섭에게 동인지는 작품발표의 장場이며 동시에 재평가를 받을 수 있는 방편이기도 하다. 엄흥섭은 앞서 거론한 문예동인지 발간을 주도했을 뿐만 아니라 광복 직후 창간된 인천의 『대중일보大衆日報』과 『제일신문第一新聞』의 편집국장을 역임했으며, 인천문학가 동맹을 결성하여 위원장으로 활동하는 등 문학외적인 활동도 두드러지는 문인이었다.

그러나 월북과 북한에서의 중견작가로 평가되었던 이력으로 남한 문학사에서는 일시적으로 사라진 적도 있었다. 하지만 최근 지역에서 발견·보존된 동인지에 대한 총체적인 연구가 진행되면서 관련 연구가 도출되고 있다.

문학동인지는 문학 외적인 이유, 즉 동인 간의 의견 대립으로 인한 와해나 경제적인 어려움으로 인한 종간 혹은 사회적인 요건으로 인해 창간호가 곧 종간호로 끝나는 경우가 적지 않았다. 그러나 이러한 사실을 알고서도 동인지 발행에 대한 열망은 줄어들지 않았다. 이와 같은 현상의 가장 근본적인 이유는 작품을 발표할 수 있는 지면을 확보하는 데에 있었을 것이다. 안정적이지 못한 운영에 대한 불안감을 해소하지는 못하더라도 작품을 발표하고 이를 인쇄물로 제작하여 배포할 수 있다는 것은 문학청년들의 문화적 요구를 자극하는 요소로 이해된다. 또한 문학동인지를 제작하는 동안 이루어지는 습작과정과 합평, 이를 통한 동인들 간의 문학적인 교류 역시 문학청년이나 문학동호인들로 하여금 동인회를 구축하고, 동인지를 발간하도록 하는 원동력으로 작용했을 것임을 어렵지 않게 알 수 있다.

문학동인지는 동인들에게 안정적인 지면을 제공하여 창작을 활성화하고, 실험적인 작품을 쓰는 원동력을 제공하였다. 일찍이 김동인은 문학동인지에 대한 다음과 같은 글을 발표한 바 있다.

> 同人雜誌가 없으면 自然 게을러진다. 義務的으로 꼭 써야할 機會가 없으면 자연 붓을 들기 싫어지는 것이 人情이다. 게다가 우리의 同人誌가 아닌 雜誌에 글을 쓰자면 自然 눈칫밥 먹는 거 같아서 쓰기 싫고, 거기 쓰자니 남의 是非가 있고—모두 귀찮으니 同人誌를 發刊해 보자는 것이었다.[4)]

문학동인지는 동인들에게 "의무적으로 꼭 써야 할 기회"를 제공함으로써 지속적인 습작과 창작을 유도했다. 또한 창작품을 지속적으로 발표할 수 있는 기회를 제공함으로써 등단 여부와 문명(文名)의 고하를 떠나 문학적 교류와 성장을 이루는 발판으로 기능할 수 있었다. 뿐만 아니라 지면을 확보하기 어려운 문인들이 "눈칫밥 먹는 것"을 줄임으로써 자유롭고 실험적인 작품을 발표할 수 있는 여지를 마련해 주었다. 문학동인지의 이러한 특성이 한국 현대문학사의 내연과 외연을 확장하는데 기여했음은 자명한 일이다.

문학사에서 동인지 문학과 운동은 그 찬반양론에도 불구하고 여전히 활발히 전개되고 있으며, 나름의 의미를 인정받고 있다. 동인운동이란 외부적으로는 하나의 에콜이 형성되는 과정이자 그 결과물이며, 내부적으로는 앞서 살핀 바와 같이 창작의 촉진제이자 인간관계의 활력소이기 때문이다. 또한 동인지 문학은 필연적으로 보수적인 속성을 지니는 이른바 중앙문단, 혹은 제노권 문학에 대한 환기를 일으킬 수 있는 촉매로 기능할 수 있다는 점에서도 간과할 수

4) 김동인, 「문학 30년의 발자취」, 『신천지』, 1948.3.

없다. 현대문학이 배태되던 1910년대부터 지금에 이르기까지 문학동인지가 지속적으로 발행과 폐간을 반복하고 있다는 사실이 이를 반증하고 있다.

머물기 위한 글쓰기의 장

때로 문학동인지는 낯선 공간에서 교유의 장이 되기도 했다. 6 · 25전쟁으로 인한 중앙문단의 부진에도 불구하고 피난민과 함께 전국 각지의 문인들이 부산과 마산을 비롯한 경남지역 일대로 유입된다. 이로 인해 1950년대 초반의 경남은 문단의 중심지와 같은 역할을 수행하게 된다. 이러한 분위기는 이 지역에서 많은 문예지와 동인지들이 발간되는 원동력이 된다.

1918년 4월에 발행된 시라이시 호세이(白石保成)에 따르면 1916년 조선인의 호흡기병 사망자 수는 61,159명이고, 전체 사망자 수의 대부분이 폐결핵을 앓았다. 이러한 상황에서 마산은 요양지 문학이라는 독특한 문학의 장이 되었다. 마산에 요양지 문학이 뿌리내릴 수 있었던 이유는 한국전쟁 당시 국립마산결핵병원(이하, 마산요양소)이 건립되어 다수의 문인이 투병했기 때문이다. 원래 마산요양소는 1941년 일본 상이군인 요양소로 발족하여 한국전쟁 중인 1951년 국립마산결핵요양소로 개칭하여 오늘에 이르고 있다. 이곳은 결핵을 치료하기 위한 전문치료와 격리요양을 함께 갖추었다는 사실은 물론 한국문학사에 지대한 영향을 미친 문인들이 다수 투병하였다.

6 · 25전쟁 당시에는 치료방법이 마땅치 않은 병으로 "결핵 환자들은 '공기 좋은 곳에서 요양하는 것' 말고는 달리 방법이 없었"

다.[5] 따라서 결핵으로 인한 투병은 지난한 싸움이자, 시시각각 다가오는 죽음의 두려움에서 벗어나기 어려운 고투의 연속이었다. 이러한 상황에서 마산요양소에 투병한 젊은 문인들은 "유파나 경향을 같이 하는 시인의 동인지이기 전에 먼저 동일한 환경에 처해 있는 투병자의 동인지"[6]인 『청포도』를 발간하게 된다.

> 詩를 쓰고 詩에 산다는 것은 우리에겐 詩로서 生命을 기른다는 것 外에 또 무엇이 있으랴! 詩에의 歸依 — 그것은 주검과 對決하면서도 오히려 美와 眞實을 推究하는 우리의 至上의 詩精神이래야 하겠다.

'청포도' 동인들은 "시로서 생명을 기른다"는 절박함에서 시작하여 시를 통해 "죽음과 대결하면서도 오히려 미와 진실을 추구"하기 위해 노력했다. 또한 의욕적인 창작활동을 전개하여 창간호를 낸지 불과 3개월 만에 2집을 발행하했다.

『청포도』는 한국전쟁과 결핵을 통해 피폐해진 심신에도 불구하고 문학에 대한 열정으로 얻어낸 결과물이라고 할 수 있다. 시대적 · 개인적 어려움으로 인해 어둡고 슬픈 정서에서 벗어나지 못하고 있다는 지적에서 자유롭지 못하지만, 제4호에서는 다음과 같이 적음으로써 현실을 극복하고자 하는 의지를 보여준다.

> 이時代에 生活하는 우리의 良心이 한오리 갈대처럼 흔들리는 것도 當然할 것이다 그렇다고 하여 이렇게 흔들리는 그대로의 現想을 肯定하기에는 그 合理性이 或은 抵抗心理가 또는 批判精神이 이것을 容納하지 않

---

5) 임채민, 「잘 몰랐던 경남문학지대 7」, 『경남도민일보』, 2007.7.24.
6) 편집부, 「青葡萄 노-트」, 『青葡萄』 제1호, 1952.9.1.

을지도 모른다.[7)]

'청포도' 동인들은 엄정하고 가혹한 현실에서도 "현상을 지정하기에는 합리성이 혹은 그 저항심리가 또는 비판정신이 이것을 용납하지 않을지도 모른다"[8)]고 적음으로써 고통과 결핍으로 점철된 전쟁기 현실을 극복하고자 하는 의지를 보여주기도 한다.

그러나 지역문단의 고귀한 자산인 『청포도』는 그 가치에 비해 연구가 거의 진척되지 못했다. 그리고 그 사이, 1960년대에 국립마산요양소 앞산에 있었던 2인용 병사가 사라졌다. 일제강점기에 세워져 6 · 25전쟁기에도 환자를 맞이했던 이곳의 기억은 반야월이 노랫말을 쓴 「산장의 여인」만 남기고 거의 사라진 셈이다. 이런 상황에서 최근에서야 『청포도』를 발행하고 주간한 창간 동인 김대규金大奎, 마산문학관 등의 노력으로 발굴되었다는 사실은 무척 반갑다. 여전히 일각에서는 마산항의 개발을 위해 이전이나 철거가 부득이한 상태라고 이야기하고, 또 다른 한쪽에서는 주택단지와 인접한 지역에 혐오시설이 들어서는 것을 막아야 한다는 의견이 대두되고 있다. 이는 지역문화보다 경제적 · 가시적 성과에 초점을 맞춘 결과일 것이다.

---

7) 김대규, 「후기」, 『청포도』 제4권, 1954.1.10.

8) _____, 위의 글.

문학공간으로서의 향촌동, 그 탄생과 성장

전쟁이라는 아이러니

얇은 종잇장을 넘길 때의 바스락거림, 열과 행을 맞춰 들어선 자잘한 활자, 과거에 친 밑줄이 주는 반가움, 무엇보다 흐리멍덩했던 말과 사물의 뜻이 명확해지는 즐거움. 사전을 보노라면 상쾌함마저 느껴진다. 그러나 정의보다 단어가 환기하는 이미지가 선명할 때가 있다. 전쟁은 그런 단어 중 하나다.

전쟁의 사전적 정의는 "둘 이상의 국가나 국가급 집단 사이에서 일어난 무력 충돌"이지만, 책이 묘사하고 영화가 보여준 이미지는 훨씬 강렬하다. 게다가 CNN이 미군의 이라크 바그다드 침공을 TV 생방송했던 1991년 이후 이슬람국가IS가 장악한 이라크 북부 도시 모술을 탈환하는 이라크 정부군의 모습을 페이스북Facebook으로, 우크라이나로 향하는 러시아의 병력부터 건물 폭파, 시민의 항거, 피난 행렬을 유튜브Youtube로 거의 실시간으로 보고 있다. 영상 속에서는 많은 사람이 죽거나 다치고, 가옥과 재산이 유실되고, 건물과 유석이 파괴된다. 가족이 뿔뿔이 흩어져 살게 되거나 기아에 허덕이기도 한다. 이런 모습을 촬영한 막대한 양의 게시물은 "전쟁의 엔터테인먼트화"를 환기하기도 한다.

그러나 삶의 터전을 파괴하고 개인의 정신을 송두리째 뒤흔들어 놓는 참상을 통해 개인은 자신이 처한 현실의 성격이나 명분을 살피고 원인과 경과에 대한 이성적인 판단을 내리기보다, 막연하더라도 반전反轉과 평화를 요청하게 된다. 이 때문에 전쟁은 물적 · 인적 파괴의 순간이자 휴머니즘의 가치가 또렷하게 빛나는 순간이 되기도 한다.

우리는 6 · 25전쟁으로 이 역설의 순간을 마주했다. 한반도가 37개월 동안 겪은 일은 객관성을 담보한 숫자로 봐도 충격적이다. 미국의 통계에 따르면 60만 명이 전쟁 중에 사망했고, 전체 참전국의 사망자를 모두 합하면 200만 명에 달하며 이 중 85%는 민간인인 것으로 추산되고 있다.[1] 소련의 통계는 북한의 11.1%에 해당하는 113만 명의 인구가 전쟁으로 목숨을 잃었고, 남북한 양측을 합해 250만 명이 사망했다고 말한다. 물적 피해 또한 막심했다. 일제강점기에 건설된 산업시설과 공공시설, 교통시설의 80% 이상이 파괴됐고, 정부 건물의 3/4와 의 절반이 복구하기 어려울 정도로 부서졌다. 특히 '조선의 모스크바'로 불렸던 대구는 '낙동강 방어선 전투'로 시산혈하屍山血河를 이루었고, 다부동多富洞은 아군과 적군이 가장 많은 피를 흘린 공방전이 치러져 동명洞名이 반어反語처럼 느껴질 정도가 되었다.

그러나 이 도시를 최정희는 '정든 곳'으로, 고은은 '괴롭고 즐거웠던 곳'이라고 회고했다. 이 기억은 "퇴각해 온 군인들과 피난민 대열이 온통 거리를 메웠지만, 대구 사람들은 이를 부담으로 여기지

1) 미군에 의해 피난민들이 학살당한 '노근리 학살사건', 거창 주민들이 조선인민군 부역자로 몰려 학살당한 '거창 민간인 학살사건', 한국군의 대표적인 전쟁 범죄인 '보도연맹 사건', '산청 · 함양 양민학살 사건', '강화 양민학살 사건', 대중선동으로 조선인민군들이 우파를 숙청한 소위 '인민재판' 등의 전시 민간인 학살피해자, 즉 전쟁 범죄 피해자들이 발생했음을 부정할 수 없다.

않았"고, 전쟁이 끝나고 자신의 자리로 돌아간 이들이 "정든 대구를 잊지 못할 정도로 인심이 좋았고 넉넉한 데가 있었"[2]다는 이야기와 무관하지 않다.

피난문단의 형성과 문총文總救國隊의 활동

6·25전쟁이 일어나자 한국 문단은 비상체제로 편성됐고, 한강철교가 폭파되기 전 서울을 빠져나온 문인들은 임시수도인 대전에서 문총구국대文總救國隊를 결성했다. 조지훈이 주도하고 김광섭, 이헌구, 서정주, 서정태, 김송, 박목월, 조영암, 박연희, 이한직, 박노석, 박화목, 조흔파, 구상 등이 참여했다. 대전에서 발족한 문총구국대는 시인 이한직을 대구로 파견해 후방 문인에게도 함께 하자는 뜻을 전했다.

대구에서는 김사엽과 이윤수의 주도로 7월 5일, 서문로의 막걸리집 '감나무집'에서 문총구국대 경북지대를 발족했다. 초기의 전황戰況이 워낙 분리했던 탓에 참여를 주저하는 문인도 적지 않았지만 이효상을 지대장으로 추대한 이 지대에서는 김사엽과 이윤수를 비롯한 김진태, 최계복, 강영기, 김영달, 조상원, 백락종, 유기영, 이호우, 김동사, 최해룡, 박양균, 신동집이 대원으로 참여했다.

전세는 날이 갈수록 분리해졌고, 대전에 있던 문총구국대는 피난길에 올라야 했다. 임시수도인 대구로 내려온 이들은 경북지대 문인과 합류하면서 대민방송의 원고를 쓰고, 위문공연과 시국강연을 여는 등 본격적인 종군활동을 시작했다. 아군의 사기를 진작할 글과

2) 윤장근, 『대구문단인물사』, 북랜드, 2017.

포스터, 전단과 표어를 작성하기도 했다. 대구에서 문총구국대원의 이름으로 발표된 첫 작품은 김윤성의 「젊은 가슴이여!」라는 시다. 다부동 전투에 종군했던 조지훈이 시 「다부원多富院에서」를 쓴 것도 이 무렵이다.

> 싸늘한 가을 바람에 오히려
> 간고등어 냄새로 썩고 있는 다부원
> 진실로 운명의 말미암음이 없고
> 그것을 또한 믿을 수가 없다면
> 이 가련한 주검에 무슨 안식이 있느냐
>
> — 조지훈, 「다부원에서」 부분

김광섭의 「승리의 노래」와 서정주의 「총진격의 노래」도 이 무렵에 발표되었다. 특히 김광섭과 서정주의 시에는 작곡가 이흥렬이 곡을 붙여 필승의 전의를 돋우는 노래로 애창되었다.

문총구국대의 활동 중에서 가장 눈에 띄는 것은 『전선시첩戰線詩帖』의 발간이다. 46전, 43쪽에 불과한 시첩이었지만, 일선 장병이 "원하고 믿는 것을 위하여 싸우고 있"는 존재임을 일깨우겠다는 기개는 초라한 외양을 잊게 할 정도다.

> 모든 피곤도, 모든 괴로움도 다 잊어버리고 오직 깨끗한 신념으로 그대들은 그대들이 원하고 믿는 것을 위하여 싸우고 있다. 도도히 흐르는 커다란 역사의 흐름소리를 귓전에 들으며 새로운 세기의 아침 햇빛을 한 몸에 담뿍 받고 그대들은 누구보다도 커다란 영광을 지니고 있는 것이다. (중략) 그대들이 글로써 나타내지 못한 마음 속의 시를 그리며 여기 몇

편의 시를 모아 만든 시첩을 선물한다.[3)]

알려진 바와 같이 『전선시첩』 1집은 광복 5주년을 기념하기 위해 펴냈다. 이러한 상황을 잘 보여주는 작품은 서정주의 「전란중에 맞이하는 팔 · 일오 광복절에」일 터다. "만오년 전의 온르 뜻밖에 당도한 해방의 기꺼움에/ 온 겨래들 목이 터져라 만세를 불렀"던 오래지 않은 과거와 "1950년 6월 25일 소련의 앞잡이 되어 남침을 시작하니/ 저들의 진흙발에 우리들의 살림살이는 곳곳이 짓밟히고/ 저들의 군대가 들어가는 곳마다/ 공산당의 공포를 승악하여 조수처럼 밀려오는 동포들로/ 왼 산야에 기아와 고난의 통곡은 그득히 파동하"는 잔혹한 현재가 뒤엉킨 이 시는 당대의 상처와 피로를 효과적으로 전달하고 있다.

'아우들'에게 보내는 편지의 구문을 빌린 조지훈의 「이기고 돌아오라」와 같은 독특한 작품도 눈에 띈다.

> 우리는 믿는다 초조히 기다리는 백성들 앞에
> 〈기뻐하라 승리는 우리의 손에〉라는
> 이 한 마디를 선물로 지니고 달려올 늬들의 모습을 기다린다
> (중략)
> 하늘이 보내시는 너 구국의 천사들을
>
> — 조지훈, 「이기고 돌아오라」 부분

이 시는 일선에서 싸우는 병사의 사기를 북돋우기보다 진격의 당위성을 설파하고, 모범적인 병사의 전형을 보편화하고자 진력한다.

---

3) 이선근, 「서문」 이윤수 편, 『전선시첩』 제1집, 1984, 14~15쪽.

"진실로 조국을 구원하고 자유를 수호하는/ 힘과 영예는 늬들에게만 있다고 믿"을 것을 권하는가 하면 "늬들은 아무 도움도 바라지 않고/ 하늘이 늬들에게 준 모든 것을 스스로 바쳐/ 오직 조국의 영광만을 염원"할 것과 "초조히 기다리는 백성들 앞에. 〈기뻐하라 승리는 우리의 손에〉라는/ 이 한 마디를 선물로 지니고 달려올 것"을 요청하는 구절은 6 · 25전쟁기의 정훈과 종군문인의 역할이 무엇이었는지를 새삼 깨닫게 한다.

이외에도 『전선시첩』 1집에는 서정주의 「일선행 차중에서」 등 두 편, 조지훈의 「이기고 돌아오라」 등 세 편, 박목월의 「시장거리에서」 등 두 편, 구상의 「불덩이를 안고」, 이효상의 「조국」, 이윤수의 「전우」, 이호우의 「지옥도 오히려」, 김윤성의 「젊은 가슴이여!」, 박화목의 「포문 열리다」 등이 수록된 『전선시첩』은 정훈국을 통해 군에 배포되어 수많은 장병을 심금을 울렸다. 인기 또한 상당했던지 같은 해 12월에 2집이 제작되었다.

『전선시첩』은 1집과 2집이 나오고 오랜 시간이 지난 후에야 3집이 나왔다. 부산이 임시수도로 결정돼 피난 문인 대부분이 대구를 떠났을 뿐 아니라, 정훈국이 배급한 용지를 누군가가 횡령해 편집까지 마치고서 발간하지 못했기 때문이다. 그런데 1984년 3월, 대구에서는 문단을 뒤흔들만한 일이 일어났다. 조지훈, 박목월, 박두진, 구상 등 6 · 25 종군시인 28명이 쓴 미발표 전쟁시 34편이 34년 만에 공개된 것이다. 1951년 7월 『전선시첩』 3집의 편집을 맡았던 이윤수가 편집까지 끝낸 후 발간하지 못했던 것을 내내 보관하다가 펴낸 것이다. 덕분에 조지훈의 「종로에서—서울을 다시 떠나면서」, 박두진의 「싸우며 나가리」, 박윤환의 「나를 넘고 가거라」 등이 빛을 보게 되었다.

피난문인을 안아준 향촌동과 향촌동 귀공자

"30만의 피난민을 합쳐 대구시민이 70만 명으로 늘어"[4]나면서 대구는 눈에 띄는 변화를 거듭했다. 각급 학교를 비롯한 주요 시설은 군과 군 기관에 접수되어 작전 수행의 거점이 되었고, 상공장려관을 비롯한 대구역 주변의 시설과 민가에는 서울 등지에서 남하한 피난민으로 붐볐다.[5] 문제는 피난민이 빈터나 유휴지는 물론, 개인의 주택과 공공시설, 도로까지 점유하며 도시가 폭발 직전에 이르렀다는 것이다. 인구의 격증은 극심한 주택난을 초래했고, 한 집에 여러 세대가 밀집하는 현상으로 이어졌다. 신천 일대와 대구역 뒤편, 비산동 등 서부 외곽지와 동부와 북부 지대에는 무허가 판잣집이 늘어났다.[6]

전쟁의 공포와 피난의 피로, 무질서가 뒤엉킨 대구에서 피난문인들은 향촌동의 다방과 음악감상실, 술집을 오가며 시름을 달랬다. 향촌동은 원래 경상감영 내 화약창 북쪽 지역으로, 일제강점기에는 무라카미초村上町불리는 요식과 유흥의 공간이었다. 향촌동은 당시 대구 최고의 번화가였던 북성로, 관공서가 집중되어 있었던 포정동도 접해있었다. 이 때문에 북성로의 상인과 포정동의 공무원에게 식사나 '한 잔'에 안성맞춤한 곳으로 여겨졌다. 바야흐로 대구의 낮을

---

4) 자료에 따라 피난민의 규모는 근소한 차이를 보인다. 낙동강 방어선 내선 대구지역에 약 40만 명이 집결되었다는 주장과 7월 말의 대구 인구가 피난민으로 80만 명에 이르렀다는 의견이 대표적인 예다. 그러나 대부분의 자료가 1950년 7월 말을 기준으로 대구에 집결한 피난민의 규모가 30~40만에 달한다고 적고 있다. 『대구의 향기』, 대구직할시, 1982, 85쪽.; 전쟁기념사업회, 『한국전쟁사』 제3권, 행림출판사, 1992, 536쪽.; 조형, 「북한 출신 월남인의 정착과정을 통해서 본 남북 사회구조의 비교」, 변형윤 외, 『분단시대와 한국사회』, 까치, 1985, 150쪽. 참조.

5) 대구광역시, 『대구시사』 제2권, 대구광역시, 1995, 61쪽.

6) 대구광역시, 『대구시사』 제3권, 대구광역시, 1995, 52쪽.

북성로와 포정동이, 대구의 밤을 향촌동이 대표하는 시대가 열린 것이다. 그리고 6 · 25 전쟁 기간 문인들과 예술가의 유입으로 향촌동은 문화예술인의 아지트로 자리매김하게 되었다.

'석류나무집' 도 피난문인들의 단골집이었다. 이 집에는 주로 공군종군문인단인 창공구락부의 단골 술집이었다. 조지훈과 마해송, 최인욱, 왕학수, 이한직이 주로 드나들었다. 거제도 포로수용소에 있다가 석방된 김수영이 대구에 나타나 제일 먼저 들린 곳도 '석류나무집' 이었다. 향교 건너편에 있던 일명 '말대가리집' 은 창공구락부 사무실과 가까워 마해송이 날마다 진을 치고 앉아 문인들과 어울렸다. '말대가리집' 은 문인에게 친절했고, 외상 인심이 좋아서 문인들에게 인기가 있었다.

> 대구의 피난문인들은 화목하다고들 남들이 말하기도 했지만 실상 화목했었다. 한 사람이라도 떨어져서는 안 되고 하루라도 떨어져 있을 수가 없었다. 제각기 떨어지게 되면 무서운 전쟁을 더 흠뻑 느끼게 되고, 뼈저린 가난을 더 절실히 받아들이게 되는 탓이었는지 모르겠다.
>
> '말대가리집', '석류나무집', '감나무집' 에를 잘 몰려갔었다. 몰려간 것이 아니고 가기만 하면 주욱 앉아서 막걸리고 마시고 있는 것이었다. (중략) 어느 때엔 '은희네' 라는 아마 고급에 속하는 요정에 갔다가 봉변을 당한 일이 있다. 우리가 한창 즐거울 때에 일선에 왔다는 한 병사가 후방이 이 꼴인데 우리는 누구를 위해서 싸우는 거냐고 고함을 지르며 권총을 빼어들었다. 그는 끝내 권총을 쏘기까지 하였다. 여자 종업원들이 찢어지는 소리를 지르며 달아나고 우리들 중에서도 도망간 사람이 더러 있었다. 병사의 눈엔 우리들이 항상 그렇게 잘 먹고 흥청거리는 것으로 보

7) 최정희, 「피난대구문단」, 한국문인협회, 『해방문학 20년』, 1966, 101~104쪽.

였던 모양이다.[7)]

최정희의 회고에 따르면 종군문인들은 일선 방문과 위무, 원고 집필 등의 일을 마친 후면 향촌동에 들러 "주욱 앉아서 막걸리를 마시"곤 했다. 이들을 "항상 그렇게 잘 먹고 흥청거리는 것으로 보"는 눈도 있었으나, 실상은 달랐다. 군으로부터 '식객', '걸인'과 같은 비아냥을 들으면서도 종군할 수밖에 없을 정도로 이들은 궁핍했다. 양말이 한 켤레뿐이라 밤마다 이를 빨아 널어야 했던 마해송과 그의 별명 '양말선생', 먹을 것이 떨어져 아이 베개 속 좁쌀을 꺼내 죽을 끓여 먹었다는 박두진, 반지나 옷가지를 팔아 먹을거리를 샀던 김윤성 등은 단신으로 대구를 찾은 종군문인의 궁핍을 짐작게 한다. 게다가 "제각기 떨어지게 되면 무서운 전쟁을 더 흠뻑 느끼게 되고, 뼈저린 가난을 더 절실히 받아들이게 되는 탓"에 "한 사람이라도 떨어져서는 안 되고 하루라도 떨어져 있을 수가 없"던 이들에게 술값이 싸고, 인심 좋은 마담이 외상을 잘 주는 향촌동 술집을 제외한 선택지는 거의 없었을 것이다.

궁핍한 종군문인들의 어깨가 펴지는 날이 있었다. '향촌동의 귀공자', '향촌동의 백작'으로 불렸던 구상이 향촌동을 찾아오는 날이 그날이었다. 그는 주머니 사정이 빠듯해 외상술을 마셨던 문인의 외상값을 갚아 주었고, 단골 '대지 바'에서 문학청년들을 넉넉히 대접했다. '구상'이라는 이름이 적힌 종이 한 장이면 향촌동의 술집과 다방을 자유롭게 드나들 수 있었다는 이야기는 시인의 명망과 신용이 어느 정도였는지를 가늠케 한다.[8)]

궁핍한 피난살이 속에서도 창작은 이어졌다. 덕분에 '향수'에서는 조지훈의 첫 시집 『풀잎 단장』과 김소운의 수필집 『목근통신』, 유치환의 시집 『보병과 더불어』의 출판기념회가, '살으리'와 '꽃자리'에서는 최인욱의 단편집 『저류』와 구상의 『초토에서』의 출판기념회가 열렸다. 이상로는 시집 『귀로』의 출판기념회를 공군참모총장이 참석한 가운데 '상록'에서 열었다. 이외에도 상업은행現 대구문학관, 향촌문학관 골목길 안쪽에는 구상 시인이 단골로 묵던 '화월여관', 그 앞에 화가 이중섭이 드나들던 '백록', 북성로 쪽 모퉁이에 이효상의 출판기념회가 열린 '모나미', 그 맞은편에 음악다방 '백조', '르네상스' 남쪽 골목 끝에 젊은 작가들의 문화살롱이었던 '녹향', 그 2층에 '곤도주점'이 있었다.

지역문인과 예술가의 공간 향촌동

1953년, 휴전협정이 체결되자 피란문인들은 대구를, 향촌동을 떠났다. 그러나 그들의 잔영이 드리워진 향촌동 골목은 여전히 지역문인과 예술인들의 근거지로 기능했다. 향촌동에 나가면 신동집, 박훈산, 박지수와 같은 지역문인들을 볼 수 있었다.

신동집은 시집 『서정의 유형』으로 아시아자유문학상을 수상하며 스타가 되었다. 문학과 음악을 좋아했던 그는 '녹향'을 근거지로 향촌동을 드나들었다. 그는 '백파집' 등에서 맥주와 막걸리를 즐겨 마

8) 문총구국대의 단원이었던 구상은 국방부 기관지 『승리일보』의 주간으로 궁핍한 피난문인에게 일거리를 주선했던 인물로 알려져 있다. 그는 공초 오상순과 '깡패시인'으로 불렸던 박운주, 남문시장에서 배추장사를 하던 포병대령 이기련, 칠곡에서 아내를 잃어 실의에 빠진 최태응, 그리고 고독과 가난에 허덕이던 천재 화가 이중섭을 물심양면으로 도왔다. 출판기념회를 열 수 없었던 동료를 위해 문학 행사를 기획하고 후원하기도 했다. 1 · 4후퇴 이후에 구상은 『영남일보』의 주필이 되어 신문사에 사무실을 꾸려 오갈 곳 없는 문인의 사랑방으로 내어주기도 했다.

신 애주가로 향촌동 골목을 걸으면서 하모니카를 불기도 했다.

시인 박훈산은 '향촌동의 주인' 이었다. 6척 가까운 거구에 장발. 온유한 표정과 부드러운 음색으로 다방이나 대폿집에서 막걸리를 마시며 시를 이야기했다. 그에게는 서민적인 소탈함이 있었다. 쉽게 범하지 못할 위엄이 있었고 그러면서도 토속적인 체취가 물씬 묻어나는 시인이었다. 58년 첫 시집 『날이 갈수록』을 출간한 그는 하루도 빠지지 않고 향촌동에 나타나 살다시피 했다. 그것이 그의 일상이었다. 그러다가 가끔 모습을 보이지 않을 때도 있었다. 그럴 때는 주머니의 형편이 좋은 편이어서 도원동에 들어가 며칠간 옴짝달싹하지 않고 칩거하곤 했다. 그러다가 주머니 사정이 어려우면 구부정한 큰 키로 다시 향촌동에 나타났다. 그는 아카데미극장 뒷골목에 있는 다방 '파초' 에 온종일 자리를 지키고 있다시피 했다.

1959년 첫 시집 『삶의 노래』를 낸 박지수는 '고바우집' 에 진을 치고 앉았다가 마침내 그 집 마담과 한 살림을 차렸다. 마담은 5 · 16 후 사회대중당 사건으로 박지수가 옥고를 치르게 되자 음식과 옷을 차입하는 등 지극정성으로 옥바라지했다. 6 · 25전쟁 당시 박지수는 염매시장에서 좌판을 벌이고 손금과 점을 쳐서 얻은 수입으로 신동집 등과 어울려 막걸리 집으로 향하기도 했다.

능금사랑이 유별났던 정석모는 일제강점기에 많은 문예지를 탐독, 단단한 문학적 소양을 닦았다. 그는 대구에서 유치환을 알게 됐고, 1950년 그를 통해 시 「목화」로 『문예』지에서 모윤숙의 추천을 받았다. 그러나 얼마 안 가 6 · 25전쟁이 발발했다. 이 사건은 정석모의 문학적 야심과 모든 것을 앗아 가고 말았다. 좋은 서정시를 썼으나 주정이 심했다. 술만 들어가면 쌓여있던 울분을 특유의 독설과 주사로 푸는 불운한 나날은 보내다 고적하게 생을 마쳤다.

향촌동은 '원로' 라는 수식어를 단 이들에게 여전히 빛나는 기억이다. 2009년 9월 문단의 원로인 김원중의 수필집 『사람을 찾습니다—기인이 그리운 세상』에는 대구를 중심으로 활동했던 '살아있는 옥편' 장철수, '국보' 양주동, 지성과 야성으로 향촌동을 누볐던 조지훈, 대구 아동문학계의 대부 이응창, '향촌동의 주인' 박훈산, 술과 문학으로 세월을 보낸 최광열 등의 기억이 오롯하다.

> 지금의 경상감영공원 자리에 경북도청이 있을 때였다. 하루는 향촌동 입구에서 우연히 유치환 교장 선생(당시 대구여고)과 마주쳤다. '어디가노? 시간 있으면 막걸리 한잔할래?' 나는 별 바쁜 일도 없고 해서 선생을 따라갔다…그 웃음이 정말 매력적인 유치환 선생이 1967년 2월 13일 밤 부산에서 교통사고로 돌아가셨다. 이 때문에 전국적으로 큰 혼란이 있었다. 다음 날 전국에서 치러진 중학교 후기 입학시험 국어문제에 '다음 시인들 가운데 생존시인은 누구인가' 가 나왔는데 한용운, 김소월, 윤동주, 유치환 중에서 유치환 선생이 정답이었기 때문이다. (중략) 대시인이면서도 좋은 시 나쁜 시 따지는 것은 의미가 없다고 하시던 선생이 그리워진다.[9]

대구의 북성로가 조선과 근대를 잇는 길이라면 향촌동은 근대와 현대를 잇는 길이었다. 전쟁의 절망 속에서 피어난 문학에 대한 열정과 사람에 대한 의리와 실천적 휴머니즘을 확인할 수 있는 희망이 꽃피던 공간이었다. 그 시절 향촌동을 누비던 문인들은 갔으나 옛날은 우리 기억에 남는다.

---

9) 김원중, 『사람을 찾습니다— 기인이 그리운 세상』, 소소리, 2009, 84쪽.

지난 시간과 사람이 남긴 것

전쟁이라는 비극 속에서 피어난 문학적 향취는 후배 문인들에게도 영향을 미쳤다. "대구문학관장으로 있으면서 문학관이 있는 향촌동 일대를 기웃거리고 다닌 흔적"을 엮었다는 이하석의 시집 『향촌동 랩소디』, 향촌동의 막내뻘인 허만하의 「대구 향촌동에서」은 그 영향의 결과물이다.

백열등 아래
빛의 수심 깊은,
파도 들이치는 동굴 같은
흐릿한 술판

시보다 독한 말들을 탄 술을 마셨네
파도 들이치는 동굴 속이었네

전쟁 중이었고,
밀려난 생들은 술 맛이 쓰디 썼네
생고구마 썬 것이 유일한 안주였네

찌그러진 막걸리 주전자는 자주 바닥을 드러냈네

파도 들이치는 동굴 속이었네
전쟁 중이었고,
어디에서나 내몰린 이들은 시인들이었고, 음악가들이었으며, 그림장

이들이었네

— 이하석, 「대폿집」 부분

나이가 드는 일 그것은 자기 청춘을
세월 속에서 조직하는 일이다 —엘뤼아르

전쟁에서 돌아온 학생들은
미국 작업복을 물들여 입었었다
몰아치던 눈보라 속에서
벼랑처럼 서서 기다리던
신안주, 박천, 태천
생소한 이북의 지명과 함께
가혹한 한 겨울을 지낸
내 야전 잠바도 포도주색으로 물든 때
겨드랑에 끼고 다니던 해부학 원서보다
무거웠던 까뮈의 문체
음악을 찾아 지하실 열 세 계단을 밟았던 때
우리들은 흙이 없는 빙하에서 피는
꽃을 노래했다
포도주색 노을이 지붕의 물결 넘어
멀리 달성공원 하늘에 번져날 때
잔을 넘치는 막걸리색 우정을 들이키며
저마다 고유한 은유가 되었던 계절
『시와 비평』이 태어난
향촌동에서 만났던 청순한 한 계절

젊었던 이 길에서 하나가 된 아내와

기억의 숲을 헤치면서 걷는 2003년의 가을

가슴속에 떠오르는 반세기의 지평선.

— 허만하, 「대구 향촌동에서」 전문

이처럼 6 · 25전쟁과 종군문인, 종군문학은 대구의 문학과 문화 전반에 적지 않은 영향을 미쳤다.[10] 그러나 중앙 중심의 문단이 전쟁이라는 특수한 상황으로 인해 일시적으로 이동한 것에 불과하고, 이 시기를 주체적인 지역문학의 생산기로 보기 어렵다고 평가하는 이들도 적지 않다.[11] 6 · 25전쟁을 겪으며 지역문학으로서의 대구문학의 정체성이 약화하였다는 비판이 제기된 것은 이와 같은 맥락에서 이해할 수 있다.

그러나 6 · 25전쟁전쟁의 발발과 함께 등장한 종군문단이 침체기를 겪던 대구문단에 새로운 활기를 부여하는 계기가 되었음은 부정할 수는 없다. 우선 피난 문인들에 의해 지역문단이 조직되어 전시 상황 속에서 문학사가 필연적으로 당면했을 문학 공백기를 극복했고, 1949년 무렵부터 침체되었던 대구문단이 일시적으로나마 활기를 되찾게 된 계기가 되었다. 또 부산과 더불어 우연이나마 '중심'

10) 대구의 출판문화를 이야기하는 자리에서 6 · 25전쟁은 빼놓을 수 없는 시기이다. 내노라하는 문인들이 포화를 피해 대구로 모여, 작품을 쓰고, 책으로 엮었으니 출판업이 발전하는 것은 당연한 일이다. 1950년대 대구의 대표적인 출판사 중 한 곳이었던 청구출판사는 백기만의 『상화와 고월』 등을 출판했고, 대구문학관 건너편에 자리했던 문성당에서는 모윤숙의 『풍랑』과 『청마시집』이 나왔다. 북성로의 영웅출판사는 김소운의 『목근통신』과 박두진의 『오도』를 출판했고, 이제는 대구의 중견출판사로 자리잡은 학이사의 전신 이상사도 이 시기의 국내 대표출판사와 함께 대구에 피란와서 둥지를 틀었다.

11) 당대의 상황을 고려하면 대구문단이 피난문인을 받아들였다기보다, 피난문인들에 의해 대구문단이 주도되는 경향이 두드러지며, 대구문인들과 피난문인들의 교류가 활발했던 것은 사실이나 그러한 인적 교류가 문학적 자생력을 키우는 데에 실질적인 도움을 주지는 못했던 것으로 여겨진다. 당시 뚜렷한 신인을 배출해 내지 못했다는 사실이 이를 방증한다.

의 역할을 다함으로써 문학에 대한 지역문단의 관심과 열의가 상승했다는 것도 그중 하나로 들 수 있다. 한국문학사에서 대단히 독특한 영역인 전쟁문학을 구성하는 토양으로 대구문학의 로컬리티 locality를 여실히 보여주고 있다는 사실도 고무적이다.

무엇보다 대구의 종군문학은 전쟁이라는 역사적 상황을 문학 속에 반영함으로써 체험의 폭을 넓히는 데에 있다. 오늘날 우리가 전쟁문학을 통해 접근할 수 있는 의미 있는 체험이란 무엇일까? 그것은 단지 긴장감 넘치는 전장의 상황이나 피로 얼룩진 살육의 현장이 주는 충격의 체험이 아니라 전쟁의 부조리와 폭력성을 드러내고 윤리적 성찰의 지평을 제시해야 한다. 따라서 종군문학에 대한 연구는 목적성과 도구성이라는 전쟁문학의 한계를 벗어나 전쟁을 성찰적으로 사유하게 하는 작품을 적극적으로 발견하고자 애써야 할 것이다.

이를 위해 발굴의 차원에서 연구가 일차적으로 이루어져야 하고, 이를 토대로 활용방안에 대한 논의가 조명되어야 한다. 보다 구체적으로는 지자체는 물론, 마을 단위로 이루어져 문학동인회 · 문인 · 기관지 및 동인지 등의 관련 자료를 총체적으로 집적할 수 있어야 한다. 이 과정에서 '중앙'의 문단에서의 활동은 미미했으나, 지역문학의 형성과 발전에 기여하면서 독특한 문화적 · 문학적 풍토를 조성한 문인들이 발견될 가능성이 없지 않다. 따라서 중앙문단에서의 활동을 기준으로 발굴을 전개하기보다 지역 출신의 문인을 가능하면 누락하지 않겠다는 태도로 접근할 필요가 있다. 이렇게 할 때 비로소 지역문인으로 구성된 지역문학의 지형도를 치우침이나 훼손 없이 그릴 수 있을 것이다.

죽순시인구락부와 죽순문학회, 그리고 『죽순』

지역이라는 이름의 한계 또는 가능성

문화는 학문에 따라 다양한 의미를 내포하고 있지만, "특정 민족이나 시대, 집단이 공유하는 특정한 삶의 방식"[1]으로 정의된다. 이를 통해 우리는 문화가 역사적 · 지역적 특색을 갖추고 있다는 것과 다양한 삶의 모습을 보여주기 때문에 우열을 가릴 수 없다는 것을 알 수 있다. 그러나 다수의 국가가 그렇듯 한국 역시 수도, 이른 바 '중앙'을 중심으로 문화가 형성되고 발전해 왔다. 따라서 중앙과의 거리가 멀수록 문화적인 혜택을 받지 못한 곳이라는 인식이 없지 않다. 물론 인구가 집중되면 생산수단과 도구의 생산 역시 확대된다. 따라서 인구가 적은 지역에 비해 많은 지역의 문화가 보다 다양하게 발전할 가능성이 크다. 그러나 모든 지역에 독특한 삶의 양식, 즉 문화가 형성되어 있다는 점을 간과할 수 없다. 외적으로 드러나는 규모를 기준으로 삼아 문화를 정량화하려고 한다면 지역문화의 성격을 제대로 이해하지 못한 것일 뿐만 아니라 중앙과의 차이를 인정하지 못하여 격차를 키울 뿐이다. 또한 오늘날처럼 문화의 다양성이 강조되고, 과거에 비해 문화의 확산과 공유가 신속하게 이루어지는

1) 원용진, 『대중문화의 패러다임』, 한나래, 1996, 163쪽.

시대일수록 이러한 생각은 다시 검토되어야 한다.

최근에는 지양되고 있는 개념인 '지방地方'은 수도권에서 멀수록 문화의 혜택을 받지 못한다는 의식이 강력하게 내재되어 있다. '지방'은 사전적으로 "중앙의 지도를 받는 아래 단위의 기구나 조직, 중앙 이하 각급 행정구역의 통칭"으로 정의된다. 이에 비해 '지역地域'은 사전적인 의미 그대로 '지방'과는 별개의 의미를 내포하고 있다. '지역'은 일정한 구획된 어느 범위의 토지나 전체 사회를 어떤 특징으로 나눈 일정한 공간 영역이다. 즉, 특정한 동질성이나 개성을 가진 한 지구를 뜻하기 때문에 문화자치를 이룩할 수 있는 여지도 높다. 문화자치가 제대로 이루어지려면 지역민들이 주체가 되어야 함은 주지의 사실이다. 또한 '중앙'의 문화에 대한 막연한 동경보다는 지역의 개성을 드러낼 수 있는 요소를 확보해야 한다.

지역문학도 마찬가지다. 고향을 떠나 타지 생활을 하며 창작활동을 전개한 문인들은 그 수를 헤아리기 힘들며, 작품 발표의 근간이 되었던 문예지가 주록 발간되는 곳도 서울이나 평양과 같은 대도시였다. 물론 이렇게 문화를 생산할 수 있는 원동력이 한 지역에 집중되는 것을 이해할 수 없는 바는 아니다. 다만 이러한 경향이 심화되면서 심각한 지역 간의 괴리를 형성하게 되었다는 것이 일차적인 문제고, 지역문학은 문학이란 으레 서울 지역의 문인들이 생산한 중앙문학의 보급과 확산에 의한 것이라는 전파주의적 관점에 빠져 있거나 문화 제국주의적 의식에 매몰될 수 있다는 것이 또 다른 문제이다. 이러한 생각은 결국 특정한 문화가 우월하다는 의식, 즉 문화중심주의와 같은 맥락이라고 할 수 있다. 서구문학이나 도시문학이 전파되어 지역문학이 형성되고 발전할 수는 없는 노릇이다. 지역문학의 독자성과 주체성을 인정할 때 비로소 다양한 문학 형태가 공존할 수 있다.

지역문학을 키우는 문학동인지의 힘

지금까지 지역문화는 "공간적으로 중앙문화와 맞서면서 한국문화의 부분문화로 지리적 위상을 지니되 민족문화로서의 특수성을 확보해주는 문화"로 정의되어 왔다. 그리고 이때의 특수성은 서울을 비롯한 수도권과는 변별되는 개성으로, 이로 말미암아 지역문화는 문화적 보편성과 지역의 개성을 동시에 갖게 된다. 특히 표준화와 평준화가 이루어지지 않은 경우에는 지역문화 자체가 우리문화의 다양성과 독창성을 드러낼 수 있는 요소로 기능할 수 있다. 이는 표준화와 획일화가 유사한 맥락이 아님을 고려하더라도 그러하다. 실제로도 지역문화의 고유성과 독자성에 근거하는 특성, 이로 인한 효용성은 경제적 측면에만 국한되지 않는다. 그러나 관련 논의는 선언적인 측면이 강했고, 정책 대안을 위한 일반론 수준에 머물고 있음을 부정하기 어렵다. 또 지역문화를 "지역의 문예활동이거나 지역에서 문화 이벤트를 벌이는 것쯤으로 생각하는" 경향마저 없지 않다. 하지만 지역에는 고유한 삶의 양식이 형성되게 마련이다. 이 때문에 특정 현상이나 외형적인 측면을 기준으로 문화를 측량하고, 이곳과 저곳에 동일한 잣대를 제시해 재단해서는 곤란하다.

지역에서 지역문학을 바라보는 눈은 어떠한가? 잠정적인 결론을 내리면 지역문학의 사정도 크게 다르지 않아 보인다. 1966년에 창간된 『문학시대』는 「창간사」를 통해 지역문단이 "서울문화권에 예속" 되어 푸대접을 받고 있음을 지적하는 한편, 중앙문화만 비대해

지는 것은 "문화의 기형아 현상"이라고 비판했다. 주목할 것은 과거에 지적된 사항은 변하지 않았고, 오히려 고착되는 경향마저 없지 않다는 사실이다. 물론 문화를 생성할 수 있는 원동력이 한 지역에 집중되는 것이 드문 일은 아니지만, 이러한 경향이 되면 지역문학은 중앙문학의 보급과 확산에 의한 것이라는 전파주의적 관점에 빠질 우려가 있지 않을까? 중앙의 문학이 전파되어 지역문학이 형성된다는 논리는 물론, 중앙에 대한 대타의식을 강조한 나머지 작품에 대한 본질적인 논의보다는 당위적인 지역문학을 주장하는 것도 옳지 않아 보인다.

그렇다면 지역문학의 독자성과 주체성을 강조할 수 있는 방법은 무엇일까? 좋은 작품을 쓰기 위해 애쓴다는 조건 아래 자유롭게 발표할 수 있는 지면이 마련되는 게 가장 이상적이면서도 현실적인 길일 것이다. 동인지를 단순한 발표지면으로 인식하여 발생하는 문제가 없지 않았고, 소외된 지역문인들이 그저 작품을 발표하겠다는 의욕만으로 동인을 결성하고 동인지를 발행하는 경우도 적지 않았다. 거의 작품활동을 하지 않고 있는 전직시인이 문명文名을 유지하기 위해서 연례행사적으로 동인지에 발표하는 의례적인 작품, 게다가 공신력있는 문예지에 발표하기에는 미진한 감이 드는 작품을 버리기 아까와 동인지에 수록하는 사례"가 있었다는 이윤택의 지적이나 "공지에 발표되는 작품들보다 매서운 데가 있는 작품이 동인지에 게재되지 않는 한 동인지의 권위는 기대할 수 없다"는 윤재근의 말은 그래서 쓰디 쓰다.

하지만 지역에서 오랫동안 그 명맥을 유지하면서 또렷또렷 빛나는 동인지 또한 적지 않았다. 사실 대구문단은 문학동인지와 매우 긴밀한 관계를 맺어 왔다. 1970년대 대구문단을 '동인지의 시대' 라고 불려도 손색이 없으나, 이러한 경향은 특정 시기에서만 나타나지 않는다. 1917년 이상화, 백기만, 현진건, 이상백 등이 발간한 『거화』는 이제는 그 모습을 볼 수 없지만 지역문학운동의 비옥한 토양을 마련했다. 『죽순』은 최초라는 수식을 차치하더라도, 해방 직후의 문학운동을 주도하며 우리 문단에 또렷한 발자취를 남겼다는 점에서 문학사적인 가치가 또렷하다. 1970년대에는 '예총경북지부'의 『경북예술』과 '문협대구지부'의 『달구문학』의 폐간의 아픔을 『순수문학』, 『문학 · 경부선』, 『자유시』, 『순수년대』, 『맥』, 『모국어』, 『형상시』 등의 순수시 전문동인지로 달랬다. 1980년대에도 동인지 운동의 전통은 지속되어 『오늘의 시』, 『분단시대』, 『소리벽』 등이 발간되었다. 이처럼 대구는 동인지를 통해 "순수문학운동의 정당성을 천명"하였을 뿐 아니라, "지역문학의 역사적 성격이 무엇인지를 극명하게 보여"준다. 이들은 사회의 요구를 지속적으로 받아들임으로써 동인이라는 고유한 집단이 가지는 문학적 정체성을 형성하고, 한국문학에 창조적인 역량을 공급했다. 특정한 출판 자본에 좌우되거나 소모되지 않고, 문학적 연대를 통해 구축되어 지속적인 확대와 재편, 사회와의 소통이라는 방식으로 구성된 공동체라는 측면에서 에콜ecole로 기능하는 동인지도 있었다.

대구에서 자라난 문학동인지 『죽순』

광복 직후의 한국문단은 좌 · 우익이라는 이념적 대립에 허덕였다. 저마다 '민족'을 주장했으나, 외부에서 이식된 이데올로기를 내면화하지 못하는 수준이었다. 대구의 작가들도 이데올로기의 대립에서 자유롭지 못했다. 이 지역은 '제2의 모스코바'로 불릴 정도로 좌익성향이 강했으므로, '문학가동맹'과 '청년문학가협회'의 첨예한 대립을 목도하는 일까지 벌어졌다.

해방 후 발간된 우리나라 최초의 시문학 동인지 『죽순』은 이러한 시대적 배경에서 발행되었다. 1946년, 좌우의 대립이 그 어느 때보다 팽팽하던 때에 세상의 빛을 본 후, 1949년 7월까지 통권 11호(임시증간호 포함 12호)까지 펴낼 정도로 활동의 지속성을 갖추었고, 당대 지역문단을 대표하던 문인들의 참여도 비교적 활발했다.

발간을 포함한 실질적인 운영은 시인 이윤수가 담당했고, 김동사, 이호우, 이영도, 이응창, 이승자, 박목월, 한솔 등이 동인으로 참여했다. 김달진, 김춘수, 박화목, 유치환, 조지훈 등도 여러 편의 글을 수록하였으나, 이들이 다른 지역에서 발행되었던 다양한 매체에서도 비슷한 빈도로 작품을 발표했음을 감안하면 동인으로 활동했다고 보기는 어렵다.

『죽순』의 성격을 굳이 보수와 진보로 나누자면 전자에 가까울 것으로 여겨진다. 하지만 앞서 언급한 것처럼 해당 동인지와 동인은 이데올로기의 노출과는 거리를 유지했으며, 문학적인 주의주장을 전제하지도 않았다. 이는 창간호의 「편집후기」와 김동사의 「진위眞僞의 시是와 비非」를 통해 가늠할 수 있다.

> 눈이나리여 대숲에 눈이나리여 대(竹)는 더욱 푸르르고 항상 마디마디 맺는다 눈이불 뚫고 어린 죽순하나 뾰족이 王대 의 꿈을안고 오래인 부르지 못한 노래를 하늘이 베푼 이땅의 解放과 함께 힘차게 불러볼가 하는 것이 우리들의 죽순이다.
>
> —「편집후기」, 『죽순』 창간호, 1946. 5.

眞은 곧 民族性을 鼓吹함과 同時詩의 本質인 藝術性을 土臺로 純粹詩에서 出發하여 民族詩를 樹立하는 것이오,僞는 時流의 波動속에서 激流에 이끌리어 民族性을 喪失하고 無批判的主義思想의 走狗化하는 部類의 存在이다. 이것은 詩의 不幸이 아닐 수 없으나 또한 剛健한 民族文學樹立에 있어서는 好試練이라 할 수 있다.

— 김동사, 「眞僞의 是와 非」, 『죽순』 4집, 1947. 5.

창간호의 「편집후기」는 여타의 문학동인지와 변별되는 특성을 지니고 있다. 문학동인지에서 어렵지 않게 찾아볼 수 있는 주의주장이나 문학적 선언, 이론적 모색에 대한 언급이 없다는 것이 바로 그것이다. 편집후기만을 보자면 『죽순』은 뚜렷한 문학적 이상이나 일정한 지향점을 정하고 그것을 실천하기 위해 창간되었다기보다는, "부르지 못한 노래를 하늘이 베푼 이 땅의 해방과 함께 힘차게 불러" 보고자 만들었다고 보아야 할 것이다.

한편 김동사의 「진위의 시와 비」는 죽순동인이 지향했던 '민족'과 '순수'의 함의를 보다 구체적으로 드러낸다. 이처럼 '진'과 '위'의 팽팽한 대립 속에서 좌파의 문학을 비판의 대상으로 설정하고, '시류의 파동'에 흔들리지 않음으로써 '민족성'을 지키며, '주의 사상의 주구'가 되지 않는 '순수시'를 통해 '민족시'를 수립하자는 목소리야말로 『죽순』과 이를 중심으로 움직였던 동인들의 지향점이라고 할수 있다.

이처럼 『죽순』은 특정한 주의주장을 내세우기보다 창작과 향유, 그리고 이를 통한 소통과 공감을 위하여 창간하고, 발행함으로써 "시의 영원성"을 구현해왔음을 유추할 수 있다. 그리고 "自己의 眞實한 기쁨 自己의 眞實한 苦悶自己의 眞實의 感情을 노래"하고, "時

代의 潮流속에서 허덕이지 않"겠다는 의지와 특성으로 인해 『죽순』은 역사와 전통을 지닌 문예지이며, 동인지에도 불구하고 "동인들의 작품뿐만 아니라 저명한 시인들을 망라한 범문단적인 시지(詩誌)", "'죽순구락부'가 발행한 『죽순』은 해방 후 최초의 엔솔로지 탄생을 알리는 신호이며 대구문단의 여명을 예고하는 진통"로 기능할 수 있었다.

『죽순』의 스토리텔링 방안

『죽순』의 독특한 위상과 문학동인지로서의 이념적 부재는 1979년의 복간호 「권두언」을 통해 극복되는 양상을 보인다. 이 글에는 지역문학의 역할과 그 중요성, 방향성에 대한 적극적인 인식이 내포되어 있다. 특히 "중앙 위주에 반기를 들어야 한다"는 선언은 『죽순』의 복간이 어떠한 배경에서 이루어졌는지를 가늠케 한다. 앞에서 언급한 바와 같이 『죽순』은 창간 이후 60년 가까이 유지되면서 동인지 발간과 지역문학 창달을 위한 전국백일장, 상화시인상 제정과 이상화 시비 건립 등의 활동을 해왔다. 대구문단의 형성에 『죽순』이 기여한 바를 일일이 나열하기는 어려우나 간략히 살펴보면 크게 세 가지로 나누어 볼 수 있을 것이다. 첫째, 지역문학 활동의 토대를 구축했고, 둘째, 지역 간의 문단 교류활성화를 도모했으며, 셋째, 6 · 25 전쟁기에도 창작활동을 지속적으로 전개하면서 문학을 선도했다는 사실을 들 수 있다.

이와 같은 『죽순』의 문학적 · 문학사적 가치를 알리고자 하는 노력은 지속적으로 이루어져왔다. 대구문학관에서는 문학관 내에 관련

조형물을 설치해 문학동인지에 대한 방문객의 관심을 환기하고 이해를 돕는 한편, 기획전시를 운영하기도 했다. 특히 2016년에는 창간 70주년을 맞아 기획전시 『죽순, 그 열두 마디의 외침』을 기획 · 운영하고, 『죽순』 창간 70주년 기념 한일 세미나를 진행해 대내외로부터 긍정적인 평가를 받았다.

그러나 정작 '죽순구락부'가 한국과 대구문단을 위해 기울인 노력이나 이들이 거닐었던 북성로와 향촌동 일대에 대한 연결은 거의 이루어지지 못하고 있다. '죽순시인구락부'와 이들의 후신인 '죽순문학회'는 지역문학의 발전과 성장에 기여하기 위해 여러 역할을 해왔다. 이상화 시인의 선양사업은 이들의 대표적인 활동이라고 보아도 큰 문제가 없을 것이다. 이들은 1948년 3월 14일 이상화 시비를 달성공원에 세웠고, '상화시인상'을 제정했다. 이 상은 "중학생의 신분으로서 3 · 1운동에 가담했을 뿐만 아니라 우리 시단에 신시의 새로운 장을 열게 한 상화 시인의 그 업적과 민족정신을 높이 기리고자" 제정한 후 여전히 수상자를 배출하고 있다. 1990년부터는 『상화시 전국백일장』을 개최하고, 1993년에는 『상화 시인 50주기 추모행사』를 범문단적으로 거행했다. 이와 더불어 죽순의 동인들은 『향토문학의 뿌리 찾기』 사업에도 진력했다. 대구문학의 역사와 자료를 수집 · 정리하여 1996년 5월과 2001년 12월에 개최한 『향토문학 자료 전시회』는 주목할 만한 자리였으나 인구에 널리 회자되지 못했다.

"죽순처럼 힘차게 항상 푸른 대처럼 절개롭게 굳은 마음으로 똑바르게, 이 고장 시문학의 봉화가 되겠나."던 이윤수에 대한 기억이 차차 흐려지고 있다는 사실일 터다. 평소 곰같이 우직하다는 소리를 들으며 평생 '죽순시인구락부'를 위해 모든 것을 쏟아부었고, 죽순시대 명금당에서 전설적인 커피 솜씨를 선보였으며, 백두산 천지에서 죽순기를 흔들었던 그의 이야기는 앞산에 세워진 시비를 제외하면 기억으로만 전하고 있다. 이제라도 『죽순』과 '죽순시인구락부', '죽순문학회' 그리고 이윤수의 명금당 등이 대구의 대표적인 문학공간으로 자리매김해야할 터다.

새로운 시작과 내일을 위한 과제

일찍이 박덕규는 그의 저서 『지역문학과 글로컬리즘』을 통해 문학공간과 명소화의 관계를 다음과 같이 밝혔다.

> 문학공간이 구체적으로 작가의 활동 지역이나 작품의 실제 무대와 관련한다는 점을 중시해 이를 지역의 문화적 명소로 새롭게 조성하려는 움직임이 날이 갈수록 활발해지고 잇다. 1995년 지방자치제 실시 이후 많은 지방자치단체가 문학공간이 지역의 문화적 자긍심을 높이고 지역경제에 실익을 제공하는 문화관광지가 될 수 있다는 전제에서 문학작품과 그것을 낳은 문학인을 기념하면서 '문학공간의 명소화'를 추진해 왔다. 명소화된 문학공간은 이제, 지역의 관광자원 정도에 머물지 않고 다양한 양태의 문화적 생산물을 파생시키면서 실익을 극대화할 수 있는 문화적 생산 거점이 될 수 있다고 이해되는 추세다. 각종 문화예술과 관련된 문화콘텐츠 산업이 확실한 신성장동력으로 자리잡고 있는 이즈음 문학공간 또한 '굴뚝 없는 공장'의 아주 유망한 신종 상품일 수 있다는 인식도

2) 박덕규, 「문학공간의 명소화(名所化)와 문화산업화 문제」, 『지역문학과 글로컬리즘』, 서정시학, 2011, 14쪽.

당당해졌다.[2)]

'명소화된 문학공간'은 단순한 관광자원이 아니라 "다양한 양태의 문화적 생산물을 파생시키면서 실익을 극대화할 수 있는 문화적 생산 거점"이며, 또한 "'굴뚝 없는 공장'의 아주 유망한 신종 상품일 수 있다"는 인식이 확대되고 있다. 실제로 문학이 지자체의 특정 공간을 명소화한 성공적인 사례는 어렵지 않게 찾아볼 수 있다. 최근에는 동인지문학의 문화콘텐츠적 가치를 인정하고, 문학공간을 활용하고자 하는 움직임이 시작되고 있다. 『청포도』, 『무화과』 등으로 대표되는 요양지 문학, '시인부락파'의 보안여관, '시문학파'의 강진 일대를 들 수 있다. 특히 통의동 2-1번지에 위치한 통의동 보안여관은 이상이 「오감도」에서 묘사한 '막다른 골목'의 실재 공간이자 위의 글을 통해서 알 수 있는 것처럼 『시인부락』의 산실이다. 서정주가 김동리, 오장환, 김달진은 물론 화가 이중섭과도 꾸준히 교류를 이어간 곳도 보안여관이다. 그러나 청와대와 인접해 있다는 특성 때문에 효율적인 활용이 이루어지지 못했고, 결국 2006년 9월 경 재건축이 결정되기도 했다. 그러던 것이 보안여관의 문학적 · 문화적 가치에 주목한 2006년 쿤스트 독Kunst Doc의 작가들에 의해 '통의동 골목길 프로젝트'가 진행되면서 전혀 전시 공간으로 변모하고 있다. 또한 『시인부락』이 구상되고 서정주를 비롯한 '생명파' 동인들의 문학공간으로 인식되어 문학답사지로, 복합 문화 공간으로 자리 잡아 다양한 프로젝트의 일환으로 '예술을 파는 구멍가게'와 '창문 전시' 등 새로운 형태의 전시를 신보이는 실험 예술의 장으로 기능하고 있다. 『죽순』의 공간이 『시인부락』의 보안여관처럼 대구에서 빛나길 바라는 것은 지나친 욕심일까?

마케도니아의 알렉산드로스Μέγας Ἀλέξανδρος왕의 향갑에 얽힌 이야기를 복기해보자. 알렉산드로스는 페르시아의 다리우스 3세داریوش로로부터 귀중한 향갑을 빼앗았다. 젊은 왕은 이 고귀한 향갑에 무엇을 넣어야 할지 궁리했고, 부하들에게도 물었다. 왕의 질문을 들은 부하들은 제 각각 자신이 소중하다고 생각하는 물품을 보관하는 것이 옳다고 이야기했으리라. 이야기를 모두 듣고 난 후 알렉산드로스는 "내 생각에는 호메로스Ὅμηρος의 『일리아드Ἰλιάς』를 넣어 두는 것이 가장 좋을 것 같소."라고 말했다고 한다. 이 결정을 두고 세상 물정 모르는 어린아이의 것이라고 말하기는 어렵다. 다리우스 3세의 향갑이 지금까지 전하는지 모르지만, 적어도 호메로스의 『일리아드』는 고전의 반열에 들어 지금 이 순간에도 읽히고 있기 때문이다.

이 이야기는 『죽순』의 문화적 · 문학적 가치를 환기하고, 콘텐츠를 모색하는 일을 어떠한 태도로 진행해야 하는지를 짐작케 한다. 진귀한 재료만 골라 빼어난 솜씨로 향갑을 만드는 일은 흔히 말하는 하드웨어적인 측면에, 『일리아드』는 시간이 흐른 후에도 독자와 방문객에게 감동을 줄 수 있는 『죽순』의 화소를 도출하여 콘텐츠를 기획 · 운영하는 일, 즉 소프트웨어를 구축하는 것과 크게 다르지 않다고 여겨진다. 알렉산드로스가 향갑보다 『일리아드』의 가치를 주목한 것은, 문학관으로 대표되는 번듯한 건물이나 공간이 아니라, 그 안에서 시간과 함께 문학의 빛과 향을 더할 내용물에 눈길을 두어야 함을 보여주는 것처럼 여겨진다.

지역의 문학자원을 살피고 이를 활용하기 위한 방안을 고민하는 일은 경제 논리에서 벗어난 '미래의 정신문화'에 대한 공공적 투자라고 할 수 있다. 이를 통해서야 비로소 우리나라의 현대문학을 대표하는 작가와 작품을 기념하고, 현대문학 매체와 문학유산을 체계화해 보존하며, 한국현대문학의 요람으로 불려온 대구의 문학적 자산을 집결할 수 있는 곳으로 승화될 수 있기 때문이다.

문화야 말로 지금을 이전과 변별하는 요소다. 그러나 이는 서울 및 수도권을 중심으로 하는 특정 지역의 문화가 성장하는 것만으로는 부족하다. 전 지역의 문화가 고루 성장하여 균형적인 문화발전이 이루어질 때 비로소 문화역량이 발휘될 수 있는 토대가 형성된다. 이를테면 지역 간의 균형적인 발전을 이룩하기 위해서 이념적으로는 자유와 평등되어야 하며, 구조적인 차원에서는 중간집단이 보다 강화되어야 한다. 또한, 문화적인 차원에서는 지역문화의 활성화가 기반이 되어야 한다. 특히 21세기에는 탈중심의 세기, 분산화, 다극화의 시대로 정의되고 있는 만큼 다양한 지역의 문화가 고루 발전할 때 비로소 국가의 경쟁력을 확보할 수 있다면, 중앙집중화 내지는 수도권과 비수도권 간의 문화격차가 극심한 오늘날의 상황은 시급히 해결되어야하며, 이는 지역문화를 고루 발전시키는 것으로 해결할 수 있다.

Ⅲ
문학이 말하는 지금, 여기의 공간들

편의점이란 이름의 토포스

서사적 전환기의 새로운 독법

'서사적 전환'과 "병렬의 시대, 근접과 멂의 시대"가 동시에 전개되고 있다는 말은 이제 낯설지 않다. 그러나 이를 끊임없이 복기하더라도 파편화된 현상과 이를 바탕으로 한 서사를 마주하면 적지 않은 혼선과 혼란을 겪고, 새로운 '낯설게 하기'들을 마주하는 과정에서 당혹감을 느끼기도 한다. 이제 기존의 서사만으로는 우리가 마주한 현상을 충분히 서술하기 어렵고, 서사를 아우르는 일관성과 일반론을 도출하기 어려워 보인다. 이에 더하여 문학적 재현에서 거의 필연적으로 영도零度가 훼손되어 '표현의 불투명성'이 심화하고, 서술의 질서마저 시간적 순차성을 따르지 않는 경우도 차츰 늘고 있다고 여겨진다. 이처럼 파편화되고 복잡해지는 서사의 의미를 가늠하는 구성틀로 도움을 줄 수 있는 것은 무엇일까?

공간 담론은 자아와 세계 사이의 매개라는 장소성placeness이 "포스트 모던한 모더니즘 Welsch"가 낳은 서사와 메타서사의 불가해성을 이해하는 방법론으로, '사적 공유화'가 낳은 새로운 현실 인식에 관한 논의를 개진하는 방편일 수 있다.[1] 특히 '지금, 여기Here and Now'는 우리가 마주한 서사를 이해하는 데 도움을 줄 수 있다. 내가 누구인지, 어디서, 어떻게 살아가는지를 살피고 대상과의 관계성을 생각하게 하고, 진실하고 올바르고 아름다운 것을 선택하거나 이러한 가치에 부합되는 판단과 선택에 가까워지도록 돕기 때문이다. 뿐만 아니라, '좋은 게 좋은 것' 이라는 기준 아래 내렸던 판단과 선택을 잠시 미루고 냉엄한 현실을 또렷이 보는 동인動因으로 작용, 일상에 대한 소박한 윤리학이자 공동체의 비극이 무엇인지를 규명하는 실마리로 작용할 수 있다.

문학텍스트의 '지금, 여기' 를 보다 또렷이 살피고자 편의점' 을 토포스topos로 가정하보자. 편의점은 일상에 필요한 다양한 상품과 서비스를 판매하면서 주변 상권을 흡수, 새로운 기능을 더해가고 있고, 1980년대부터 도시의 삶을 보여주는 문학공간으로 인식되면서 "일종의 문화적 아이콘"[2]으로 자리해왔으므로 연구의 대상으로 가치 있다고 판단하였다. 관련 연구가 충분히 축적되지 않았다는 사실도 본 논의가 의의를 더할 수 있는 지점이라고 여겨진다. 또한, 토포스는 움직일 수 없는 경계이자 인간이 환경 속에서 사건, 행위의 세계, 의미 질서로 찾아내는 장소라는 점에서 텍스트에 투영된 은유와 상징성을 이해하고, 문학공간을 여타의 공간과 구별하여 서사의 요소이자 서사전개의 원리로 파악할 때 도움을 줄 수 있어[3] 논의의 틀로 삼을 수 있다고 여겨진다.

---

1) 하이데거(Martin Heidegger)의 "존재론적으로 충분히 이해되는 '주체', 즉 현존재는 공간적이"라는 말을 복기하면, 공간담론은 현존재가 공간적이라는 말은 인간이 여느 물체와 똑같이 자기 몸으로 일정한 공간을 채운다는 단순한 수준의 이야기가 아님을 또렷이 알 수 있다. 민코프스키 역시 "삶은 공간으로 뻗어 나가지만, 그렇다고 기하학에서 말하는 의미대로 확장되지는 않는다. 우리는 살기 위해 확장해야 하고 관점을 가져야 한다. 공간은 시간과 다름없이 삶의 발전에 필요불가결한 요소"라고 밝혔다. Martin Heidegger, *Sein und Zeit*, Halle a. d. Saale, 1927, p.111.; Eugène Minkowski, *Vers und cosmologie*, Paris, 1936, p.367.

2) 우찬제, 「접속 시대의 최소주의 서사」, 문학과지성사, 『문학과 사회』 73, 2006, 398쪽.

본 연구를 통해 비약적인 성장을 거치면서 일상 깊숙이 침투해 개인의 소비패턴을 상세히 알고 있는 편의점이 시대에 따라 사회적 · 도덕적 자질을 아우르는 문학적 주체로 기능하면서 주인공의 삶을 의미화해 온 공간임을 밝힐 수 있을 것으로 여겨진다. 또한, 이 공간이 시시각각 변모하는 일상의 윤리학을 은유적이고도 상징적으로 보여주는 토포스라고 불리기에 충분할 수 있다는 사실 또한 확인할 수 있을 것으로 기대된다.

도시의 오아시스, 너무나 고독하고도 먼

편의점은 "물건의 가짓수는 적은데 값은 비싼, 비좁고 옹색한 상점"인 동시에 "작고 자잘한 수천 개의 아이템이 빼곡히 진열돼 있어 물 이름을 익히는 데만도 한참이 걸"리는 "작지만 거대한 세계"[4]이다. 실제로 편의점은 규모에 따라 다르지만 40평에 달하는 편의점의 경우, 2만여 종의 품목을, 20평 남짓한 곳도 5천 종에 달하는 물건을 갖추고 있다. 편의점의 이러한 특성은 "네가 뭘 좋아할지 몰라 다 준비했어"가 어떤 의미인지를 보여주기도 한다.

그런데 편의점 진열대 앞에서 진지하게 찬거리를 고르는 주부, 고

---

3) 토포스는 아리스토텔레스에서 시작됐다. 그는 공간이 "존재"할 뿐만 아니라 "고유의 힘"도 가지고 있다고 생각했다. 즉 공간이 "일정한 작용을 가한다"고 생각한 것인데 이는 현대물리학에서 말하는 역장(力場)을 연상할 수 있다. 특히 아리스토텔레스는 존재자가 존재하기 위해서는 우선 장소가 없어서는 안 되는 "자신을 직접 감싸고 있는 것"으로 파악했다. 한편 토포스는 "무언가를 둘러싸는 물체의 경계" 혹은 "둘러싸는 도구의 외피"라고 규정, 대상 주위를 휘감는 일종의 피부로 생각했다. 한편 골케(Gohlke)가 "장소와 공간을 함께 의미할 수 있기 때문에 번역에 어려움이 따른다"고 이야기했다. Paul Gohlke, *Aristoteles, Die Lehrschriften*, Paderborn, 1956, p.322.; 오토 프르드리히 볼노, 이기숙 역, 『인간과 공간』, 에코리브르, 2011, 33쪽. 참조.

4) 김영하, 『퀴즈쇼』, 문학동네, 2007, 99쪽.

액을 찾는 사람, 많은 양의 택배를 보내는 이들은 드물다. 그저 각자의 사정으로 헐레벌떡 문을 밀고 들어와 조급한 손길로 일을 처리하고 다시 총총히 사라지는 이들이 있을 뿐이다. '지금'이 아니라면 굳이 '여기'에서 처리하지 않아도 될뿐더러 급하지만 않다면 내일 처리하는 게 돈이 덜 드는 일들을 편의점에서 해결하는 것이다. 이들은 편의점 문을 밀고 나오며 안도한다. '근처에 편의점이 있어서 다행이야.' 그래서 편의점은 "평소 알아채지 못하고 있지만, 우리가 필요로 할 때 언제나 있어주는 그런 존재"이자 지금 당장 무언가가 긴요한 이의 "도심 곳곳에 숨어 있는 오아시스"[5]라고 생각할 수 있다.

> 편의점에 감으로써 물건이 아니라 일상을 구매하게 된다는 생각 때문인지도 모른다. 비닐봉지를 흔들며 귀가할 때 나는 궁핍한 자취생도, 적적한 독거녀도 무엇도 아닌 평범한 소비자이자 서울시민이 된다.
>
> — 김애란, 「나는 편의점에 간다」, 『달려라 아비』, 창작과비평사, 2005, 41쪽.

편의점은 우리가 타인과 다르지 않은 소비생활을 한다는 사실을 깨닫는 곳이기도 하다. 브랜드가 같다면 낯선 곳에서도 같은 상품을 살 수 있다. 브랜드가 다르더라도 비슷한 진열대에 비슷한 물건이 비슷하게 진열돼 있다. 물건을 집어 들고 계산대에 다가가면 비슷한 옷을 입은 아르바이트생이 서 있고, 그들에게 물건과 카드를 내밀면 그들은 어디에서나 볼 수 있는 바코드 리더로 비슷해 보이는 바코드를 찍은 후 물건과 카드를 되돌려 준다. 문제는 편의점에서 쉽게 마

5) 채다인, 『나는 편의점에 탐닉한다』, 캘리온, 2008.

주하는 이 다르지 않음은 친근함보다 익명성과 연결되고, 무관심으로 귀결될 수 있다는 사실이다.

김애란의 소설 「나는 편의점에 간다」의 주인공 '나'는 "한 개인의 편의점에 대한 이러저러한 소심하고 보잘것없는 경험, 나름의 근거로 인해" '큐마트'를 단골편의점으로 정한다. "관상이 온화한" 내외가 주인이고, "대개 잔잔한 클래식"을 틀어 "양반김이나 제주삼다수를 드는 나의 몸짓"을 "갑자기 우아"하게 만들어 준다는 것은 부차적인 요소일 뿐이다. '나'가 '큐마트'를 선택한 결정적인 요인은 "이십대 중반의 청년으로 말수가 적고 무심"한 아르바이트생과 "손님 쪽을 향해 있는 모니터"다. 보다 구체적으로 말하면, 아르바이트생과 모니터로 인해 "마음만 먹는다면 우리는 어떤 말도 안할 수 있"는 시스템이야말로 '나'가 다른 편의점을 두고 '큐마트'를 단골로 선택한 결정적인 요인이다. 무관심이 '나'와 '큐마트'의 관계를 유지하는, 거래의 뿌리인 셈이다.

'나'는 우연한 상황을 통해 철저히 지켜줄 것처럼 보였던 '큐마트'가 사실은 소비상품을 통해 자신을 낱낱이 들여다보고 있음을 깨닫는다. 감시에 가까운 이 시선에 인간적 따스함이 깃들어 있지 않을 것이다. '나'가 있던 '큐마트 청년'이 "하루에도 몇 번씩 내장을 꺼내놓듯 내가 먹고 싸고 하는 것을 드러내는데"도 '나'를 모른다는 사실은 이를 뒷받침한다. 서로를 알지 못하고, 알아야 할 필요를 느끼지 않을 수 있는 편의점의 비극은 이 공간을 나왔을 때 비로소 해소된다.

> 그때였다. 도로에서 갑자기 끼익-하는 소리가 들렸다. 나와 큐마트 청년과 야구모자를 쓴 사내는 동시에 창밖에 쳐다보았다. 편의점 유리창

밖에서 한 여고생이 눈앞에서 붕-하고 떠올랐다 도로 위로 떨어져나갔다. 횡단보도 앞, 은색 쏘나타 한 대가 놀란 듯 멈추어 서 있는 게 보았다. 쏘나타는 당황했는지 갑자기 전속력을 내며 그곳을 벗어나기 시작했다. (중략) 여고생은 머리가 박살난 채, 뒤집어진 교복 치마 사이로 희멀건 하체를 드러내놓고 있었다. 사람들은 현장에 둥그렇게 모여 있었으나, 끔찍했던 탓인지 아무도 여고생 곁에 다가가지 않고 있었다.

— 김애란, 앞의 글, 53~54쪽.

편의점 밖으로 나온 '나'는 은색 쏘나타가 여고생을 치고 달아나는 광경을 본다. "쏘나타는 당황했는지 갑자기 전속력을 내며 그곳을 벗어나"고 남은 것은 "머리가 박살난 채, 뒤집어진 교복 치마 사이로 희멀건 하체를 드러내놓고 있"는 여고생의 사체다. 타인의 죽음을 수습할 관심이나 의지는 없으므로 아무도 "여고생 곁에 다가가지 않고 있었다." 그때 편의점에서 복권을 훔쳐 달아난 '야구모자를 쓴 사내'가 사람들 사이를 비집고 나와 '여고생'의 가슴 위로 뒤집어져 올라간 교복 치마를 다소곳이 내려준다. '여고생'을 수습하는 '야구모자를 쓴 사내'와 그녀 주위를 빙 둘러싼 사람들 앞에서 무엇이 옳은지를 진지하게 고민할 수밖에 없다.

김애란의 작품에서 편의점은 편리하게 물건을 살 수 있고, '서울 시민'으로서의 존재감과 타인과 다르지 않은 삶을 살고 있음을 확인하는 "물건이 아니라 일상을 구매"하는 공간이다. 이에 더하여 합리성과 효율성, 첨단시스템과 효율적인 영업방식을 보여주는 한편, 물신화된 상품, 바코드와 스캐너에 의한 교환관계가 인간관계보다 우선될 수 있음을 환기하는 공간이기도 하다. 이러한 편의점에는 '거대한 관대'라는 이름의 무관심이 자리할 뿐, '나'의 정체성과 인간성은 발현되지 않는다. 편의점의 관심은 "내가 아니라 물이고, 휴지고, 면도날"이기 때문이다. 이처럼 「나는 편의점에 간다」는 모든 것이 화폐가치로 환원되는 세계에서 개인이 어떤 인간적 관계나 소통 없이 소외만을 경험하는 현실을 고발한다.

> 당신이 만약 편의점에 간다면 주위를 잘 살펴라. 당신 옆의 한 여자가 편의점에서 물을 살 때, 그것은 약을 먹기 위함이며, 당신 뒤의 남자가 편의점에서 면도날을 살 때, 그것은 손을 긋기 위함이며, 당신 앞의 소년이 휴지를 살 때, 그것은 병든 노모의 밑을 닦기 위함인지도 모른다.
>
> — 김애란, 앞의 글, 57쪽.

때문에 소설 말미에 배치된 '담배를 훔친 여고생'의 죽음과 '파란 야구모자의 사내', "편의점에 간다면 주위를 잘 살펴라"라는 경고에 가까운 문장은 편의점으로 대표되는 냉담하고 각박한 현실을 살피는 작가의 직접적인 목소리로 읽히기도 한다.

덥기만 하고, 짜디짠 지구

'무관심의 배려'로 치장된 편의점을 대표하는 인물은 누구일까? 아르바이트에 지출되는 비용을 감당하기 어려워 푸른 조끼를 입고 리더기를 손에 쥔 '점주'를 제외한다면 '편돌이'와 '편순이', '알바'로 불리는 시간제 근무자일 것이다. 밤낮없이 계산대를 지키고 선 이들에게 편의점은 어떤 모습일까?

김중혁의 소설 「펭귄뉴스」에서 편의점은 이분법적 세계를 살아가지만, 어디에도 속하지 못한 '나'의 이야기다. 전쟁이 한창인 가까운 미래[6]를 살아가는 주인공 '나'에게 "삶이란 따분하고 따분하고 따분한 것이라는 것을 오래전부터 알고 있었던"[7] 것일 뿐이다. '나'는 생계를 위하여 편의점을 비롯한 각종 아르바이트를 전전한다. 그런데도

— 그럼 뭐 해?

— 그냥. 아무것도 안해.

아무것도 안한다는 것은 거짓말이지만, '나 요즘은 편의점에서 격일제로 일하고 또 가끔 시간날 때면 파트 타임으로 앙케이트 아르바이트도 하고, 또' 이렇게 말하기가 귀찮았던 것이다.

— 김중혁, 「펭귄뉴스」, 『펭귄뉴스』, 문학과지성사, 2006, 277쪽

요즘 뭐 하느냐는 '소희'의 질문에 아무것도 하지 않는다고 답한다. "편의점에서 격일제로 일하고" 또 "가끔 시간날 때면 파트 타임으로 앙케트 아르바이트"까지 하면서도 "아무것도 하지 않는다." 자신의 노동을 아무것도 아닌 것으로 평가 절하하는 '나'의 모습은 '알바'로 압축되는 다양한 직종과 직업 사이에도 계급이 있을 수 있으리라는 추측으로, 현실의 '아르바이트 계급론'의 호출로 이어진다. 현실에서는 '알바'라는 호칭은 같지만 만만찮은 문화자본과 상징 권력을 갖고 있는 '프리터freeter, free+arbiter', '프리커freeker, free+worker' 그리고 최저임금 앞에 몸을 옹송그린 '생계형 알바'가

6) 김중혁, 「펭귄뉴스」, 『펭귄뉴스』, 문학과지성사, 2000, 262쪽.

7) "전쟁이라고 해보았자 폭탄이 여기저기서 터지거나 사람들이 신문지 조각처럼 날아다니거나 하는 일은 거의 없"지만 진압군은 오로지 하나의 주파수만을 남기고 그 외의 비트를 제거하기 위해, 지하군은 다양한 비트를 수호하기 위해 첨예하게 대립한다. 김중혁, 위의 책, 264쪽.

공존하기 때문이다. 이러한 현실을 고려할 때, '아무것도 안 해'의 하나인 편의점 아르바이트의 계급은 어디일까?

이기호의 소설 「당신이 잠든 밤에」의 '시봉'과 '진만'은 '알바'의 하위계급을 여실히 보여준다.[8)]

> 비가 추적추적 내리고 있는 새벽 한시, 진만과 시봉은 한적한 도로 한 편, 버려진 방범초소 옆에 쪼그리고 앉아 있었다. 비를 그어줄 수 있는 공간이라곤 손수건 크기만큼 밖으로 비집고 나온 방범초소 새시 지붕이 전부였기에, 그들은 최대한 서로의 몸을 밀착시킬 수밖에 없었다. 일주일 전 같은 시각, 그들은 편의점 계산대 뒤에 서 있었다. 이렇다 할 기술도, 학력도, 연고도 없는 지방 상경 청년들이 가장 만만하게, 때론 가장 마지막에 입문하는 편의점 새벽 아르바이트를 하고 있었던 것이다. 하지만 그나마 그 직업도 이젠 잃었다. 물건 창고 귀퉁이에서 교대로 눈을 붙이다가 불시에 기습한 점장한테 걸렸던 것이다. 점장이 편의점에 들이닥쳤을 때, 시봉은 카운터에 디스 세 보루를 깔고서 잠을 자고 있었다.
>
> — 이기호, 『갈팡질팡하다가 이럴 줄 알았지』, 문학동네, 2006. 136쪽.

'시봉'과 '진만'은 "이렇다 할 기술도, 학력도, 연고도 없는 지방 상경 청년들"을 거의 유일하게 받아주었던 편의점 아르바이트마저 잘린 신세다. 이제 그들에게 남은 공간은 함께 사는 고시원과 "방범초소 새시 지붕"이 전부다.

---

8) '시봉'과 '진만'을 "우리 시대 뒷골목(outback)의 나오기들(outcast)들에게 이 작가가 붙여준 이름이다. 씹할 새끼, 씹새끼, 씨방새, 시봉새…… 등등을 거쳐 '시봉'이 되었을 것이다. 이 사회의 주류였던 적이 한 번도 없었고 앞으로도 그럴 가능성이 농후한 인간 군상들의 보통명사"라고 지적한 신형철의 지적은 타당해 보인다. 신형철, 「정치적으로 올바른 아담의 두번째 아이러니」, 이기호, 『갈팡질팡하다가 이럴 줄 알았지』, 문학동네, 2006. 309쪽. 참조.

물러설 곳이 없어진 이들은 자해공갈로 돈을 마련하기로 한다. 하지만 성공은커녕 제대로 된 기회조차 잡지 못한다. 기회 대신 찾아온 보완업체 직원에게 질문 세례를 당하고, 결정적인 순간이라고 부를 수 있는 상황에서는 '시봉'이 보도블록에 걸려 넘어진다. 그런데 웃을 수도 울 수도 없는 상황에서조차 "어쩔 수 없는 가난의 냄새"가 나는 소녀를 돕고자 길을 나선다. 결과는 비참하다. 소녀를 따라간 곳에서 "간이주차장에 앉아 있는 대여섯 명의 그림자"에게 "달빛 없는 어둠 속에서도 서로의 부은 얼굴은 확연하게 드러"날 정도로 두들겨 맞았기 때문이다. 경비업체라는 알량한 권력에 질문이라는 정서적 폭행을 당하고, 같은 계급이라고 믿었던 이들에게 물리적인 폭력을 당한 것이다.

소설의 끝에 이르러 "겁 많고 병약하기 그지없는" 진만은 마지막 기회를 스스로 만들겠다고 선언한다. 그는 다가오는 차를 바라보며 "확실히 하자"는 취지로 제 발을 내리찍는다. 그러나 차는 빠른 속도로 사라진다. 그 사이 빗줄기는 점차 거세지며, 속절없이 날이 밝아온다. 간난에서 벗어나기 위한 '시봉'과 '진만'의 몸부림은 타인에게 '지랄'로 규정된다. 그리고 이 대목에서 이들이 자해공갈단으로 성공할 타이밍은 오지 않을 것임을 예측하게 된다.

박민규의 소설 「그렇습니까? 기린입니다」의 주인공 '나'는 지하철의 '푸시맨'이라는 이름의 탑승도우미로 일하기 전에서 "오후엔 주유소에서, 또 밤에는 편의점에서" 일했다. '나'는 일하고 또 일하지만 "주요소에선 시간당 천오백 원을, 편의점에선 천원" 밖에 못 받는다. 그런 '나'에게 '편의점 사장'은 그러면서 세상을 배운다고 말한다. "이천 원씩 받고 배우면 어디가 덧나나." 고된 삶을 살아가는, 그러나 장밋빛 내일을 꿈꾸기 어려운 '나'에게 편의점은 "덥기

만 덥고, 짜디짠 지구"의 축소판이다.[9]

김중혁의 '이 사회적 시스템으로부터 자신을 격리하고자 하는 내면적 자의식의 산물이라면 이기호와 박민규의 '알바생'은 그 시스템에 의해 양산된 루저loser에 가깝다는 점에서 나름의 차이가 없지 않지만, 편의점은 아웃사이더의 표상을 획득한 것은 틀림없어 보인다.

'깨나族'이 지배하는 판옵티콘

김중혁과 이기호, 박민규의 '알바생'이 풍기던 '짠내'는 김영하의 『퀴즈쇼』에서 한층 진해진다. 소설의 주인공 '민수'는 유산으로 물려받은 외조모 '최여사'의 연남동 집에서 '곰보빵 할아버지'에게 추방당한 후 오로지 생존을 위해 편의점 아르바이트를 시작한다.

> 나는 구글의 검색창에 '알바'라고 쳐넣었다. 별로 오래 검색할 필요도 없이 수많은 구인정보가 쏟아졌다. 가장 흔한 편의점 알바는 시급이 삼천원에서 사천원 정도였다. 주간은 싸고 야간은 비쌌다. 하루에 열 시간을 일한다고 했을 때, 삼만원에서 사만원 정도를 벌 수 있었다. 그렇게 한 달을 일하면 대충 백만원 정도 손에 쥘 수 있을 것 같았다. 그 돈으로 고시원 방값을 내면? 용돈 정도나 겨우 남을 것 같았다. 음, 오래 할 일은 아니군. 제대로 취직할 때까지만 다녀보지 뭐.
>
> — 김영하, 『퀴즈쇼』, 문학동네, 2007, 65쪽.

---

9) 박민규, 「그렇습니까, 기린입니다」, 『카스테라』, 문학동네, 2005, 60~70쪽.

그러나 '민수'는 편의점 아르바이트는 오래 가지 않는다. '깨나族'인 점주가 빈번히 "애들아, 세상은 학교가 아니야. 정신 똑바로 차려.", "그러니까 너도 사내새끼가 첫판부터 꿀리면 안 돼. 선빵을 날려야 하는 거야! 씨발, 눈, 똑바로 쳐다보고!"[10] 따위의 말을 해대거나, "별 것 아닌 것에는 되게 인색"한 태도를 보이는 건 생계에 갈급난 '민수'에게 큰 영향을 미치지 못한다. 야간 아르바이트를 하는 시간 내내 "유통기한이 지난 '바나나맛 우유'와 '천하장사' 소시지를 먹고 「무한도전」 재방송을 보며 낄낄대는 삶"[11]의 지리멸렬도 부차적인 이유다.

남자는 혼자 여자를 부축해 택시가 오가는 큰길로 나갔고, 나는 편의점으로 돌아왔다. 남자가 여자를 들어올릴 때 살짝 드러났던 흰 팬티의 잔상이 아직 뇌리에 남아 있었다. 나는 고개를 저었다. 백 미터 달리기의 결승선을 통과한 직후처럼 머리가 멍했다.

바로 그 순간, 요란한 벨소리와 함께 전화가 걸려왔다. 점주였다.

"금고는 왜 연거야?"

미셸 푸코가 말한 원형감옥, 조지 오웰이 예견한 빅브라더의 세계는 멀리 있지 않았다. 가게에 설치된 폐쇄회로 카메라는 인터넷을 통해 점주의 집에 있는 컴퓨터로 연결돼 있었다. 점주는 집에서도 얼마든지 컴퓨터를 통해 가게 상황을 체크할 수 있었고, 실제로도 늘 그렇게 했다.

— 김영하, 앞의 책, 107쪽.

"뭐 해? 가봐."

---

10) 김영하, 앞의 책, 103쪽.

11) ______, 위의 책, 100쪽.

나는 점주의 말투보다 나를 바라보는 그 눈빛에 더 충격을 받았다. 만약 당신이 한 인간을 서서히 파멸시키고 싶다면 그런 눈빛을 배워야 한다. 그것은 한 인간이 자기와 같은 인간이라는 것을 부정하는 눈빛이며, 앞으로 그가 더 나은 존재가 될 것을 절대로 믿지 않는 눈빛이며, 혹시 그런 존재가 되더라도 적어도 자신만큼은 절대로 인정하지 않을 것을 맹세하는 눈빛이다. (중략) 그것은 경멸과는 또 다른 것이다. 그것은 경멸에 들어가는 에너지조차 아까워하는, 얕은 수준의 감정이었다. 그것은 사람을 깔보고, 무시하고, 마치 없는 것처럼 여기고, 필요하면 자기 마음대로 조정할 수 있다고 믿을 때나 생겨나는 종류의 감정일 것이다.

— 김영하, 앞의 책, 109쪽.

'민수'가 편의점 아르바이트를 관둔 직접적인 이유는 편의점이 판옵티콘panopticon일 수 있고, 이 공간을 지배하는 점주에게서 "한 인간을 서서히 파멸시"킬 수 있을 정도로 무시하는 눈빛과 그에 깃든 "경멸에 들어가는 에너지조차 아까워하는 얕은 수준의 감정"을 발견했기 때문이다.

"돈이 지닌 전능을 마치 하나의 최고원리가 지니는 전능인 양 신뢰"[12]하는 편의점 주인에게 절대 유일한 생의 동기로 작용하는 것은 오직 돈의 축적과 획득이다. '편돌이'를 대상으로 사기행각을 벌인 남녀의 절박한 처지에 대한 '민수'의 연민이나 이해가 편의점 주인에게는 어리석은 허영이나 값싼 위선에 불과한 것도 이러한 맥락에서다. 게다가 아르바이트생을 카메라로 감시하는 편의점 주인의 불신과 냉혹, 그리고 정확한 계산의 논리는 '민수'가 아르바이트 비용조차 받지 못하고 추방당하는 빌미로 작용한다. 이처럼 삶의 문제가

12) 김덕영, 『게오르그 짐멜의 모더니티 풍경 11가지』, 길, 2007, 101쪽.

더해진 편의점은 빠른 속도로 "미셸 푸코가 말한 원형감옥, 조지 오웰이 예견한 빅브라더의 세계"로 변모한다.

편의점 아르바이트를 통해 '민수'는 이 세상이 "그 자체로서 아무런 특성도 없고 획일적이고 비천한 매체로서 모든 것을 무차별화시키고 평준화"[13] 시키는 돈이 "어떤 순간에도 추구할 수 있는 절대적 목표"가 되면서 "삶이라는 기계를 영구 기계"[14])로 만들어버리는 냉혹하면서도 비정한 곳이라는 사실을 깨닫는다. 또 "모든 인간적 관계와 사회적 관계를 단순한 양적인 크기와 관계로 환원"[15]해버리는 돈에 대한 맹목적인 집착과 탐욕이 지배하는 세상에서 교환의 비대칭을 핵심 질료로 하는 환대와 우애, 공감이나 배려의 윤리에 기초한 공동체적 부조扶助의 정신이 들어설 틈이 없고 따라서 그러한 덕목들은 감정의 잉여나 사치에 불과한 것으로 철저히 타자화objectification될 뿐이라는 사실도 아프게 확인한다.

'나'와 '할아버지'의 거리

앞에서 살펴본 바와 같이 그간 문학공간으로서의 편의점은 익명과 통제, 억압을 가하는 '쇠 우리iron cage'[16]와 다르지 않았다. 그 안에서 손님과 아르바이트생은 기계이거나 기계의 부분으로 철저하게 타자화되었다. 때문에 "분노도 없고 애정도 없는, 혹은 미움도 없고 열정도 없는 곳"[17]으로 여기거나 "편의점을 통한 현대도시의 재탄생

13) 김덕영, 앞의 책, 90쪽.
14) 게오르그 짐멜, 김덕영 · 윤미애 역, 『짐멜의 모더니티 읽기』, 새물결, 2005, 27쪽.
15) 김덕영, 위의 책, 100쪽.
16) 막스 베버, 김덕영 역, 『프로테스탄티즘과 자본주의정신』, 길, 2010, 366-367쪽. 참조.

은 기대하거나 낙관할 수 없다"[18]는 평가는 틀리지 않을 수 있다. 낯선 이에게 베푼 선의를 한심한 짓으로 취급받고 바코드 리더를 놓아야 했던 '민수'가 이를 방증한다.

그런데 편의점은 정말로 '무심한 대면'의 공간이기만 할까? 골목과 함께 구멍가게가 사라진 지금도 "구멍가게는 동네사람들이 모이고 소식을 전하고 안부를 전하는 사랑방이지만 편의점은 누구와도 마주치지 않는 익명의 공간"[19]일까? 박영란의 『편의점 가는 기분』은 '외할아버지'를 통해 편의점을 바라보는 기존의 시선을 견지하면서도 '나'와 친구들의 서사로 편의점의 새로운 얼굴을 그려냄으로써 편의점의 장소성이 변화와 그 양상을 마주하는 우리의 모습을 그려낸다.

'나'는 어머니가 16세 미혼모일 때 낳아서 호적상에는 할아버지의 아들로 되어 있는 인물이다. '나'는 어린 나이에도 불구하고 편의점에서 야간 아르바이트를 한다. 할아버지가 점주이고 주어진 업무 규정과 절차만 따르면 되는 비숙련 단순 노동이기 때문이다. 그런데 이 한밤의 편의점 아르바이트는 예상치 못한 사건 · 사고로 가득하다. 이는 '나'가 일하는 편의점이 "달랑 몸뚱이 하나뿐인 치들", "아주 뼛속까지 가난한 사람들"이 거주하는 곳에 자리한다는 사실과 무관하지 않다.

"네가 여기서 알바하는 건 비밀이다. 너는 아직 알바할 수 있는 나이가

---

17) Max Weber, *From Max Weber:Essay in Sociology*, Routledge & Kegan Paul, 1948, pp.215~216.

18) 정성인, 『편의점 사회학』, 민음사, 2014, 118쪽.

19) 김성희, 「편의점에서 백화점까지: 소비사회와 욕망」, 한국철학사상연구회 편, 『철학, 문화를 읽다』, 동녘, 2009, 115쪽.

아니다. 열한 살에 알바하는 건……."

"불법이지?"

"그래, 불법이다."

"열한 살짜리도 필요하면 돈을 벌어야 하는데 왜 못 하게 해?"

"그건…… 어린애들을 위해서지."

"얼어 죽는데도 위하는 거야?"

"얼어 죽다니?"

"관리비를 안 내서 보일러가 고장 나도 안 고쳐줘!"

나는 잠시 꼬마 수지를 바라보았다. 꼬마 수지는 언제 목소리를 높였냐는 듯 다시 어른처럼 말했다.

"하지만 낮에는 견딜 만해. 낮에는 가 있을 곳이 많거든. 깨끗하게 입고 가면 아무도 뭐라 안 해. 밤이 문제야. 밤에는 가 있을 데가 없어. 다 문 닫잖아."

— 박영란, 『편의점 가는 기분』, 창비, 2016, 76쪽.

약자들이 모여드는 한밤의 편의점에서 '나'는 남는 음식을 '수지'에게 주고, '훅'이 오지 않으면 어떤 일이 생겼는지 걱정하며, '캣맘'의 안부를 궁금해한다. 11살의 '진수지'에게는 야간 알바 자리, '수지 어머니'에게는 편의점 창고를 마련해주고, 김밥집 사장이 '진수지'와 엄마의 편의점 출입을 금지하라는 소동을 피운 후 자취를 감춘 모녀를 걱정하며 '훅'과 함께 모녀를 찾으러 나서[20]기도 한다. 이처럼 '나'에게 편의점은 소외된 인물이 서로의 안부를 확인하고 느낄 수 있는 장소이자 미래의 삶의 방향과 방식을 모색하는 곳이

---

20) '훅'은 "모두가 지금의 방식에서 동시에 손을 뗀다면 어떨 것 같나?"라고 물으며 다른 방식으로 사는 법을 고민하는 인물로 묘사된다.

다.[21]

하지만 편의점은 '나' 만의 공간이 아니다. 편의점 사장인 '외할아버지' 에게 이 공간은 불편하다. 마트, 프랜차이즈 편의점과 본사의 관계를 또렷이 보여주는 곳이기 때문이다. 가족의 생계와 손주의 미래를 위해 구지구의 '농심마트' 에 이어 신지구에 편의점을 연 그에게 마트(라고 부르는 동네슈퍼)를 "온갖 자질구레하고 불량한, 하지만 누군가에겐 꼭 필요한 법한 물건을 대는 이도 있었"던 곳, "들어오는 물건마다 회사나 공장이 다르고 납품업자도 달라서" 세세하고 번거로운 일들이 끊임없이 생기지만 '진짜 장사' 를 할 수 있었던 곳이다. 그에 비해 편의점은 "냉정하게 수탈해 가는 상전을 모신 기분이" 들게 하는 곳이다.

이와 같은 입장의 할아버지와 달리 '나' 는 이러한 문제가 편의점 자체에서 비롯된 것이라기보다 사회의 구조에서 비롯된 것일 수 있음을 환기한다.

> 만약에.
>
> 신지구가 들어서지 않았더라면 이곳은 구지구가 되지 않았을 것이다. 그러면 나는, 수지는, 그리고 엄마는 이런저런 말썽을 부리기도 하면서, 서로 미워하기도 하면서, 또 사랑하기도 하면서 조용히 살 수 있었을지도 모른다.
>
> 톡.

---

21) '나' 의 편의점에는 신 · 구지구에서도 가난하고 배제된 인물들이 모인다. 신지구에 있지만, '나' 를 비롯한 등장인물 다수는 구지구에서 태어나 성장했기에 전통적인 동네의 정서를 잃지 않았기 때문이다. '나' 는 빈부를 떠나 편의점을 이용하는 주민들을 관찰하고 대면한다. 지역적 성격과 전통적 심성, 편의점 특성이 소설 전반의 분위기와 정조를 지배한다. 그리고 그 덕분에 잠시나마 쉬어 갈 수 있는 장소로 변모하는 것이다. 이와 관련해 작가는 "무슨 일을 하건 한 인간의 일이 아니라 인류 전체의 일로 생각해야 한다"고 밝힌 바 있다.

그런데 이제는 그렇게 살 수 없다는 것을 안다. 외할아버지도 말했다시피 세상은 엄청나게 위험해지고 말았다. 펑 터지기를 갈망하면서 부풀어 오르는 풍선처럼 뜨거워지고 있는 것이다.

틱.

세상이 나 같은 사람도 적응할 수 있도록 미지근하게 굴러간다면, 나도 고등학교를 졸업하고 마트를 하면서, 깔창이 필요한 수지와 사랑하고 결혼도 할 수 있지 않았을까. 어쩌면 밤이면 수지를 스쿠터 뒤에 태우고 이 구지구 너머 한강 하류가 내다보이는 데까지 나가 밤바람을 쐬면서 살 수 있었을지도 모른다. 수지는 마트 계산대를 맡고, 나는 물건 정리를 하면서 천천히, 놀라지 않고 살 수 있었을 것이다. 세상이 뜨겁게 부풀어 오르지만 않았더라면 말이다.

— 박영란, 앞의 책, 111쪽.

'나'는 편의점에서의 만남을 통해 사회 속에서 살아가야 함을 깨달았으면서도 학교로 돌아가고자 한다. 편의점에서 만난 친구들과의 관계가 끊어진 '나'의 내일은 어떤 모습일까? '캣맘 아줌마'와 '꼬마 수지 엄마'의 대화는 '나'의 복학이 해피엔딩일 수 있음을 보여준다.

"지금은 후련해요. 사람들이 망하는 걸 겁내는 이유는 그다음에 어떻게 살아야 할지 막막하고 두려워서겠죠. 그런데 바닥으로 꺼졌다 해도, 망했다 해도 삶이 다 끝난 건 아니더라고요. 저도 그걸 알기까지 오래 걸렸어요. 결국 겁을 털어냈더니 다른 방도를 찾아보자 싶더라고요. 삶의 모습은 하나가 아닌데, 꼭 한 가지 방식으로 살아야 할 것처럼 매달려 왔던 것 같아요."

"맞아요. 이 방식의 삶이 망한다는 건, 다른 방식의 삶이 시작된다는 뜻일지도 몰라요. 다른 세상의 문이 열리는 거예요."

캣맘 아줌마가 꼬마 수지 엄마의 어깨를 토닥였다.

— 박영란, 앞의 책, 204쪽.

새로운 '지금, 여기'의 편의점을 위하여

편의점은 비약적인 성장을 거치면서 일상 깊숙이 침투해 개인의 소비패턴을 상세히 알고 있는 공간이다. 이러한 특성은 소설에도 또렷하게 드러난다. 앞에서 살펴본 것처럼 편의점은 시대에 따라 사회적 · 도덕적 자질을 아우르는 문학적 주체로 기능하면서 주인공의 삶을 의미화 해왔다. 따라서 편의점을 살피는 일은 철 지난 이야기를 복기하는 것이 아니라, '지금, 여기'에 부합되는 아름답고, 선하며, 올바른 가치의 좌표를 정위하는 노력에 가깝다. 즉, 편의점은 시시각각 변모하는 일상의 윤리학을 은유적이고도 상징적으로 보여주는 토포스topos라고 불러야 할 것이다.

그런데 현실의 편의점에는 어떤 일이, 어떻게 일어날까? 누군가에게 편의점은 일확천금의 꿈이 이루어지는 공간이다. 곳곳에 입소문이 짜하게 난 '로또명당'이 있다. '최다 당첨'이라는 수식어와 1등이 몇 명이라는 입소문으로 장식된 그곳은 금요일 밤이나 토요일 오후가 되면 인산인해가 무엇인지 실감케 한다. 숫자 몇 개로 인생이 바뀔 리 없어, 난 당첨운이 없잖아. 토요일 밤이면 로또로 대박 난 사람은 그 편의점주라고 한탄하겠지만. 그래도 우리는, 다시 줄을 선다. '수저론'과 '삶포세대'에서 벗어나는 길은 '로또뿐'이거나

'로또가 답' 이기 때문이다. 때로는 생계의 피로와 좌절된 노력이 뒤엉킨 현장이기도 하다. 얼마 전, 인터넷 게시판에 아르바이트 비용을 아끼기 위해 거의 맞교대로 편의점을 운영하다가 새로 고용한 아르바이트생에게 2시간 만에 500여만 원을 털렸다는 글이 게시되었다. 이 일은 '점주' 로 운위되는 자영업자들의 피로와 불투명한 꿈을 위해 노력하는 것보다 꿈 자체를 포기하는 편이 덜 괴롭다는 것을, '노오오력' 이 무의미할 수 있다는 것을 너무 일찍 알아버린 청년의 모습을 고스란히 보여준다.

이처럼 '지금, 여기' 의 편의점은 참 여러 얼굴을 지니고 있지만, 공통점도 지니고 있다. 특정 공간을 불특정 다수와 공유한다는 것, 그리고 함께 서 있으면서도 서로에게 무관심하고, 드물게 이루어지는 소통마저 무미건조하다는 것. 편의점에서 지금까지 누구를 만났고, 어떤 이야기를 했는지 생각하다 보면 이 공간은 도시의 섬처럼 쓸쓸하고, 쓸쓸하며, 쓸쓸해 보인다. 그 때문에 우리는, 지금, 여기에서 "'편의' 라는 미명 아래 우리 사회가 정작 어떤 방향으로 치닫고 있는지 이 땅의 인문학과 사회과학은 편의점 문제에 대해 좀 더 많은 관심과 깊은 성찰을 할애"[22]해야 할 것이다.

---

22) 정성인, 앞의 책, 158쪽.

대한민국 표준의 삶을 위한 여정

적소성대積小成大, 아파트 공화국의 시작

1922년 3월 8일, 경성공회당에서 발기총회를 갖고 4월 30일에 설립된 조선건축회朝鮮建築會는 총독무 건축관리와 건축가, 그리고 시공자 등 건축 관계자들이 두루 참여하며 일제강점기 조선의 건축 분야를 대표하는 직능단체로 잡았다. 이들은 기관지도 펴냈는데, 일제강점기 조선의 건축과 도시분야의 주요한 지식과 논의가 전개된 건축도시전문 월간잡지 『조선과 건축朝鮮と建築』이 그것이다.

요코오 신이치로橫尾信一郎가 편집인을 맡았던 『조선과 건축』은 논설과 연구, 만록漫錄과 시보時報, 가정家庭과 잡보雜報를 통해 주택 개량부터 위생, 난방에 이르는 조선 주택의 한계를 체계적으로 다루고자 했다. 그중에서 「잡보」는 식민지 조선의 중요한 건물의 평면도를 싣고, 사진을 첨부하여 새로운 건축물을 소개했다. 바로 이 지면에 '동원회의 아파트먼트' 라는 3층 규모의 콘크리트 건물이 소개돼 있다. 다만, 이때만 하더라도 아파트는 건물 그 이상의 의미는 거의 없었던 것으로 보인다.

그러나 불과 5년 만에 상황이 달라졌다. 무미건조하게 아파트를 소개했던 『조선과 건축』은 회현동에 자리한 '경성 미쿠니상회 아파트'의 외관과 평면도, 공사개요에 이르는 상당한 양을 정성들여 소개했다. '모던어'를 정의하고 소개하던 『신동아新東亞』의 「모던어점고點考」에 아파트가 등장한 것도 이즈음이다.

> 아파-트 멘트(apartment) 영어.
>
> 일종의 여관 또는 하숙이다. 한 빌딩 안에 방을 여러 개 만들어 놓고, 세를 놓는 집이니, 역시 현대적 도시의 산물로 미국에서 가장 크게 발달되엇다. 간혹 부부생활하는 이로도 아파-트 멘트 생활하는 이가 있지만, 대개는 독신 샐러리맨이 많다. 일본서는 略하야 그냥 '아파트'라고 쓴다.
>
> —「모던어점고」, 『신동아』 1933.05, 19쪽.

당대는 아파트를 "현대적 도시의 산물"로서 주로 "독신 샐러리맨"의 주거지로 보았고, "여관 또는 하숙"과 비슷하다고 생각했다.

하지만 「모던어점고」의 성격을 고려하면 아파트를 소개했다는 사실은 세간의 주목을 받기 시작했음을 짐작할 수 있다. 바야흐로 한반도에서 아파트가 의미 있게 받아들여지기 시작한 것이다.

100여 년이 지난 지금, 아파트는 연일 신문 지상을 후끈하게 달구는 키워드다. 보도에 따르면 아파트는 "대표적인 노후 단지"가 "재건축을 통해" 고층의 고급 주택지로 탈바꿈할 가능성이 있는 곳[1)]이자, "전국 대부분 지역에서 전월 대비 분양전망지수가 하락"[2)]하여 '갭투자' 또는 '갭투기'로 목돈을 만져보고자 했던 이들의 한숨을 자아내는 곳이며, "갭투자 방식으로 주택을 사들이면서 사실상 부모

1) 「여의도 시범아파트 재건축 최고 60→65층으로 변경 추진」, 『연합뉴스』, 2022.09.20.

2) 「9월 아파트 분양전망지수 하락… 세종은 절반 넘게 떨어져」, 『동아일보』, 2022.09.20.

가 자녀에게 부를 대물림"[3]하면서 부의 증여와 증식의 도구로 이해된다. 경비원 감원[4]과 '갑질'이 사회적 문제로 부상하면서 열악한 노동 현실을 조명하곤 '놀이터'와 '브랜드'로 공공성의 부재와 빈부의 양극화를 알리는 기표로 기능하는 곳도 아파트다.

이토록 다양한 이슈가 아파트에 얽혀 있다는 사실은 새삼스럽게 대한민국을 "아파트 공화국"이라고 정의한 외국인 학자가 있었음을 환기하는 한편,[5] "대한민국이 몽땅 아파트에 미쳐있"고, "아파트가 신흥종교"[6]라고 일갈했던 소설가의 기분을 짐작하게 한다. 그리고 무엇보다 한국소설에서 아파트는 어떤 공간으로 이해되었는지를 살피는 동력으로 작용한다.

대한민국 표준의 삶을 위하여

한 층에 여러 세대가 하나의 복도를 사용하는 복도식 아파트는 빈곤의 풍경으로 묘사되어 왔다.[7] 이 빈곤의 풍경 속에는 어떤 사람들이, 어떤 사건과 사고를 마주하며, 어떤 생각을 하며 살고 있을까? 서경희의 『복도식 아파트』로 살펴보자.

3) 「서울 아파트 산 '금수저' 미성년자… "전세 주려고"」, 『매일경제』, 2022.09.20.

4) 「대전 아파트 입주민간 '경비원 감원' 논쟁… 주민 투표전으로 확대」, 『조선비즈』, 2022.09.19.

5) 프랑스의 지리학자 발레리 줄레조는 서울의 도시 정책과 아파트단지 개발, 유형, 아파트단지의 발전과정, 현대건축운동과 한국아파트단지를 논의하면서 문제점과 해결책을 모색한 바 있다. 발레리 줄레조, 길혜연 역, 『아파트 공화국—프랑스 지리학자가 본 한국의 아파트』, 후마니타스, 2007.

6) 김윤영, 「초콜릿」, 『그린 핑거』, 창비, 2008, 190쪽.

7) 2022년 3월, 서울 강남에서 특수강도 및 절두 혐의로 긴급체포된 40내 남성은 연쇄 빈집털이라는 죄보다 '복도식 아파트'를 노렸다는 데 보도의 초점이 맞추어졌다. "30억 넘는 강남 아파트도 도둑한테 털리다니… 복도식 아파트라 그런가" 등의 문장을 부제로 사용한 기사는 물론, 기사 대다수가 '복도식 아파트'와 범죄를 연결 짓고 있어 우리사회가 복도식 아파트를 어떻게 바라보는지를 가늠케 한다.

주인공 ‘은영’의 목표는 배우를 꿈꾸는 ‘정수’에게 “야간 아르바이트를 하지 않고 연기에만 집중할 수 있는 환경을 만들어” 주고, 전세 재계약을 할 시점에는 “좀 더 넓고 깨끗한 집으로 옮겨가”는 것이다. 이 때문에 그녀는 학습지 교사로 “돈을 모으려고 열심히 뛰어다”닌다. 그러나 “결혼식 없이 혼인신고만 하고 살림을 합쳤을 뿐인데 혼자 살 때와 달리 돈 쓸 일이 너무 많았”던 탓에 ‘은영’의 목표는 거의 꿈처럼 보인다. 게다가 전세가는 그녀의 꿈을 비웃기라도 하듯 하늘 높은 줄 모르고 치솟는다.

> 이 년이 지나고 재계약 기간이 다가오면 비로소 대출금에 대해 생각했다. 대출을 또 받아야겠구나. 지난 이 년 동안 상당한 금액을 이자로 지출했구나. 은행에 이자를 갚다가 인생이 끝날지도 모르겠다. 원금은 영영 못 갚겠구나. 마음이 착잡했다.
>
> — 서경희, 『복도식 아파트』, 창비, 2022, 17쪽.

“이사할 때마다 대출금이 늘”어 “은행에 이자를 갚다가 인생이 끝날지도 모르”는데다 “원금은 영영 못 갚”을 것만 같은 불안하고 불투명한 현실을 ‘정수’는 모른다. 그는 “지금 집값 이거 정상이 아니”므로 곧 “떨어진다. 곧 떨어져. 완전 팍!”이라고 그 어떤 울림도 갖지 못하는 호언장담만 늘어놓을 뿐이다.

그러나 이미 ‘은영’은 갭투자를 목적으로 은행에서 대출받아 집을 사 “적게는 수천에서 많게는 수억을 시세차익으로 챙긴” 사람도 자신이 받아온 전세 대출과 마찬가지로 “이러나 저러나 이자인생”라는 사실과 판이한 결과를 알아버린 후다. 이제 그녀는 “당장 대출을 받아서 집을 사지 않고는 죽을 것만 같”은 기분마저 느낀다. “다들 집을 사서 부자가 되는데 혼자만 바보가 되고 싶진 않"은 '은영'에게 부동산 카페에서 본 "이번이 마지막 기회", "다시는 돌아오지 않을 기회"라는 뻔한 문장은 경구警句가 되기에 충분하다.

부동산 카페에서 "가슴 깊은 울림을 주"는 게시물을 만난 '은영'은 마침내 부동산을 찾아간다. 그곳에서 그녀는 "경기도라고 해서 집값이 싼 것도 아니"고, "새 아파트는 생각보다 비싸"다는 사실을 알게 되지만, "빌라를 살 생각은 없"다. "빌라는 아파트에 비하면 가격이 더디게 올랐고 환금성도 좋지 않았"기 때문이다.

그녀가 발품을 판 덕분에 찾아낸 아파트는 "지은 지 십오 년 된 오십구 제곱미터 복도식 아파트였다." '사장'은 "이 집 보다 더 싸고 좋은 집이 어딘가 있을 것만 같"아 망설이는 '은영'에게 "저기 논밭 보이죠. 조만간 싹 다 밀고 대규모 아파트 단지가 들어설 거라는 소문이 있어요. 그렇게만 되면 여기 아파트도 대박 나는 거죠."라며 "저렴하게 나온 매물이라 지체하다가는 뺏긴다며 백만 원이라도 계약금을 걸라고 부추"긴다. 그러나 '은영'을 움직인 것은 '사장'이나 그가 전한 '썰'이 아니라, "투자용 아파트를 원하"므로 "지은 지 오래된 아파트라도 상관없고"하는 '부부로 보이는 남녀' 때문이다.

어차피 근처에 신도시가 조성되면 시세차익을 남기고 매매할 것이기에 상관없다고 했다.

"지금이 실수요자들은 집을 살 좋은 기회고 저희같이 투자하는 사람들한테는 마지막 기회죠. 정부에서 집을 사라고 계속 신호를 보내고 있잖아요. 부동산을 살려야 성장률이 올라간다는 걸 정부도 아는 거죠. 조만간 엘티비다 디티아이다 해서 대출 줄이기 시작하면 그때는 답 없죠. 서둘러야 해요."

은영은 귀가 번쩍 뜨였다. 남자의 말이 다 맞았다. 신도시가 들어서면 지금 사는 아파트를 팔아 시세차익을 얻어 넓은 새 아파트로 옮겨 갈 수 있을지도 모른다. 여유자금이 있어서 남자처럼 아파트를 한두 채 더 살 수 있다면 얼마나 좋을까. 은영은 새로운 세계에 눈을 뜨는 기분이었다.

"계약 안 하실 거면 이분들한테 아파트 넘기고요. 어떡하실래요?"

"누가 안 산대요. 살 거예요. 계약금 일부 어느 계좌로 보내요."

그렇게 은영은 서울에서 한 시간 거리에 있는 지은 지 십오 년 된 복도식 아파트를 사게 되었다.

— 서경희, 앞의 책, 22쪽.

'은영'은 처음 본 '남자'의 확인하기 어려운 말과 그에 기인한 막연한 기대로 인해 "부서지고, 닳고, 낡고, 거무튀튀"한 복도식 아파트의 매매계약서에 도장을 찍는다.

도배와 장판만 바꾸고 입주하던 날, '은영'은 "이제 이사를 할 필요가 없다는 사실"에 감격한다. 이 감격은 뉴스를 볼 때 한층 깊고 짙어진다. 연일 "부동산 가격이 가파르게 치솟고 있다는 기사가 나왔"기 때문이다. 그녀는 자신이 "대한민국 표준의 삶에 들어왔"음을 체감하면서 "내 집 마련을 한 사람만이 지을 수 있는 미소" 짓는다.

아무도 들어오지 않는 집

"대한민국의 표준의 삶"에 진입했다는 안도감은 시너thinner보다 빠른 속도로 휘발한다. 이 감정의 휘발은 복도식 아파트의 일상에 익숙해졌거나, 적지 않은 금액의 주택담보대출이나 남아 있는 전세

대출금 때문이 아니다. 카페에서 '활동가님'으로 불리는 남자가 '부녀회장'을 비롯한 '여자들'에게 하는 '말'을 들었고, 그 내용이 가히 가공할 수준이었기 때문이다.

'활동가님'은 '여자들'에게 "매립지가 지어지고 우리 동네가 '암마을'이라고 소문이라도 나게 되면 아파트값이" "똥값 되는 건 시간문제라"고 한다. '여자들'은 질문을 겸한 "아파트가 좀 빠진 것 같"다는 추측을 더한 발언을 내놓고, "원전이 들어선다는 소문이 돌"았던 "원래도 낙후된 동네"가 어떻게 되었는지 묻는다. '활동가님'의 "완전히 망해버렸다"는 말과 '여자들'의 한숨이 차곡차곡 쌓인 그 자리—에는 끼지 못하고 언저리—에서 '은영'은 "지금껏 힘겹게 쌓아 왔던 모든 것을 잃게 될까 봐 전전긍긍"한다.

왜 '은영'은 '활동가님'과 '여자들'의 말에 귀를 기울일 수밖에 없었을까? 비록 "부서지고, 닳고, 낡고, 거무튀튀"한 복도식 아파트지만 '은영'에게는 "내 집 장만을 했다고 생각"을 전해주는 장소이자하게 하고, "외환위기 때 밀려났던 중산층의 삶으로 다시 편입한 것 같"다는 느낌을 주는 곳이기 때문이다. 자신과 '복도식 아파트'를 거의 동일시 하는 그녀에게 이 아파트가 "완전히 망해버"릴 것이라는 이야기는 자신이 망해버릴 것, 즉 힘겹게 전입한 "대한민국의 표준의 삶", "중산층의 삶"에서 다시 퇴출당할 위기가 다가왔음을 알리는 경고음이다.

상황은 악화일로惡化一路여서 '은영'은 자신이 호구였다는 사실도 깨닫는다. "지역신문에서 매립지에 관련된 기사를 찾아보고 관리사무소에 가서 이것저것 물어보"는 것만으로도 "시에서 작년에 매립지 공사를 강행하려고 한 이후로 아파트 가격이 10%나 빠졌"고, 자신은 "빠지기 전 가격으로" 복도식 아파트를 구매했음을 알게 되었기 때이다. 그러나 "잘 알아보지 않고 덜렁 집을 산 자신의 잘못이 가장 큰 것 같아" 시세보다 비싸게 판 —그리하여 10% 이상의 금전적 이득을 보았을— '사장'에게 "아저씨, 저한테 왜 거짓말하셨어요?"라는 말밖에 하지 못한다.

"매립지가 들어온다는 얘기 안 했잖아요. 그 말만 했어도 저, 이 아파트 안 샀어요."

"막말로 그 말을 내가 왜 해줘야 해? 새댁은 신문도 안 봐? 매립지 얘기 나온 지가 언제 적인데 그래. 사는 사람이 정확하게 잘 알아봤어야지. 내가 이중계약을 했어, 중간에 돈 가지고 장난을 쳤어. 그만 나가. 안 그래도 장사 안 돼 죽겠구먼."

— 서경희, 앞의 책, 80쪽.

'은영'이 몰랐을 뿐 "부서지고 닳고, 낡고, 거무튀튀한" '복도식 아파트'에도 생태계가 존재해 왔던 것이다. 이곳에서는 '이중계약'을 하지 않고 '돈을 가지고 장난을' 치지 않으면 '집값'은 물론 주거의 안전마저 위협할 수 있는 '매립지 얘기'를 전하지 않아도, 시세보다 10%를 비싸게 팔아도 죄가 되지 않는다. 문제는 "사는 사람이 정확하게 잘 알아"보지 않은 사람에게 있다. 없는 자가 더 없는 자의 뒤통수를 법적인 문제가 없는 선에서 치고, 그 덕을 보더라도 괜찮은 이 '복도식 아파트' 단지의 생태계에서 약자는 빈틈없는 잔혹을 맛봐야 한다.

은영은 근처 카페에 가서 부동산을 직거래하는 앱을 설치하고 회원가입을 했다. 은영이 사는 아파트 매물이 끝도 없이 올라와 있었다. 은영은 아무 매물이나 클릭했다. 벽지, 마루는 물론이고 주방, 욕실, 창틀까지 깨끗하게 리모델링을 마친 집이었다. 거래 가격을 정확하게 써놓지는 않고 '시세 저렴. 매매가 조정 가능'이라고 되어 있었다. 리뷰가 세 개 올라와 있어 클릭해 봤다.

'매물 지겹게 올라온다. 지옥문 열린 듯. 아직도 사는 등신들은 뭐죠?'

'갭투기로 서울부터 땅끝 마을까지 안 오른 데가 없는데, 여기 집 있는 사람들은 좀 불쌍한 듯.'

'아무도 들어오지 않는 집.'

— 서경희, 앞의 책, 84쪽.

'사장'에게 패배한 '은영'을 더욱 괴롭히는 것은 "부동산을 직거래하는 앱"에서 마주한 리뷰다. 실체를 알 수 없는 리뷰어reviewer에 의해 그녀의 집을 포함한 단지는 순식간에 "아무도 들어오지 않는 집"이, 그녀는 비롯한 주민은 "아직도 사는 등신"으로 "좀 불쌍한" 존재가 되어버린 "예전처럼 그렇게 쉽게 당하지 않으리라 다짐"한다.

다짐과 함께 "밤새 직거래 앱을 돌아다니면서 정보를 수집"하고, 그 결과 "중개수수료를 많이 준다고 하면 부동산에서 무조건 팔아주게 되어 있다는 리뷰를 읽고" '사장'을 찾아간다.

"사장님이 원하는 대로 수수료 줄 테니까 우리 집 좀 팔아주세요. 제 목숨이 달린 문제에요"라며 애걸복걸하는 '은영'에게 '사장'은 "새댁이 힘들어 보이니까 내가 이천오백 손해 보는 선에서 다리를 힌 번 놔"주겠다고 제안한다. '사장'의 제안을 '은영'의 형편이 허락할 리 없다. 시세보다 10%를 비싸게 주고 복도식 아파트를 샀고, "이천오백이나 손해를 보고 팔면, 세금, 이사 비용 등을 합하면 삼천만 원을 앉아서 손해를 봐야 하"기 때문이다. 학습지 교사라는 아르바이트로 '정수'가 맡아야 할 벌이까지 감당해야 하는 '은영'에게 삼천만 원은 "몇 년을 저축해야" 손에 쥘 수 있을지 알 수 없는 금액이다. 이 숫자 앞에서 그녀가 할 수 있는 일은 "아파트 매매를 포기하고 후들거리는 몸을 이끌고 부동산을 나"오는 것뿐이다.

그때는 내가 벌레처럼 느껴졌어

'은영'은 학습지 교사를 완전히 그만두고 '다은'의 소개로 '반투위'에서 사무직으로 일자리를 얻는다. "반투위 투쟁이 언제 끝날지 모르지만 의외로 해결이 빨리 날 수도 있음"을 고려하면, 언제 직장을 잃어도 이상할 게 없다. 그렇다고 일이 수월하거나 적지도 않다. "지상파부터 지역신문까지 모든 언론사에 매주 우리 지역의 상황을 알리는 보도 자료를 만들어서 배포"하고, "매일 방송사에 전화해서 취재 요청을 하는 것도 주요 업무", "모든 신문을 읽고 우리 지역의 기사가 있으면 스크랩"하고, "반투위의 활동 동영상을 유튜브에 올리"는 것, "그 외에도 시간이 날 때마다 잡다한 일" 가령, "플래카드 시안을 만들거나 시위 때 마실 생수를 주문하"는 것도 '은영'의 일인지라 "바쁘고 시끄럽고 정신없이 돌아갔다." 게다가 월급은 "오전 열 시부터 오후 다섯 시까지 근무고 최저시급으로 계산해서 받기로 했"기 때문에 "밥값과 교통비로 삼십 만원이 따로 책정되었"어도 두 사람의 몫을 벌어야 하는 '은영'에게는 넉넉하지 않다.

그럼에도 그녀는 "학부모들 상대로 전집 장사를 하고, 영업을 통해 새로운 신입회원을 계속해서 받고, 주위 사람을 학습지 교사로

끌어들여서 한 달에 손에 쥐는 돈이 이백오십만 원 전후"였고, "학습지 교사를 갓 시작하는 이들에게 은영은 부러움의 대상이"이었던 때보다 낫다고 생각한다. 이는 복도식 아파트 단지의 학습지 시장이 포화상태라는 표면적인 이유도 있지만 "반투위는 밖에서 보는 것과 전혀 다"르다는 것에서 비롯한다. "일부 과격한 주민들이 있긴 했"지만 "행동해야 할 때 그분들은 누구보다 적극적으로 나섰"고, 특히 '은영'을 '반투위'에 소개한 '다은'은 '은영'에게 '지켜봄'의 의미를 알려주었다.

> 다은은 결국에는 매립지가 들어설 거라고 했다. 우리가 열심히 투쟁하지 않아도 아니고 매립지가 여기 들어서는 게 정당해서도 아니었다. 우리가 매일 쓰레기를 배출하는 이상 어딘가에는 매립지가 만들어져야 한다. 매립지는 혐오시설이고 그 시설을 반길 지역은 어디에도 없었다. 제주 강정기지나 밀양의 송전탑과는 다른 차원의 문제인 것이다.
>
> "근데 왜 반투위에 있는 거야?"
>
> "알려주려고, 우리가 이렇게 지켜보고 있다는 것을.
>
> — 서경희, 『복도식 아파트』, 창비, 2022, 137쪽.

'다은'을 필두로 한 '반투위'는 '은영'에게 '시장'과 달리 복도식 아파트라는 생태계의 자정작용을 담당하는 인간적인 존재인 셈이다. 이들 덕분에 '은영'은 '반투위'의 사무실으로 쓰이는 콘테이너 박스 안에서 전에 느껴본 적 없던 뜨거움도 마주한다.

'은영'은 이 뜨거움 덕분에 일시적이나마 전에 없던 힘을 발휘한다. '용역들'이 사무실 집기를 엉망으로 부수던 날을 핸드폰으로 촬영하고, "용역의 거친 손바닥이 은영의 뺨을 갈"기고, "용역이 은영의 손을 가차없이 밟았"는 와중에도 핸드폰을 빼앗기지 않으려고 안간힘을 쓸 수 있었던 것은 모두 그녀가 '반투위'를 통해 마주한 뜨거움 덕분이다.

> 나는 이 일이 좋아. 돈 때문 아니고, 일을 하다 보면 보람 있어. 내가 아주 중요한 일을 하는 사람인 거 같아서 자존감도 높아져. 같이 일하는 분들은 나를 존중해줘. 나도 그분들을 존중하고. 아르바이트할 때나 학습지 교사를 할 때는 못 느껴보던 감정이야. 그때는 내가 벌레처럼 느껴졌어.
>
> — 서경희, 앞의 책, 166쪽.

사무실을 그만 두라는 '정수'에게 "손가락 인대가 늘어나서 부목을 대고 붕대를 감"고, "맞은 뺨이 부풀어 올라 앞이 잘 보"지 않는데다 "눈두덩이도 시퍼렇게 멍이" 든 "내가 아주 중요한 일을 하는 사람인 거 같"고, "같이 일하는 분들은 나를 존중해"주며, "나도 그분들을 존중하고" 있다고 말하는 '은영'의 모습은 더 이상 "당하고 화도 제대로 못 내는 바보"가 아니다. 공동의 문제에 온몸으로, 뜨겁게 응전하면서 '벌레'가 아닌 오롯한 '은영'이 된 것이다.

여기에 이르면 왜 복도식 아파트 단지 앞에 매립지를 설치하기로 결정할 수 있었는지 짐작할 수 있게 된다. "아무도 들어오지 않는 집"에서 "아직도 사는 등신"이 모여 있는 곳이 바로 복도식 아파트 단지이기 때문이다. '은영'을 비롯한 '반투위', 나아가 단지에 깃든 사람들을 억압하는 힘의 실체는 무엇일까? 우리는 "차가운 바람이 뺨을 때리"던 밤, "끝장을 보고 말겠다는 듯 강경하게 나"오는 '정비용역업체'가 아니라, 그들을 동원해 "공사 재개를 두고" 살벌한 무력 충돌을 강행하는 "공무원 삼백팔십오 명, 경찰 오백여 명"이 '반투위'가 싸워온 상대였음을 알고 있다. 그런데 그들은 "우리가 이렇게 지켜보고 있다는 것을" 알고 있을까? 알고 있더라도 의미를 부여할까? '은영'의 상처, '다은'의 머리에서 흘러나오던 피, 그리고 박살이 난 콘테이너 박스 그 이상도 아니게 된 사무실을 복기하면 좀처럼 긍정적으로 답하기 어렵다.

"시가, 공무원이 주민에게 이렇게까지 할" 수 있음을 깨달은 '은영'은 복도식 아파트를 판다. 이 아파트와 단지가 자리한 도시는 "몰랐어도 될 세상"이고, "모르는 게 더 나았을 세상"이었으므로. "땅값, 물가가 다 저렴하고 살기 편"하다는 신림동에 전세를 얻고 다시 연출가의 꿈을 이룰 기회를 얻은 '은영'의 삶은 나아졌을까?

그녀의 삶에 덕지덕지 붙어 거의 일체화한 가난은 그녀를 좀처럼 놓아주지 않는다. "중국에서 시작된 전염병이 전 세계를 휩쓸"면서 "공연장은 일제히 문을 닫"았다. 이 때문에 "은영이 일 년여를 공들여 만든 공연"은 초연조차 하지 못하고 사라졌다. '정수'가 배우이자 투자자로 참여했던 영화가 성공한 덕분에 그는 후속작을 찍을 기회를 잡았지만, "전염병의 악영향으로 촬영이 길어지면서 추가 제작비를 감당하지 못한 프로덕션이 부도를 맞"으면서 "영화는 엎어졌다." 이 때문에 "은영은 손소독제를 만드는 공장에 취직했고 정수는 배달 일을 시작했다." 전염병이 두 사람의 꿈을 좌초시키고, 시대적 상황이 만들어낸 일자리로 이끈 셈이다.

게다가 '은영'은 신림동에 매매가 아닌 전세를 얻었기 때문에 "부서지고, 닳고, 낡고, 거무튀튀"한 복도식 아파트를 샀던 '그때'의 상황이 필연적으로 반복할 수밖에 없다. 어김없이 돌아온 전세 계약기간, 게다가 "2년 동안 무섭게 치솟은 집값을 반영한 전세금"은 한결 궁핍해진 '은영'에게 감당할 수 없는 부담으로 작용한다. 계약갱신청구권도 쓰기 어려워져 '그때'처럼 "외곽으로 눈을 돌려"보았지만 "이미 경기도도 오를 만큼 오른 뒤"다.

버스를 타고 "앱을 보고 저렴한 전셋집을 찾아다니"던 '은영'은 버스가 자신이 살았던 지역을 관통할 때 즉흥적으로 내렸고, '반투위' 활동을 열심히 하던 '부녀회장'을 만나 "우리 아파트 가격 엄청나게 올랐"다는 소식을 전해 듣는다. 이미 "몇 년 사이 매립장 공사는 끝났고, 시청에서 주민의 복지향상을 위해 지어주기로 했던 수영장 공사가 한창"인데다 "겉으로 보기에 매립장은 관리되고 있"음을 눈으로 확인했음에도 "자기 그때 아파트 팔고 갔지. 아까워서 어쩐대"라는 '부녀회장'의 부언附言은 '은영'의 입맛을 쓰게 할 뿐이다.

도망치듯 '부녀회장'에게 인사하고 버스에 오른 '은영'은 두 정거장을 더 가 다시 버스에서 내려 자신이 전에 살았던 "아무도 들어오지 않는" 집에서 "아직도 사는 등신들"이 결과적으로는 등신이 아니었고, "여기 집 있는 사람들은 좀 불쌍하다"는 말은 틀렸음을 알게 된다. "지금 집 전세 보증금과 예금을 합쳐도 전에 살았던 복도식 아파트의 월세 보증금도 되지 않"음을 부동산의 벽보로 확인했기 때문이다.

숫자와 글자가 말하는 오늘의 아파트

11,948,544.

2022년 7월, 대한민국에서 아파트에 거주하는 호戶를 헤아린 숫자다. 우리나라 전체가 18,811,672호임을 감안하면 63.5%가 아파트에 사는 셈이다. 통계 없이도 충분히 알 수 있는 것도 있다. 아파트가 도시의 인상과 부동산 가격을 좌우한다는 것, 오래된 집과 골목이 사라지면 그 자리에 대단위 아파트 단지가 들어설 것임은 경험에 비추어 알고 있다. 어쩌면 이 순간에도, 어디에선가 "새로운 역사"가 열릴 것을 예고하는 현수막이 갓 완공된 아파트 외벽에서 펄럭이고 있을지도 모른다.

'새로운 역사'가 펄럭이는 자리에는 "재개발 · 재건축 지역의 주거 대책 마련", "수십 년 살아온 내 집을 헐값에 빼앗지 말라"는 문구가 걸렸던 가까운 과거가 있고, 이보다 앞서 "축 안전진단 통과"라는 현수막이 걸렸던 기억 그리고 재개발과 재건축이라는 '이슈' 앞에서 속으로 또는 겉으로 울고 웃었던 기억이 차곡차곡 쌓여 있다.[8)]

서경희의 소설 『복도식 아파트』에 등장하는 '은영' 역시 "저기 논밭 보이죠. 조만간 싹 밀고 대규모 아파트 단지가 들어설 거라는 소문이 있어요. 그렇게만 되면 여기 아파트도 대박 나는 거죠."라는 '사장'의 말에 마음이 움직였다. 그러나 그녀가 정말로 원했던 것은 —일시적으로 흔들리긴 했지만— 신도시가 들어서 "지금 사는 아파트를 팔아 시세차익을 얻어 넓은 새 아파트로 옮겨" 가거나 "여유자금이 있어서 남자처럼 아파트를 한두 채 더" 사는 게 아니라, 그녀보다 배우로서의 가능성이 더 컸던 "정수가 야간아르바이트를 하지 않고 연기에만 집중할 수 있는 환경을 만들어주"는 것, "좀 더 넓고 깨끗한 집으로 옮겨가는 것"이었다.

---

8) 아파트 이름과 위원회명 위로 크고 굵은 필체로 작성된 그 문장은 대상 아파트가 까다로운 안전진단을 통과했다는 안내가 아니다. 반대로 평가 과정에서 '문제 있음'이 드러나 안전하지 못하다고 평가받았으므로 머지않아 '재개발 · 재건축 이슈'가 있을 것을 알리는 글이다.

지극히 '실수요자' 다운 '은영'의 소박한 바람이 이루어지지 않은 이유는 무엇일까? '은영'에게 "지금 사는 집 전세 보증금과 예금을 합"쳐 집을 마련하는 날은 찾아올까? 상대적으로 집값이 낮은 경기도에서 집을 구하고자 서울살이를 포기하더라도 그날은 쉽게 오지 않을 것이다. 그녀는 전세 대출금을 갚지 못했고, 복도식 아파트의 대출금을 갚지 못했으며, 적어도 이천오백의 손해를 감수하고 아파트를 팔았다. 천정부지로 오르는 집값과 장기화한 전염병은 '은영'의 '내 집 마련'을 방해하는 요인이다. 무엇보다 "시가, 공무원들이 주민들에게 이렇게까지 할" 수 있는 사회적 구조에서라면 그녀는 더 나은 집을 꿈꾸면 꿈꿀수록 더 낮은 집으로 향할 수밖에 없을 터다. 이 앞에서 '은영'이 습득한 "사는 사람이 정확하게 잘 알아"보아야 한다는 이론은 언제 실전에 적용할 수 있을지 가늠조차 할 수 없다.

사실 "부서지고, 닳고, 낡고, 거무튀튀"한 복도식 아파트의 매매계약서에 도장을 찍던, "2년 동안 무섭게 치솟은 집값을 반영한 전세금"을 감당하지 못해 경기도 외곽을 버스를 타고 돌며 "앱을 보고 저렴한 전셋집을 찾아다니"던 '은영'의 모습이 낯설지 않다. 이는 조금이라도 저렴한 매물을 찾아 여러 부동산을 기웃거리고, 대출금 때문에 잠을 이루지 못하며, 갭투자나 재개발 · 재건축으로 '대박' 났다는 소식에 분노와 부러움을 동시에 느끼던 순간을 '은영'만 마주한 것이 아니기 때문일 것이다.

한 지붕 네 가구의 연대기連帶記

한 지붕 세 가족의 씁쓸한 재연

《한 지붕 세 가족》이라는 드라마가 있었다. 1986년부터 1994년까지 무려 413부가 방영된 이 드라마는 도시의 단독주택에서 일어나는 일상을 다루었다. 본채 1층에 집주인네가 살고, 본채 2층과 문간방에 세 들어 사는 2개의 가정이 살던 이 집에서 사람들은 일요일마다 크고 작은 갈등과 분열을 겪었으나 너그럽게 용서했으며, 기꺼이 화해했다.

대한민국의 대표적인 주거 형태가 단독주택에서 아파트로 바뀔 무렵, 이 드라마에서 보던 한 지붕 세 가족은 거의 자취를 감추었다.

그런데 《한 지붕 세 가족》 1회가 방송되었던 날부터 40여 년이 흐른 지금, 우리는 단독주택이 아닌 아파트에서 셰어하우스Share House라는 이름의 '한 지붕 세 가족'을 마주하고 있다. 셰어하우스 찾는 이유는 무엇일까? 주거비를 아끼기 위함이라면 하숙집이나 룸메이트와 비교할 때 우위를 찾기 어려워 보인다.[1] '평균 보증금이 100만

1) 부동산 O2O 플랫폼 '다방'의 조사에 따르면 2019년 4월, 서울의 33㎡ 미만(약 10평 미만) 원룸의 월 임대료(보증금 1,000만 원 기준)는 51만 원이고, 신촌 · 홍대 일대를 통학할 수 있는 마포구 셰어하우스 1인실의 월 임대료는 49만 원이다. 구로구에 있는 아파트 셰어하우스의 1인실 가격은 48만 원이다. 2인실은 39만 원, 3인실은 33만 원 수준으로 나타나 원룸보다 셰어하우스가 비싸다.

원대라고 하더라도 '업체'의 인건비와 주거시설 관리비 등을 모두 월 임대료에서 충당하기 때문이다.[2] '세입자의 세입자'가 마주하는 고통을 생각하면 셰어하우스를 이해하기란 쉽지 않다.[3] 왜 '요즘 사람들'은 이곳을 선택했을까? 이들에게 셰어하우스는 어떤 의미일까? 손원평의 단편소설 「타인의 집」에는 셰어하우스를 선택한 '요즘 사람들'의 일상과 피로가 또렷하게 서술되어 있다.

세입자 면접에서 알게 된 잘 나가는 셰어하우스의 조건

'집'에는 집주인과 임대 계약을 한 세입자 '쾌조'와 그의 세입자인 '희진이', '재화언니' 그리고 '나'인 '시연'이 살고 있다. '나'는 집 구하기 앱에 올라온 '쾌조'의 게시물을 보고 셰어하우스에 합류했다. 그의 글은 "풍기는 냄새는 적잖이 수상쩍"었지만, "젊은이들의 품격 있는 공동체 생활을 꿈꾸"는 그의 집만은 "미팅 비용 오천원을 지불하고" 스타벅스에서 이루어진 일종의 "세입자 면접"에 참가할 정도로 훌륭하다.

---

2) "주거비 절감이라는 말을 붙이기가 민망하다. 함께 사는 임차인들에게 주거 서비스를 제공하는 것에 더 가깝다. 그렇게 해서 이익이 나오지 않으면 건물주나 토지주들도 관심을 보이지 않는다. 이런 상황에서 진짜 주거비 절감이 가능한 셰어하우스를 운영하는 것은 어렵다"는 말도 이 대안주거의 허상을 또렷하게 보여준다. 최아름, 「셰어하우스는 현대판 하숙집이 아니었다」, 『더스쿠프』, 2019.06.07.,(https://www.thescoop.co.kr/news/articleView.html?idxno=35320)(검색일자 : 2022.09.10.)

3) 셰어하우스는 집주인이 함께 살면서 임대하는 경우도 있지만, 세입자가 재임대를 하는 전대방식을 좇는 경우도 많다. 이 때문에 계약에 문제가 있음을 알게 되더라도 해결이 어렵고, 갑자기 찾아온 집주인이 방을 비우라고 해도 대처할 길이 없으며, 세입자가 보증금을 '떼먹고 날아' 버리더라도 법적으로 돈을 돌려받지 못한다. 그럼에도 셰어하우스는 '요즘 젊은이' 사이에서 상당한 인기를 구가하는 주거 형태로 자리매김했다. 최근에는 특화 평면의 도입이라는 기치 아래 신축 아파트 설계에도 영향을 미치고 있다.

높은 언덕 위에 세워진 삼십년 된 아파트였지만 내부는 몹시 깨끗했고 도심 한중간에 위치했다. 그리고 무엇보다 가격이 합리적인 걸 넘어 터무니없이 싼 쪽에 가까웠다. 설명에는 수익을 위함이 아니라 젊은이들의 품격 있는 공동체 생활을 꿈꾸기 때문이라는 말과, 원래 살던 사람 중 한 명이 나가게 돼 인원을 충원한다는 말이 덧붙여져 있었다.

— 손원평, 「타인의 집」, 『타인의 집』, 창비, 2021, 143쪽.

'나'는 "세입자 면접" 이후 "혹시 나중에라도 아시게 되면 찜찜하실까봐 말씀드"린다며 입을 뗀 '쾌조'로부터 "원래 살던 사람 중 한 명이 나"간 게 아니라, 고향에서 자살했다는 이야기를 듣고도, 입주를 결심한다. '쾌조'가 임대한 집은 "구불구불한 언덕을 끝도 없이 올라가야 한다는 걸 빼면 역세권, 스세권, 슬세권"에 속했기 때문이다.[4] '쾌조'의 집에 들어가는 것은 세입자의 세입자가 되어 계약에 문제가 발생하더라도 손 놓고 있을 수밖에 없는 입장이 되겠다는 소리와 다르지 않다.

그러나 "이 정도 가격에 이 위치, 이런 급의 방을 구할 수 있을 리가 만무하"고, "서울 시내 한복판에 위치한 어엿한 아파트, 게다가 나만이 쓸 수 있는 화장실까지 딸"려 있으며, 부분적이나마 "완벽한 프라이빗 공간, 게다가 시세에 비하면 핫딜이나 다름없는 월세"라는 '쾌조'의 설명과 "다른 무난하고 상식적인 경쟁자들을 어서 빨리 물리"친다는 '시연'의 "도박꾼의 심정"이 더해진 덕분에 '시연'은 세입자에게 "집세를 지불해야 할 사람"이 되기로 마음먹는다.

4) 공원과 산 등이 가까운 '숲세권', 스타벅스가 가까워 커피 한잔이 수월한 '스세권', 빵으로 간단히 식사할 수 있는 맥도날드가 자리한 '맥세권', 슬리퍼 차림과 같은 편한 복장으로 편의시설을 사용할 수 있는 '슬세권' 등은 신조어임에도 대중에 두루 확산했다. 이외에도 '초등학교를 품은 아파트'의 준말인 '초품아', 학원가와 인접한 '학세권'은 국내 주택 시장이 무엇을 중시하는지를 방증한다.

동거인들이 알려준 셰어하우스의 진리들

드라마 《한 지붕 세 가족》은 제목처럼 단독주택 한 채를 세 가족이 공유하나, 난방과 취사가 개별적으로 이루어질 수 있는 단독주택에서 세 가구의 핵가족이 함께 살아가는 것이기에 대문과 마당, 복도 등에서 동선을 공유하더라도 독립적인 생활을 영위할 수 있었다. 그러나 「타인의 집」에 등장하는 '집'은 아파트이기 때문에 개인에게 주어진 '방'을 제외한 모든 공간을 공유할 수밖에 없다.

> 홀로 있는 낮 시간, 임동혁의 「라 발스」가 격정적으로 공간을 메운다. 삼 년 전 산 구형 스마트폰의 보잘것없는 스피커로도 그의 악마적인 재능과 굳이 겸손할 이유가 없다는 것을 스스로도 안다는 듯한 예술가적인 젊은 영혼을 숨기는 건 전적으로 불가능하다. 나는 새삼 감탄하며 커피를 들고 거실로 나간다. 환하디환한 햇살이 창밖으로 보이는 음울한 뒷산과 대조를 이뤄 광휘로 가득한 쓸쓸함을 빚어낸다. 풍경과 빛과 음악, 그리고 고독한 내 존재는 완벽을 이룬다. 절망과 비관의 늪에 빠져 허우적대던 때도 있었지만 어쩌면 삶이란 꽤 괜찮은 건지도……
>
> 머릿속의 생각을 맺기도 전, 두 귀가 쫑긋 선다. 반갑지 않은 소리가 한순간 모든 걸 망쳐놓는다.
>
> — 손원평, 앞의 책, 137쪽.

'나'는 "홀로 있는 낮 시간"을 만끽하는, "풍경과 빛고 음악, 그리고 고독한 내 존재"가 완벽을 이룬다고 생각하는 소위 '갬성충만'한 인물이다. 그녀는 "절망과 비관의 늪에 빠져 허우적대던 때"마저 극복했—다고 자평하—지만, "영혼을 쪼개는 도어록의 날선 금속성 소리"와 같은 "반갑지 않은 소리"에는 허약하다. 이 소리는 동거인으로 인한 소음으로, 그녀가 음미하는 "오후의 호사"를 순식간에 박살을 내기 때문이다.

첫 번째 동거인은 '가장 불쾌한 소리'로 인지되는 '희진이'다. 그는 "손을 씻으며 간간이 트림을 뱉"고, "쿵쾅거리며 냉장고로 향"하는 인물로, '나'와는 대화다운 대화를 나눈 적이 없지만, '나'는 '희진이'가 어디에서 어디로 향하는지, 무엇을 하는지를 훤히 알고 있다. 그는 "상상력 빈곤 수준인 나 같은 사람조차 그가 내는 소리를 들으면 모든 행동이 눈앞에 그려"질 정도의 소음을 내는 인물로, 특히 "그 장면들은 상쾌함과 정반대 지점에 있으며 일일이 언급할 필요도 없이 '가장 불쾌한 소리' 하면 떠오르는 모든 것을 망라"한다.

그러나 '나'를 괴롭히는 '희진이'의 소음의 본질은 불쾌감이 아니라, 지극히 현실적이고 감각적인 인식에서 비롯된다. 그가 소음을 만들어낼 때마다 '나'는 "겉은 번드르르해도 우리의 구획은 얇은 마분지로 나뉘어 있는 것과 그리 다르지 않"음을 알게 되고, 자신이 깃든 곳이 '집'이 아님을 체감하기 때문이다. 요컨대 '희진이'는 '가장 불쾌한 소리'로서 '나'에게 지리멸렬한 현실을 잊지 말 것을 가르치는 셈이다.

두 번째 동거인은 '재화언니'다. 그녀는 '희진이'와 달리 "문을 여닫는 느린 속도와 조심스러"움을 지닌 인물로, "시민단체에서 일"하고, "그녀와 몇마디 말을 나눈 적은 있지만 이 언니와도 친하다고 하긴 어렵다." 그녀가 되돌아오면 '나'는 "지겨운 긴장감"을 느낀다. '재화언니'와 '희진이'는 하루가 멀다고 "작은 전쟁"을 치르기 때문이다.

냉장고를 확인한 재화언니의 툴툴대는 소리가 이어질 때쯤 나는 지겨운 긴장감을 느끼기 시작한다. 그리고 기어이 언니가 어휴, 하고 숨을 뱉고 발걸음에 가속도가 콩콩콩 실리면 올 것이 왔구나 싶은 심정으로 작은 전쟁의 시초를 예감하는 것이다. 오늘만큼은 언니가 희진이의 방문을 두드리기 직전 에어팟을 두 귀에 꽂고 유튜브를 트는 데 성공한다. 예고편으로 됐으니 본편은 생략하기로 한다.

— 손원평, 앞의 책, 139쪽.

'재화언니'와 '희진이'의 언쟁은 "아까 희진이가 먹은 재화언니의 바나나"와 같이 사소한 데서 시작된다. 하지만 셰어하우스의 규칙을 위반했다는 실질적인 명분이 있으므로 두 사람 사이의 "작은 전쟁"은 충분히 성립된다.

위생(변기 뚜껑에 묻은 오물)과 영역(택배 상자의 위치), 식품관리법 위반(김치 뚜껑을 열어둠)을 주제로 번져나간 싸움은 그날따라 끈질기고 격렬했다.

— 손원평, 위의 책, 155쪽.

'집'의 구성원이 아니라면 '이게 싸움거리가 될까?' 하는 생각이 들 정도로 사소해 보이지만, 좁은 냉장고를 구획하고, '내 것'과 '네 것'을 정확하게 구분하는 '집'에서 '변기 뚜껑'과 '택배 상자', '김치 뚜껑'은 '위생', '영역', '식품관리법'이라는 기의記意 그 자체다.

'나'가 '희진이'와 '재화언니'의 싸움에 신경을 곤두세우고, '재화언니'의 "백만 볼트짜리 눈빛"에 "전기구이 통닭이 된 기분으로 얼어붙"으며, '재화언니'가 "씨발, 더러워서 못 살겠네"라는 말을 내뱉은 것 같다며 긴장하는 이유도 같은 맥락에서 이해할 수 있다.

그러나 '쾌조'는 두 사람의 싸움에 관심 없다. 그는 '나'에게 '각자도생'을 언급하며 "원하지 않는 상황에서 굳이 블렌딩 인 될 필요 없"고, "결국 마이웨이로 사는 사람이 살아남는"다는 셰어하우스의 진리를 설파한다.

감사합니다, 하고 넙죽 고갤 숙일

'각자도생'과 '마이웨이'의 가치를 전하던 '쾌조'에게도 '우리'가 필요한 순간이 도래한다. "보일러 교체 건으로 주인 방문 예정"이라는 초유의 사태가 일어났기 때문이다. "합법적이지 않은 틈새시장에 세 들어 사"는 '우리'는 '보일러 교체'가 아니라, '주인 방문 예정'에 방점을 찍고 '집주인'의 눈을 가릴 방법을 모색한다.

'우리'는 '쾌조'와 그의 누나로 분한 '재화언니'가 사는 집에 친구인 '희진이'와 '시연'이 놀러 왔다는 설정 하에 '나'가 "야금야금 사들인"인 "예쁜 쓰레기"와 "자질구레한 물건"을 치우고 '쾌조'의 방으로, '희진이'의 방을 창고로 바꾸기로 한다. 그러나 예정된 시간보다 한참이나 이른 "고작 열한시 반"에 들이닥친 '집주인'은 탐문이라도 하듯 '집'을 세밀히 살피고, 창고가 깨끗하고 '쾌조'의 방에 향수 냄새가 난다며 '우리'를 긴장시킨다.

그러나 '집주인'의 의심은 불행히도 지속하지 않는다. 중년 여성과 부부로 보이는 삼십 대의 남녀, 즉 공인중개사와 집을 보러 온 사람들이 들이닥쳤기 때문이다. '집주인'은 세 사람에게 "이 집을 산 뒤로 좋은 일만 생겼다는 MSG 가득한 멘트"와 함께 집의 장점을 설명하는 한편, '쾌조'로 대표되는 '우리'에게 청천벽력과 같은 말을 늘어놓는다.

> 마침 보일러 고쳐달라고 할 때 잘 됐다 싶었죠. 요새 집을 잘 안보여주는 세입자도 많다고 들었거든요. 겸사겸사 두 가지 일을 해버리면 좋으니까요. 세 끼고 내놓은 거라 계약기간까지 편하게 사시면 됩니다. 연장이 될지는 모르겠지만, 일단 너무 걱정마세요.
>
> — 손원평, 「타인의 집」, 『타인의 집』, 창비, 2021. 165쪽.

'집주인'의 말은 '우리'가 짜낸 지혜와 노력이 빛바랬다는 선언이자, 세입자인 '쾌조'와 그의 세입자인 '나', '희진이', 그리고 '재화언니'가 "계약기간까지 편하게" 살 수 없고, "일단 너무 걱정"할 수밖에 없는 상황을 마주하리라는 예언과 다름없다. '우리'는 세 번째 방문객이 돌아갈 때까지 "빛을 비춘 바퀴벌레처럼 이쪽 벽에 붙었다가 저쪽 벽으로 달아났다"가 하는 자신을 마주해야 했으므로 이 예언은 실현된 셈이다.

주목할 것은 '우리'를 바퀴벌레처럼 달아나게 만든 '집'이지 '집주인'에게는 "넙죽 고갤 숙일" 곳이라는 사실이다.

> 이 집으로 모은 종잣돈에 대출 일으켜서 이번에 새 아파트에 입주하거든요. 여기서 살아본 적은 없지만 생각날 때마다 이쪽을 향해서 감사합니다, 하고 넙죽 고갤 숙일 겁니다.
>
> — 손원평, 위의 책, 166~167쪽.

나름의 목돈을 월세로 내면서 살아온 '우리'에게는 "영혼을 쪼개는 도어록의 날선 금속성 소리"만으로 깨지는 '오후의 평화'로 기억

될 '집'이 살아본 적도 없는 '집주인'에게는 "대출을 너무 많아 받아야 해서 처음에는 반대했"으나 결국에는 "새 아파트에 입주하"는 종잣돈을 만드는 투자의 수단이었다. 요컨대 '집주인'과 '세입자' 그리고 '세입자의 세입자'에게 같은 공간처럼 보였던 '집'은 전혀 다른 공간이다.

풍경 속의 집들은 언제나 차고 넘치도록 많고

세 번째 방문자까지 떠난 '집'에는 전에 없던 적막이 내려앉는다. '우리' 중에는 "세 끼고 내놓은 거라 계약기간까지 편하게" 살면 된다는 '집주인'의 이야기를 곱씹으며 기대하는 이는 없다.

이런 상황에서 '나'를 한층 우울하게 만든 것은 '쾌조'의 방으로 눈속임하기 위해 경비아저씨께 뇌물조로 박카스 한 상자까지 건내며 "일단 손대지 말아달라고 신신당부"한 '로즈골드색 미니 냉장고'와 울며 겨자 먹기로 라면 상자에 넣어 내놓은 '힙겹게 모은 자산인 물건들', '유일한 사치품인 스타벅스 리미티드 텀블러 스무개'가 흔적도 없이 사라졌기 때문이다. 당혹스러워하는 '시연'에게 경비아저씨는 "박카스까지 잘 먹고", 그녀가 내놓은 집기를 유심히 들여다보던 누군가에게 얼른 가져가라고 권함으로써 "아가씨도 스티커값 아끼"도록 했다며 이야기한다. 따질 힘도, CCTV를 확인해서 물건을 되돌려받을 의지도 남아 있지 않은 '나'는 '집'으로 돌아오는 수밖에 없다.

그녀는 "계약서에 명시된 쾌조씨의 전세기간은 넉달 후에 종료"지만, "성별도 나이도, 살아온 인생의 한조각도 알지 못하는 그"에게 자신의 앞날이 걸려 있음을 깨닫는다. 그리고 거의 동시에 창에 기대어 이전까지 알지 못했던 사실, 즉 "풍경 속의 집들은 언제나 차고 넘치도록 많고 각자의 빛을 낳"음을 마주한다.

'나'를 비롯한 '우리'에게 "풍경 속의 집"과 그곳이 낳은 "각자의 빛"은 언제쯤 허락될까? 아마 그날은 쉽사리 오지 않을 것이다. 그리고 그 때문에 '집'을 향한 '우리'의 기도는 한층 간절해질 것이다.

> 내 어깨 위의 무게감이 다만 근육의 피로감이기를, 절망의 그림자가 나를 덮치지 않기를 불행과 우울의 악취가 스며들지 않기를, 집주인의 말대로 이 집에 온 뒤로 모든 일이 다 잘 풀리기를 기도하면서.
>
> — 손원평, 앞의 책, 170쪽.

반의반만큼의 접힌 공간이 아닌, 나만을 위해, 내 가치만큼 존재해 줄 집을 위하여

세상이 변하면 '표준'도 수정되기 때문일까, 셰어하우스를 "나홀로의 이유와 한계를 적절히 해소 · 보완해주는 새로운 집의 제안"[5]으로, 이곳의 구성원을 "셰어하우스를 통해 함께 살면서 서로를 챙기고 같은 밥을 먹고 어울린다면 가족의 한 형태로" 보아야 한다는 주장[6]도 어렵지 않게 볼 수 있다.

그러나 이 희망적인 시각이 '지금, 여기'를 살아가는 청년의 주거

---

5) 전영수, 「"저가에서 가치로… 대세가 된 공유주택」, 『헤럴드경제』, 2021.11.09.,(http://news.heraldcorp.com/view.php?ud=20211109000377)(검색일자 : 2022.08.10.).

6) 성동규, 「급등한 집값 · 결여된 소통 해결책으로 떠오른 '셰어하우스'」, 『매일일보』, 2021.02.22., '(https://www.m-i.kr/news/articleView.html?idxno=798920)(검색일자 : 2022.08.10.).

현실을 가리는 장막이어서는 안 된다. 과정적 주거 형태라고 명명해도 무리가 없을 대한민국의 아파트에서 '과정'을 수행하기도 벅찬 세입자 '쾌조'와 세입자의 세입자인 '나', '희진이' 그리고 '재화언니'의 숫자가 여전히 적지 않기 때문이다. 이들은 함께 살면서 서로를 챙기고 같은 밥을 먹고 어울리기 위해서도, 나홀로의 이유와 한계를 적절히 해소·보완해주는 새로운 집이 필요해서 셰어하우스를 선택한 것이 아니다. '지옥고(반지하·옥탑방·고시원)'보다 쾌적한 주거 환경을 찾아, 원룸보다 보증금이 저렴한 곳을 찾아 이곳으로 왔다. '나'가 '집'에서 느끼는 만족감이 "친구 집에 얹혀 눈치 보며 살던 때나 고시텔의 생활"과 무관하지 않다는 사실이 이를 방증한다.

한편 '나'의 과거는 셰어하우스가 해결하지 못하는 본질적인 문제 또한 이야기한다. 그녀는 롱디 커플long distance couple이었던 남자친구와 "하늘 아래 어느 집도 우리의 예산으로는 들어갈 수 없었고 번뇌에 휩싸여 입술을 쥐어뜯는 동안 매주 치솟는 집값에 우린 꿈꿨던 곳에서 한 구역씩 밀려나"는 현실로 끊임없이 싸웠고, 마침내 "이기적인 요즘 여자와 시대에 뒤떨어진 한심한 한국 남자"라는 결론을 내리고 이별했다. 이는 남자친구와의 파혼이 "장거리가 아니라 우리가 함께 할 곳이 없"다는 본질적인 상실감 때문임을 환기한다.[7] 요컨대 '나'들에게 필요한 것은 "반의반만큼의 접힌 공간이 아닌, 나만을 위해, 내 가치만큼 존재해 줄 집"인 것이지 허약한 임시 도피처인 셰어하우스가 아니다.

그러나 지금 이 순간에도 그 허약한 도피처를 찾기 위해 '나', '희

7) "하늘 아래 어느 집도 우리의 예산으로는 들어갈 수 없었고 번뇌에 휩싸여 입술을 쥐어뜯는 동안 매주 치솟는 집값에 우린 꿈꿨던 곳에서 한 구역씩 밀려나"는 현실이나 다툼 끝에 "이기적인 요즘 여자와 시대에 뒤떨어진 한심한 한국 남자"라는 결론을 내리고 이별했다는 문장은 ─그것이 주작이라도─ SNS에서 빈번히 마주하는 현실로 자리매김했다.

진이', '재화언니'가 방 구하기 앱을 들여다보며 충혈된 눈을 비비고 있을지 모른다. 그들에게 "반의반만큼의 접힌 공간이 아닌, 나만을 위해, 내 가치만큼 존재해 줄 집"은 '나'가 벽에 기대어 바라본 "풍경 속의 집들"처럼 멀다.

욕망의 집합체에 관해 누구나 알지만 아무도 말하지 않는 몇 가지

이름의 이름으로

아르네-톰프슨 분류 체계Aarne-Thompson classification systems에 따른 설화 중에는 '주인공이 초자연적이거나 위협적인 원조자들의 진짜 이름을 부름으로써 그를 물리치는 이야기'가 있다. 신과 인간이 서로에게 영향력을 행사하던 때의 사람들은 '이름'에 강력한 힘이 깃들어 있다고 생각했던 모양이다. 그리고 이와 같은 이름의 힘은 오늘날에도 유지되고 있다. 그래서일까, 리베카 솔닛Rebecca Solnit은 이름을 부르는 행위가 "세상을 바꿀 수는 없"다는 치명적인 한계를 내재함에도 중요한 단계라고 정의한다.

> 무언가를 정확한 이름으로 부르는 행위는 무대책 · 무관심 · 망각을 눈감아 주고, 완충해주고, 흐리게 하고, 가장하고, 회피하고, 심지어 장려하는 거짓말들을 끊어낸다. 호명만으로 세상을 바꿀 수는 없지만, 호명은 분명 중요한 단계다.[1]

"무언가를 정확한 이름으로 부르는 행위"만으로 달라지는 것은 없

1) 리베카 솔닛, 김영남 역, 『이것은 이름들의 전쟁이다』, 창비, 2018, 8쪽.

다. 하지만 "호명은 분명 중요한 단계"다. 두통과 오한이 동시에 찾아왔다고 가정해보자. 두 가지를 동반하는 질환이 한두 개가 아니기에 무엇을, 어떻게 할지 정확하게 파악하기 어렵다. 그러다가 감기임을 알게 되면 치료하기 수월하고 대수롭지 않다고 하여 한시름 덜 수 있다. 일상에서도 명명命名은 우리가 마주한 현상과 문제를 간명하고, 본질로 접근하는 데 도움을 줄 수 있다.

명명은 감추어졌던 잔혹과 부패를 수면으로 드러내기도 한다. 성경의 단어가 아닌 '휴거'와 디즈니 애니메이션의 주인공이 아닌 '엘사'가 그 대표적인 예다. 초등학생들 사이에서 시작됐다는 이 멸칭蔑稱은 우리 사회—의 일부—가 주거 환경에 따라 사람을 계급화한다는 사실을 다소 처참한 방법으로 알려주는 한편, 우리가 무엇을 고발하고, 어떤 문제의식을 토대로 세상을 바꾸어야 하는지를 알려주었다.

그렇다면 익명 또는 무기명으로 제기되는 문제는 어떻게 바라보아야 할까? 이름을 알릴 수 없을 정도의 문제이므로 주의를 기울여야 할까, 아니면 이름값도 하지 못할 것이므로 가벼운 읽을거리로 여기거나 무시해야 할까? 결론부터 이야기하자면 '어떤' 이야기이냐에 따라 다를 것이다. 가령 새로 문을 연 식당의 음식이 맛있다는 게시물은 가벼운 읽을거리라면 작성자가 누구인지 몰라도 큰 문제가 없다. 그것이 참이 아니어도 가벼운 실패에 불과하다. 하지만, '중개업소 가격 후려치기'가 기승을 부리고, 그 피해가 나의 재산인 아파트에까지 미친다는 게시물이라면 어떨까? 진위眞僞를 파악하기 위해서라도 작성자가 중요해질 것이다. 여기, 모든 '누구'를 대변할 수 있는 이름이 남긴 의미심장한 우리의 문제를 다룬 소설이 있다. 바로 조남주의 「봄날아빠를 아세요?」다.

사건의 시작, 서사사를 뜨겁게 달군 네 개의 게시물

'봄날아빠(새싹멤버)'는 "네이버 서영동 지역 친목 카페의 이름인" '서영동 사는 사람들(이하, '서사사')'을 후끈하게 달군 인물로, "재작년에 서영동 '동아1차'와 은하동 '대림2차' 중 고민하다가 서영동 동아를 매수"했다. 그는 게시물로 인해 "회원 간 분열을 조장한다는 경고 쪽지", "한 번 더 관련 게시물을 올리면 등급이 강등되어 글 작성이 안 된다"는 경고와 멤버들의 막대한 관심을 한 번에 받는다.

> 글 올려달라고 분명하게 게시 요구한 댓글이 124개, 필요한 논의라는 댓글이 14개, 카페 게시물 주제를 제한하지 말라는 댓글이 8개, 글 올리지 마라, 탈퇴해라, 불편하다는 댓글이 62개입니다. 그 외에는 댓글 논쟁과 같은 회원의 중복 의견입니다.
>
> — 조남주, 「봄날아빠를 아세요?」, 조남주 외, 『시티픽션』, 한겨레출판사, 2020, 15쪽.

그는 어떤 내용의 게시물을 올렸을까? '봄날아빠(새싹멤버)'는 고작 네 개의 게시물을 올렸을 뿐이다. 문제는 게시물이 「서영동 부동산 중개업소의 진실」부터 「서영동 학군 강남 못지않다」, 「동아1차 방향으로 서영역 3번 출구가 생긴다면?」을 거쳐 「9.13 대책이 진짜 말하는 것」으로 '집값' 형성에 영향을 미치는 학군과 입지, 부동산 매매와 관련한 중개업소와 정책 등으로 민감한 주제를 다루는 만큼 강력한 화력을 잠재한다는 사실이다. 이 때문에 '서사사'의 멤버들은 자연스럽게 '봄날아빠(새싹멤버)'가 누군지에 주목하고, 각자의 주변에서 그가 누구인지를 추정하기 시작한다.

셋 중 누가 '봄날아빠(새싹멤버)' 일까?

첫 번째는 '용근' 이다. '용근' 은 '봄날아빠(새싹멤버)' 의 「서영동 부동산 중개업소의 진실」을 방증한다. 그는 "조기축구회 회원들에게 네이버 부동산 허위매물 신고를 독려"하며 "한 명당 3개의 아이디를 만들 수 있고 아이디당 한 달에 5개씩 허위매물 신고를 할 수 있으니 한 달에 최대 15개는 신고가 가능하"다는 정보를 살뜰히 알려주는 인물이다. '용근' 이 이러한 수고를 마다하지 않는 이유는 "아내의 복직은 다가오는데 어린이집 대기번호는 줄어들지 않고, 장모님은 아이를 봐줄 수는 있지만 매일 서영동으로 오갈 자신은 없으시"다고 했기 때문이다. 그는 "요즘 장모님 댁 근처의 아파트를 알아보"다가 "서영동 중개업소들이 담합했다는 생각"을 하게 된다.

> 이사를 결심한 것은 올해 초였다. 처가 근처로 집을 알아보다 몇 년 사이 서울 아파트들이 몇 억씩 올랐다는 사실과 그동안 자신의 집은 겨우 현상 유지 중이라는 사실을 알게 되었다. 게다가 중개업소에서는 하나같이 지금이 꼭지다, 너무 비싸면 안 팔린다며 시세보다 높은 가격으로는 매물 등록도 해주지 않으려 했다. 용근은 서영동 중개업소들이 담합했다는 생각이 들었다.
>
> — 조남주, 앞의 책, 18쪽.

물론 '용근' 은 자신이"운 좋게도 서울에서 번듯한 아파트를 가지고 결혼생활을 시작했"음을 잘 안다. 그러나 "지금 아파트를 팔아서는 다른 지역에 비슷한 면적의 아파트를 구할 수 없다는 사실에 분통이 터졌"다. '지금 아파트' 를 팔기 위해서 "서영동은 저평가되어 있다고 말"하던 '용근'이 '봄날아빠(새싹멤버)'의 게시물을 보았다면 희망을 느꼈을지 모른다. "서영동 부동산 중개업소들을 조목조목 비판"한 「서영동 부동산 중개업소의 진실」에는 "대치동에 거주하는 매수자와 다른 지역의 매도자를 이어주는 역할을 주로" 하는 '반도부동산'이 소개돼 있고, '용근'은 "그 대치동 부동산 통해서" "시세보다 1억이나 높게 (지금 아파트를) 내"놓을 수 있었기 때문이다.

서영동 최초의 "본격 영어유치원"인 '키즈클럽 1회 졸업생 엄마 모임'은 성별을 공개하지 않는 '서사사'의 성격상 '봄날아빠(새싹멤버)'가 남성이 아닐 수도 있다고 생각한다. 그녀들은 '찬이 엄마'가 '봄날아빠(새싹멤버)'이거나 최소한 관계가 있다는 데 암묵적으로 합의했다. '키즈클럽 1회 졸업생 엄마 모임'은 "원아 돌봄, 수업 내용, 교구 상태 모두 훌륭"했던 '키즈클럽'에 자녀를 등원시켰던 엄마들의 모임이다. 그녀의 자녀들은 "졸업할 즈음이면 아이들은 대부분 한 페이지 정도의 영어 에세이는 수월하게 썼고 중1 영어 교과서도 더듬더듬 읽을 수 있었으며 인사나 주문 같은 생활영어는 막힘없이" 했으므로 일종의 "자부심과 동질감"으로 이어져 있다. 그러나 "퍼플과 그린 두 반, 서른두 명이던 졸업생 대부분이 서영동을 떠"난 탓에 남은 인원은 열 명도 되지 않고, 영어유치원의 위상 또한 낮아져 "일반 유치원 추첨 떨어지면 가는 데"로 전락했다.

상황이 이러한지라 '키즈클럽 1회 졸업생 엄마 모임'에서 '봄날아빠(새싹멤버)'의 게시물 「서영동 학군 강남 못지않다」는 서영동이 "분위기가 엉망이라고 소문이 자자"한 곳이 아니라, 과거의 '찬이 엄마'가 했던 말과 더불어 "학원 인프라는 정말 괜찮"고, "강남 못지않은" 곳이라고 자위하는 근거로 기능한다.

> 찬이 엄마는 서영동처럼 아이들 공부시키기 좋은 동네가 없다고 닳도록 말했다. 서영동 소재 학교들의 성취도 평가표와 근처 특목고, 자율고, 과학중점고 정보, 공공도서관 무료 프로그램 정보를 학원 입구 게시판에 항상 붙여 놓았다. 상담 온 학부모들에게 인근의 다른 학원을 거리낌 없이 추천하는 것으로도 유명했다.
>
> — 조남주, 앞의 책, 31쪽.

'찬이'를 '키즈클럽'을 제외한 그 어떤 학원도 보내지 않고도 두각을 드러낸 아이로 키운 '찬이 엄마'는 "찬이 3학년 때 기초연산 과외 강사로 나"섰고, 지금은 "단지 내 상가 한 층을 다 쓰는 초등종합학원"의 원장으로 있다. 그런 그녀가 "아이들 공부시키기 좋은 동네"로 서영동을 정의했다는 사실은 의미심장하다. 게다가 "찬이 외할아버지가 대치동에서 부동산 중개업을 꽤 크게 하"신다는 정보까지 더해지자 '키즈클럽 1회 졸업생 엄마 모임' 멤버들은 '찬이 엄마'가 '봄날아빠(새싹멤버)'일 수 있다고 생각한다.

> 재작년 동아1차 이사, 친정아버지가 대치동 부동산 중개업 종사, 서영동 사교육 시장에 대한 강한 믿음. 다들 천천히 고개만 주억거릴 뿐 누구도 먼저 말을 하지 못하고 있었다.
>
> — 조남주, 위의 책, 32쪽.

'봄날아빠(새싹멤버)'의 정체가 궁금하기는 "입주 20년 차에 접어드는, 곳곳이 삐걱거리고 덜걱거리고 위태로운 12개동 1000여 세대 단지"의 '현대아파트' 관리사무소 직원들도 마찬가지다. 특히 기전주임인 '강영식'은 '현대아파트' 입주자 대표인 '안승복'이 '동아

1차' 관리사무소 블랙컨슈머인 '안승복' 임을 알고 있기 때문에 '봄날아빠(새싹멤버)' 와 '안승복' 이 연관 있으리라 추측한다.

"피부가 반질반질하고 주름도 별로 없어 50대 초반이라고 해도 믿을" 외모의 '안승복' 은 관리사무소를 찾아 "맨날 업체를 바꾸네, 계약을 해지하네, 소송을 하네" 마네 하고, "관리초소 통폐합하고 경비원을 줄이겠다" 고 주장하는 인물로, 인터넷 카페에 게시물을 등록하는 게 활동의 전부인 '봄날아빠(새싹멤버)' 에게 필연적으로 결여된 행동력을 갖추고 있다. 그는 "웨딩홀 옆에 동아1차 방향으로 출구를 하나 더 내자" 고 요청하고, 이를 관철시키고자 "의원실이랑 구청에 찾아간다고 오늘 내내 서명을 받으러" '동아1차' 를 돌고, '현대아파트' 관리사무소에서 "동아1차 방향으로 지하철 출입구 내는 걸" 동의하는 서명을 "우리 경비들이 다니면서" 받으라고 요구한다. 이외에도 "물류창고 자리에 도서관 유치하자는 현수막도 자비로 만" 들고, "312번지 재개발 지구에는 공원을 만들어야 한다고 구청, 시청 열심히 쫓아다" 닌다.

왜 '안승복' 은 이렇게까지 고군분투할까? "자신의 자산 가치를 지키기 위해" 서다. 투명해 보일 정도로 노골적인 그의 욕망 앞에서 '왜?' 라는 질문은 그 역할과 의미가 흐릿할 뿐이다.

그리고 낙관적이지 않은 뒷이야기

주변으로부터 '봄날아빠(새싹멤버)' 와 연관 있다거나 당사자일 가능성이 언급되었던 '용근', '찬이 엄마' 그리고 '안승복' 은 소기의 목적을 달성했을까?

'용근' 은 '대치동 부동산' 의 도움으로 시세보다 1억이나 높은 금액으로 매물을 등록하는 데 성공했지만 집을 팔지 못했다. "일주일에 오천씩 호가를 올"려도 "아침, 점심, 저녁으로 사람들이 집을 보러 왔"던 여름과 달리, 시장이 잠잠해졌기 때문이다. 복직을 한 달 앞둔 "아내는 욕심 그만 부리라는데 용근은 도저히 멈출 수가 없다. 8월 말의 실거래 정보를 보면 지금 내놓은 가격에도 거래가 될 것 같"다. 그는 전에 없던 "박탈감에 잠을 이루지 못"하는 날이 많다.

'찬이 엄마' 는 "야심 차게 오픈한 영재원 준비반의 수강생"이 세 명에 불과하고, 그나마도 3개월 원비로 6개월을 수강하며, 영재원 합격 여부가 나오면 그 결과와 상관없이 학원을 그만둘 것을 알고 있다. "아들 공부 잘하겠다, 학원 나날이 커지겠다, 찬이 엄마는 걱정이 없겠다"고 주변에서 말하지만 정작 그녀는 "수면유도제 없이는 잠들지 못한다." 그녀는 강남의 부모들과 달리 "중요한 순간에 손을 놓아버리는" 서영동 학부모들을 이해할 수 없다.

'동아1차' 의 블랙컨슈머인 '안승복' 은 온라인 투표를 도입한 '현대아파트' 입주자대표회의 선거에서 3위로 낙선했다. 설상가상. 그가 공들였던 "서영역 3번 출구 소식은 없고 물류창고 부지는 청년임대아파트 건설이 결정됐다." 그는 "하필 임대아파트"라는 데 분노하며 "전보다 열심히 시청, 구청, 의원실, 관리사무소를 찾아다"녔고, '동아1차' 에 이어 '현대아파트' 에서도 블랙컨슈머로 등극했다.

세 사람과의 속사정과는 상관없이, 어쩌면 밀접한 탓에 오늘도 "노트북을 열고 납작한 전원 버튼을 누"른 후 cafe.naver.com/seosasa에 접속하는 인물이 있다. 그는 이미 "본문 칸을 빼곡이 채"웠고, '확인' 만 누르면 '서사사' 가 주목할 만한 글을 게시할 것이다. 그런데 그는 누구일까? 그가 '용근' 인지, '찬이 엄마' 인지, '안승복' 인지는 알 수 없다. 어쩌면 '용근'에게 "야, 이 새끼야, 그래서 하고 싶은 말이 뭐야? 집값이 더 올라야 된다, 이거야? 너 집 있다고 유세 떠냐?"고 했던 '축구회 형님'이거나 '찬이 엄마' 이야기에 "천천히 고개만 주억거"리던 '키즈클럽 1회 졸업생 엄마 모임'의 멤버일 수도 있다. 현대아파트나 동아1차 관리사무소 직원일 가능성도 있다. 그런데 그가 '봄날아빠(새싹멤버)'이긴 할까? 알 수 없다.

그리고 여기에 이르면 일시적인 제명除名이 호명만큼이나 효과적인 전략임을 확인할 수 있다. 다른 사람의 이야기인 줄 알았던 한계가 '나'에게도 적용되고, 날카로웠던 문제 제기가 돌고 돌아 자신을 향할 수 있음을 알게 되기 때문이다. 요컨대 어디에나 있고, 어디에도 없는 가혹한 비판자가 '나'인 것이다.

명명하기와 제명하기, 그 사이에서

근대가 추동한 표준화와 획일성이 건축에 투영된 아파트는 100여 년 동안 대한민국의 도시와 시골의 인상을 집요하게 복제해 왔다. 그러나 삶의 질적 수준은 표준화하지도, 획일화하지도 않았고 또 그렇게 될 수도 없었다. 이 때문에 아파트는 같아 보일 뿐 전혀 같지 않은 삶의 집합체가 되었고, '휴거'와 '엘사'처럼 잔혹한 이름을 붙이는 토대로까지 작용하게 되었다. 이 때문에 조남주의 소설 「봄날 아빠를 아세요?」는 가상의 도시인 '서영시'를 배경으로 하지만 2022년 대한민국의 어디건 무방하다. '현대아파트'와 '동아1차'라는 구체적인 아파트 브랜드가 언급되지만, 소위 '3대장 아파트', '대장 아파트'로 바꾸거나 이름을 부여하지 않아도 문제 되지 않는다. 같은 맥락에서 아파트에 투영하는 욕망에서 주어를 삭제하면 누구나 '봄날아빠(새싹멤버)' 가 될 수 있다. 그가 바라는 것은 주거지가 강남 못지않은 교육 특구가 되는 것, 입지 조건이 개선되는 것, 더 좋은 값으로 지금 사는 아파트를 팔고 더 나은 곳으로 이사하는 것, 자신의 자산 가치를 지키는 것이기 때문이다. 그리고 고군분투에 방해되는 요소는 달갑지 않을 것이다. '휴거' 와 '엘사' 를 언급한 언론 보도 속의 '어른들' 처럼.

그런데 이러한 속물성을 지긋지긋하다고 비난할 수 있을까?

이 질문에 시원스러운 답변을 찾아내기 전까지는 '봄날아빠(새싹멤버)' 는 쇠털같이 하고많은 날에 걸쳐 '서사사' 에 글을 쓰고, 그와 비슷한 이들이 '확인' 버튼 앞에서 숨을 고를 것이다.

이러한 상황에서 문학은 무엇을 할 수 있을까? 과거의 문인들이 그러했던 것처럼 잠수함의 토끼가 되어 문제를 진단하고 표면화하는 것으로 충분할까? 토끼가 질식하거나 끝끝내 죽어버리더라도 잠수함의 공기는 깨끗해지지 않는다. 오히려 사파티스타 민족해방군 Ejercito Zapatista de Liberacion Nacional의 부사령관 마르코스 Subcomandante Marcos의 말처럼 "우리의 말이 우리의 무기"임을 복기復棋하고, 언어의 엄밀함, 정확함, 명료함에 기대어 명명하기가 유발한 문제를 드러내어야 할 것이다. 그리고 지독한 명명하기가 소수의 특정인의 전유물이 아니라, 불특정 다수인 우리의 문제임을 환기할 수 있어야 한다. 이 과정을 반복할 때 비로소 한계를 또렷이 마주하고, 더 가혹한 경계 짓기가 이루어지지 않을 방법에 가까워질 수 있을 것이다.

오래된 미래의 형식, 하이퍼텍스트 문학 다시 읽기

불친절한 정보를 배열하는 방법을 찾다

1985년, 닐 포스트먼Neil Postman은 『죽도록 즐기기*Amusing Ourselves to Death*』에서 뉴미디어시대를 예견하면서 '영혼이 잠식되지 않도록 정신 단단히 붙들어 매고 있으라' 고 충고했다. 그는 이 책에서 활자시대의 쇠퇴와 텔레비전 시대의 부상을 논하면서 영상매체로 인해 정치, 교육, 공적 담론, 선거 등 모든 것이 쇼비즈니스 수준으로 전락했고, 이 때문에 "우리는 '하찮음의 추구' 라고 부를만한 정보환경으로 급속히 들어서고 있다"고 한탄하기도 했다.[1] 그의 주장이 틀리지 않았다면 인류는 1980년대에 이미 무엇이 의미 있고 유용하며 문제와 관련한 정보인지 판단하는 기준을 잃었고, 정보에 대한 방어체계가 무너졌으며, 정보에 대한 면역체계는 작동불능 상태였다. 게다가 정보는 인간이 보기에 적절한 방법으로 저장 · 정리돼 있지 않다. 어떡해야 불친절한 정보를 효과적으로 골라낼 수 있을까?

바네바 부시Vannevar Bush는 『애틀랜틱 먼슬리*The Atlantic Monthly*』에 기고한 「우리가 생각하는 것처럼As We May Think」에서 모든 정보

1) 닐 포스트먼, 『죽도록 즐기기』, 굿인포메이션, 2020, 178쪽.

를 기계적으로 상호연결하여 정보를 효과적으로 추출할 수 있는 장치를 제시했다.

> 기계화한 개인 파일 및 라이브러리의 일종인 개별 사용을 위한 미래의 장치를 생각해보라. 그것의 이름은 '메멕스Memex'라 하자. 메멕스는 개인이 자신의 모든 책, 기록, 통신 등을 저장하고, 이를 기계화해 매우 빠르고 유연하게 상담할 수 있도록 하는 장치다. 그것은 개인의 기억에 대한 확대된 친밀한 부록이다.[2)]

그는 개인의 책, 기록, 통신 기록 등을 저장하는 데에는 선형성에 기초한 정보가 아니라, 인간의 연상작용에 맞춘 독특한 배열과 정리가 필요하다고 생각했다. 그리고 이를 위해 기억 확장장치Memory Extende의 준말인 메멕스Memex를 고안했다. 부시에 따르면 이 장치는 개인과 관련한 정보를 저장해두고 필요할 때마다 이 내용이 담긴 마이크로필름을 불러와 읽고 내용을 편집할 수 있다. 이 장치는 실제로 구현되지 못했지만 정보의 효율적인 저장과 검색, 연결이라는 개념은 인터넷과 하이퍼텍스트라는 이름으로 우리에게 영향을 미치고 있다.

인류는 오랫동안 '처음부터 끝까지', '위에서 아래로' 또는 '앞에서 뒤로' 글을 읽어 왔다. 이 선형적 서사는 완결성이 두드러지지만 읽는 이의 필요나 생각의 흐름과는 무관하게 일정한 정보를 글쓴이가 설정한 순서대로만 제공한다. 그런데 처음부터 끝까지 읽을 필요가 없는, 그때그때 정보를 검색하고 습득해야 한다면 이 선형성은

---

2) Vannevar Bush, As We May Think, *The Atlantic*, Emerson Collective, JULY 1945, pp.106~107.

불편을 초래할 수 있다. 부시의 제자인 테오도르 넬슨Theodor Holm Nelson은 바로 이 불편에 주목했다. 그는 스승의 착상을 출발점으로 삼아 어느 곳에서나 자료를 저장할 수 있고, 접근할 수 있는 비선형적 텍스트를 고안, 문서의 선형성을 초월한 문서인 '하이퍼텍스트 Hypertext' 라고 명명했다. 그는 과학적이거나 기술적인 글쓰기도 문학으로 간주하고, "문학이란 문서들을 서로 연결하는 움직이는 체계"를 마련하기 위해 모든 문서를 데이터베이스화하는 '제너두 프로젝트Project Xanadu' 를 구상했다. 결과만 보자면 넬슨의 프로젝트는 실패했다. 하지만 바네바 부시와 테오도르 넬슨이 꿈꾸던 세상은 훗날 팀 버나스 리Tim Berners- Lee의 월드 와이드 웹WWW에 큰 영향을 끼쳤다.

하이퍼텍스트 문학, 새로운 문학하기를 제시하다

하이퍼텍스트의 세 요소[3]로 구성된 하이퍼텍스트 문학은 '처음—중간—끝' 이라는 위계질서와 선형적 인과율에 기반한 독법讀法이 정답이 아닐 수 있음을 선언하고, 새로운 문학하기를 제시했다. 그 힘은

3) 노드(Node)는 하이퍼텍스트 시스템을 구성하는 가장 작은 단위로, 클릭 한 번으로 호출되는 독립된 텍스트를 의미한다. 문자, 이미지, 동영상, 소리 등으로 구성될 수 있고, 문자와 소리, 동영상과 문자와 같이 복합체가 될 수도 있는 이 개념은 선형성(Linearity)을 지니지 않기 때문에 배열과 재배열이 자유롭다. 링크(Link)는 선조성(Linearitat)이 약해 흩어져 있는 노드를 앵커(Anchor)로 연결한다. 가령 위키피디아에 접속해 'Hypertext'를 검색하면 이 단어와 관련성 있는 'Hyperlink', 'Internet', 'World Wide Web'과 같은 각각의 노드가 함께 등장한다. 'Hypertext'를 읽은 후 'Hyperlink'를 클릭할 때 해당 노드에 부여된 앵커를 연결 고리로 연결, 즉 링크가 이루어진다. 요컨대 우리는 앵커를 클릭함으로써 노드에서 다른 노드로, 공간을 뛰어넘어 연결되는데 이를 하이퍼링크라고 한다. 앵커는 모든 노드에 만들어지기 이 때문에 각각의 노드는 모두 웹서핑의 출발점이자 종착점이다. 한편 하이퍼텍스트의 노드는 하이퍼링크에 의해 거의 무한대에 가깝게 구성과 재구성을 할 수 있다.

비선형성nonlinearity, 탈중심성decentralism, 통합매체성intermediaity, 상호작용성interactivity과 무관하지 않다.

하이퍼텍스트 문학의 독자는 비선형성과 상호작용성으로 인해 작가의 의도가 아닌 자신이 선택한 클릭에 따라 노드를 링크하면서 자신만의 이야기를 읽는다. 이 때문에 작가에 의해 시작과 끝이 정해진 서사를 독자가 읽던 기존의 소설과 달리 독자의 숫자만큼 다양한 결말이 존재할 수 있다. 가령 『오후, 이야기*afternoon, a story*』[4]를 쓴 마이클 조이스Michael Joyce는 친한 사람과 잡담하는 자리처럼 상황에 따라 이야기가 달라지는 소설을 구상했다. 무수한 서사, 인과가 성립하지 않거나 허약할 수 있는 그의 소설은 하이퍼텍스트가 도입됨으로써 실현됐다.

소설의 줄거리는 단순하지만, 539개의 텍스트, 951개의 링크가 만들어 낸 어마어마한 경우의 수 덕분에 독자마다, 같은 독자라고 하더라도 읽을 때마다 다른 내용을 마주하게 된다. 로버트 쿠버R. Coover는 이를 "선의 횡포로부터의 진정한 해방"이라고 말했다.

> 소설의 많은 힘은 문장의 시작부터 그 기간까지, 페이지의 상단에서 하단까지, 첫 페이지에서 마지막 페이지까지, 강제적으로 작가가 주도하는 움직임인 줄에 박혀 있다. 물론, 인쇄물의 오랜 역사를 통해, 이 선의 힘에 대항하기 위한 무수한 전략들이 있었는데, 이는 Laurence Sterne, James Joyce, Raymond Queneau, Julio Cortazar, Italo Calvino, Milorad Pavic과 같은 소설가의 창조적인 혁신에 이르기까지, 그 형태의 아버지인 Cervantes 자신을 배제하는 것은 아니다. 그러나 선의 횡포로부터의 진정한 자유는 컴퓨터에서 쓰고 읽는 하이퍼텍스트의 출현과

4) http://www.wwnorton.com/college/english/pmaf/hypertext/aft/(검색일자 : 2022.11.20.)

함께 비로소 정말로 가능한 것으로 인식된다. 이 하이퍼텍스트는 누군가가 발명하여 텍스트에 삽입하지 않는 한 실제로 존재하지 않는다.[5)]

쿠버는 "소설의 많은 힘은" 작품 전체에 걸쳐 "강제적으로 작가가 주도하는 움직임인 줄"에서 비롯되고, "선의 횡포로부터의 진정한 자유는" "하이퍼텍스트의 출현과 함께 비로소 정말로 가능한 것"이 되었다고 지적하는 한편 선형성은 "누군가가 발명하여 텍스트에 삽입하지 않는 한 실제로 존재하지 않는" 것임을 밝힌다. 요컨대 쿠버의 글에는 그간 엄격하게 지켜왔던—그리고 진보적인 이 글을 쓴 자신도 지키고 있는— 선형성이 상대적이고 가변적이며 오랫동안 유지되어 온 아리스토텔레스적 서사가 인간의 본적 체험을 억압, 왜곡한다는 인식이 자리한다. 문자의 선형적 논리가 자기동일성과 이를 유지하기 위한 폭력과 무관하지 않음을 감안하면 쿠버의 '해방' 은 타당해 보인다. 그리고 이 과정에서 이루어지는 텍스트와 독자, 저자와 독자의 상호작용은 오랫동안 수동적으로 '보는 문학' 을 향유해 온 독자를 '하는 문학' 으로 이끈다. 그리고 저자와 독자라는 엄격한 경계를 무화하여 대화적 관계로 나아가는 방향을 모색하는 데에도 도움을 줄 수 있다.

하이퍼텍스트 소설을 이야기하는 자리에서 탈중심성은 무척 중요한 위치를 점한다. 종이책은 앞장과 뒷장의 텍스트가 매우 치밀한 교착적 관계를 이루고 있다. 이 때문에 전체에서의 이탈은 부분의 고립과 의미 상실, 나아가 전체의 부실을 초래할 우려가 있다. 그러나 하이퍼텍스트는 독립적인 수많은 노드를 링크한 것으로, 독립적

5) Robert Coover, "The End of Books." *New York Times Book Review*, June 21, 1992, (https://archive.nytimes.com/www.nytimes.com/books/98/09/27/specials/coover-end.html)(검색일자 : 2022.11.05.)

텍스트인 노드들의 네트워크인 하이퍼텍스트는 탐색의 출발점이나 종결점이 어디가 되든 문제 되지 않는다. 독자의 선택에 따라 새로운 중심이 형성되기 때문이다.[6] 이렇게 탈중심화된 하이퍼텍스트 가상공간에서는 억압적 권력이 작동되는 순간, 관계망 속에 연결되지 않았던 타자를 복권시키고 억압적 권력의 동일성을 전복시킨다. 하이퍼텍스트 소설에는 완결된 현실은 존재하지 않고, 탈중심성은 늘 새롭게 텍스트를 짜나가는 주된 동인이다. 그리고 탈중심화와 탈중심화의 변증법적 과정을 통해 항상 새로운 서사를 구성하는 독자는 글쓰기를 통해 스스로 원본을 조작하는 능동적 주체로 자리매김한다. 이러한 현상은 억압적 권력을 행사하는 근대의 자기동일적 주체가 설 곳을 축소하고, 원본은 필연적으로 손상을 입지만 끊임없이 수정을 거쳐 새로워지고 확장한다.

끝으로 삽화와 해설이 내용을 이해하는 데에 도움을 주었던 종이책과 달리, 하이퍼텍스트 소설은 이미지, 동영상, 소리와 같은 다양한 매체를 통합적으로 활용해 몰입의 정도를 강화함으로써 전감각全感覺을 동원한 독서를 가능케 한다. 가령 재즈에 관한 배경지식이 없는 독자는 다음의 문장을 이해하기 어렵다.

---

6) 하이퍼텍스트 소설의 이러한 성격은 들뢰즈와 가타리가 제안한 리좀을 환기한다. 근대 자본주의 사회의 중심으로서 거대담론은 미시적 담론을 내포하며, 미시적 담론은 근원인 거대담론에 의해 존재의 당위성을 부여받는다. 이는 문자 매체가 보이는 선형적 논리와 유사하다. 그러나 탈근대 담론은 근원에 의해 선형화된 논리를 거부하고 동등한 위치에 서서 상호관계망 속에서 자신의 존재 가치를 획득하게 된다. 이것은 탈중심화된 하이퍼텍스트의 노드들이 노드 간의 상호 관계망 속에서 자신에 대한 기의를 얻는 과정과 같다. 근대 담론은 근원인 대서사를 중심으로 구성되어있으며, 중심으로서의 대서사를 이탈하는 미시서사는 존재 의의를 상실하게 된다. 이에 더하여 거대서사를 중심으로 구성된 근대적 공간의 "현실이란 우리(주체)가 살아가기 위해 수용해야 하는 질서 체계"이고, "현실을 살아가기 위해 어쩔 수 없이 지배체계의 코드를 수용해"야 함을 복기하면 하이퍼텍스트 소설과 리좀은 한층 유사해 보인다. 나도삼, 『가상공간(cyberspace)에서의 주체(subject)의 형태 변화에 대한 연구』, 중앙대 박사학위논문, 1997, 173쪽.; 나병철, 『모더니즘과 포스트모더니즘을 넘어서』, 소명출판, 1999, 260~261쪽.

> 나는 레코드판을 걸고 그것이 끝나면 바늘을 올려 다음 레코드판을 걸었다. 한 바퀴 다 듣고 나서는 다시 처음의 레코드판을 걸었다. 판은 전부라야 여섯 장밖에 없었고, 시작은 비틀스의 「사전트 페퍼즈 론리 하츠 클럽 밴드」이고, 끝은 빌 에번스의 「왈츠 포 데비」였다. 창밖에는 비가 계속 내리고 있었다.[7]

그러나 하이퍼텍스트 소설이라면 비틀스의 『사전트 페퍼즈 론리 하츠 클럽 밴드와 빌 에번스의 『왈츠 포 데비』를 찾고, 두 곡을 배경 삼아 독서를 이어갈 수 있다. 이 방법이 독서에의 몰입을 방해할까? 오히려 문자에만 의존하던 독법에서 벗어나 입체적으로 작품을 이해할 수 있다. 작가 역시 문자의 한계에서 벗어나 한층 넓은 표현의 스펙트럼을 형성할 수 있을 터다.

문학 감상의 대중화와 감각의 균형을 회복할 수 있다는 기대도 할 수 있다. 문자를 통한 의사소통은 언제나 불완전하고, 개인의 문해력에 따라 이해도가 다를 수밖에 없다. 이에 더하여 포노사피엔스Phono Sapiens[8]의 등장은 이러한 현상을 더욱 심화시키고 있다. 그러나 문자뿐만 아니라 이미지와 동영상, 소리 등 디지털 매체를 통합적으로 사용하는 하이퍼텍스트 소설은 문학의 대중화를 가져올 수 있다. 누구나 읽을 수는 없지만, 누구나 보고, 들을 수는 있기 때문이다. 즉, 디지털 통합매체는 원시시대의 구술성에 접근하는 2차적 구술성 시대를 열어 나아가고 있으며, 개인적 차이를 최소화하기 때

---

7) 무라카미 하루키, 유유정 역, 『상실의 시대』, 문학사상사, 2000, 71쪽.

8) 포노사피엔스는 4차 산업혁명이 만든 신조어 중 하나다. '스마트폰(smartphone)'과 인류를 의미하는 '호모사피엔스(homo sapiens)'의 합성어로서, 스마트폰 없이는 일상생활을 할 수 없는 신세대를 이르는 이 단어는 『이코노미스트(The Economist)』 특집 기사에 처음 등장한 후 거의 일상의 단어로 확산하고 있다.

문에 문학향유층을 확대할 수 있을 것이다. 문자의 시각 편향적 인식에서 벗어날 수 있으리라는 것도 강점 중 하나다. 문자는 근본적으로 은유와 환유의 축을 바탕으로 세계에 대한 인식을 추상화시켜 보편적 질서로 억압하는 기능을 수행한다. 따라서 문자에 의해 그려진 세계는 항상 편향된 이데올로기에 의해 지배받을 수밖에 없다. 그러나 하이퍼텍스트 소설의 디지털 통합매체는 감각의 균형을 회복시킴으로써 보다 구체적 인식에 도달할 길을 안내하게 된다.

문학의 위기와 기회 사이에서 만난 새로운 문학장Literary Field

우리나라에서 하이퍼텍스트 문학의 위상은 어땠을까?

마이클 조이스의 『오후, 이야기』, 마크 아메리카Mark America의 『그래마트론*Grammatron*』, 수자네 베르켄헤거Susanne Berkenheger의 『폭탄을 위한 시간*Zeit fur die Bombe*』, 아담 케니Adam Kenny의 『박물관*The Museum*』과 같은 다양한 하이퍼텍스트 소설의 상장과 쇠퇴를 약간의 시차를 두고 지켜보았기 때문일까, 디지털 매체의 등장이 가뜩이나 위축되던 문학을 더 움츠러들게 하리라는 비관적인 전망과 영상 세대의 등장은 '2차 문맹'이라는 불안 때문일까, 우리나라에서의 하이퍼텍스트 문학은 대중적인 인기를 구가하지는 못했던 것으로 여겨진다.

그러나 이 새로운 형식에 주목한 이들이 있다. 바로 창작자와 연구자다. 구광본과 우찬제의 논의는 당대의 분위기와 상황을 짐작게 한다. 구광본은 매체결정론적 입장에서 매체의 교체가 단순히 커뮤니케이션의 형식과 수단의 변화만 불러오는 게 아니라, 문학 형식에 본질적인 변화를 일으키리라 예측했다.[9] 이는 하이퍼텍스트 소설이 '문학의 위기'를 심화하는 위협 요소가 아니라, 새로운 가능성일 수 있음을 시사한다.

구광본이 전통적인 소설과 하이퍼텍스트 소설의 공존을 이야기한 데 비하여 우찬제는 복합매체 시대의 소설이라는 단어에서 시작하여 '전통적 텍스트의 상대적 우세 → 두 텍스트의 공존 → 하이퍼텍스트의 절대적 우세'라는 흥망성쇠를 과정을 마주하리라 예측한다. 흥미로운 점은 복합매체 시대의 글쓰기가 호출할 변화다. 그는 이 시대의 글쓰기는 주체의 분산과 복수화, 탈중심화를 추동하리라 생각했다. 그리고 이 과정에서 문학의 생산과 소통 양식 그리고 문학 제도의 변화가 발생해 저자의 권위가 약화할 수도 있다고 판단하는가 하면 멀티미디어 환경으로 인해 질서 감각에서 탈주하여 무질서로 이행하는 경향이 증가하며, 소설의 경계를 넘어 탈주하는 글쓰기가 양적으로 증가하면서 해당 장르의 정체성이 혼돈을 마주할 것이라고 우려하기도 한다.[10]

두 사람의 의견은 같지 않지만, 글쓰기 매체의 변화를 전제로 한다는 점에서 주목할 필요가 있다. 요컨대 30년 전에도 글쓰기 매체가 변화하고 있고, 이 노정에서 하이퍼텍스트 소설의 등장이 필연적임을 확인할 수 있다.

우리나라의 하이퍼텍스트 문학 창작은 시에서 먼저 이루어졌다. 하이퍼텍스트 시Hypertext poetry에 대한 이론연구는 적지 않은 양이 축적되었지만, 창작까지 연결되지는 못했던 2000년, 새천년을 맞이하여 한국문화예술위원회에서 『언어의 새벽—하이퍼텍스트와 문

9) 구광본, 『디지털 시대의 소설형식 연구』, 중앙대 대학원 석사학위논문, 2002.
10) 우찬제, 「복합매체 환경과 소설의 장래」, 한국현대소설학회, 『현대소설연구』 11, 1999.

학』이라는 이름의 하이퍼텍스트 시 프로젝트를 진행했다. 김수영 시인의 마지막 시 「풀」의 첫 행 "풀이 눕는다"를 씨앗글로 삼아 시인과 독자가 함께 글을 썼던 이 프로젝트의 개념은 아래와 같다.

> 이 숲의 기본 개념은 문학 텍스트를 하이퍼텍스트의 방식으로 엮는 것입니다. 즉, 각각 자율적이고 완결적일 수 있는 문학 텍스트들을 특정한 표지에 근거하여 쌍방향적으로 링크시키는 것입니다.
>
> 배경 그림도 음향도 없습니다. 오직 문자만 있습니다. 그래서 통상적인 하이퍼텍스트처럼 즉각적인 감각 효과를 주지 않습니다. 오히려 문자들이 어지럽게 이어지기 때문에 출구를 알 수 없는 미로 속에 들어선 느낌을 가질 것입니다.
>
> 그러나, 문학은 문자라는 추상적인 기호 안에 지극한 세계와 은밀한 감각적 희열을 꽁꽁 뭉쳐 넣습니다. 이 기호 미로의 비밀을 조금씩 풀어나가는 과정 속에서 탐험자는 화려한 멀티미디어가 제공하는 것과는 다른, 언어만이 줄 수 있는 진기한 느낌과 서늘한 인식이 가슴 밑바닥으로 차오르는 것을 느낄 수 있을 것입니다.[11]

정과리의 문장과 같이 이 프로젝트는 "배경 그림도 음향도 없"이 "오직 문자만 있"기에 "통상적인 하이퍼텍스트처럼 즉각적인 감각 효과를 주지 않"지만, "문자라는 추상적인 기호 안에 지극한 세계와 은밀한 감각적 희열을 꽁꽁 뭉쳐 넣"어 새로운 문학하기를 모색하는 자리였다. 이들은 "새로 씌여지는 글은 씨앗글의 일부(어절, 단어, 문

11) 정과리, 「'언어의 새벽'을 탐험하는 법」, 『정과리의 문신공방』, 2020.09.10., (https://circeauvol.tistory.com/entry/%E2%80%98%EC%96%B8%EC%96%B4%EC%9D%98-%EC%83%88%EB%B2%BD%E2%80%99%EC%9D%84-%ED%83%90%ED%97%98%ED%95%98%EB%8A%94-%EB%B2%95)(검색일자 : 2022.10.30.).

장)을 포함"하고, "글의 분량은 5~200자(띄어쓰기 포함) 사이"의 글을 축적하여 "일체의 다른 표지들이 없이 문학 텍스트들만이 한없이 이어지는 숲을 만들"고자 했다. 이는 하이퍼텍스트 시로 운위되는 새로운 문학하기의 시도가 "디지털 문명 사회에서의 시의 새로운 모색"이라고 판단한 덕분일 것이다.

"이 숲을 계속 가꾸어나갈 것인지 아니면 중단할 것인지에 대해서는 추후에 알려드리겠"다고 했지만, 2000년 4월 10일부터 18일까지 시험적으로 운영되었고, 2000년 4월 19일에 정식으로 가동되어 30일까지 '문화관광부 새로운 예술의 해 문학분과의 추진 사업'으로 이루어졌기에 지속성을 갖지 못했다. 게다가 하이퍼텍스트의 성격을 고려할 때 "동영상 음향을 주요 매질로 하고 감각적 반응 시간을 최대 한도로 단축하는 하이퍼텍스트를 순수한 문자 언어로만 구성하여 감각적 반응시간을 가능한 한 지연시키고 그 사이에 사유와 상상이 개입될 여백을 열어 놓음으로서, 문자언어 특히 문학의 고유한 활동인 반성적 활동을 하이퍼텍스트에 심어보고자" 한다는 문장은 하이퍼텍스트 문학에 대한 이해가 부족한 상태에서 이 시도가 이루어졌다는 생각마저 하게 한다. 하이퍼텍스트 문학은 태생적으로 "문학의 고유한 활동인 반성적 성찰"에 큰 비중을 두고 있지 않기 때문이다.[12)]

그럼에도 여전히 『언어의 새벽—하이퍼텍스트와 문학』이 인구에 회자되는 이유는 국내에서는 학문이 아닌 창작의 영역에서 하이퍼텍스트 문학의 확장 가능성을 최초로 타전한 자리였고, 이후 팬포엠

---

12) 같은 맥락에서 신범순은 시작도 끝도 통일성도 없는 텍스트로서 집단창작의 한 유형이라거나 주체의 분산이라는 당초의 시도가 그 정체성을 상실했다고 말했고, 김종회는 하이퍼텍스트 문학을 위해서는 먼저 동시대의 문학인들에게 여전히 마성적 영향력을 발휘하고 있는 문자 언어에의 미련을 벗어버려야 할 것이라고 지적한 바 있다.

fanpoem과 같은 하이퍼텍스트 시 창작의 모태가 되었기 때문일 것이다.

『언어의 새벽—하이퍼텍스트와 문학』이 대중을 찾아왔던 해가 지나고 북토피아와 인터넷 MBC의 공동 프로젝트 『디지털 구보 2001』가 대중을 찾아왔다.

『디지털 구보 2001』는 30대 중반의 남성인 '구보'와 그의 연인이었던 이혼녀 '이상', 그리고 그녀의 '어머니'가 4시부터 26시까지 겪는 일을 독자가 '인물'과 '시간'의 접점을 선택해서 읽으면 됐다. 그러나 56개의 텍스트가 시간성을 나타내는 세로선과 화자를 보여주는 가로선의 접점에 배치되었고 430여 개의 링크가 문자는 물론, 동영상, 음향, 이미지, 단편영화까지 연결하면서 소설의 내부와 외부, 서사 안팎의 텍스트를 연결한 덕분에 경우의 수가 만만하지 않았다. 독자는 이 막대한 조합을 인물별로, 시간별로 읽으면서 같은 사건이라도 각 인물에 따른 소위 '의식의 흐름'을 엿볼 수 있었다. 물론 어느 인물, 어느 시간이건 원하는 지점부터 다시 읽기를 시도할 수 있었다. 이 과정에서 문자와는 다른 통합매체 기반의 서사가 어떤 가능성과 한계를 지니는지를 체감하기도 했다. 그리고 이때 작가와 독자의 어긋남이 발생할 수 있다. 작가는 선형적인 독서의 여정을 제시하고, 독자의 이해를 도울 수 있는 자료도 곳곳에 배치한다. 그러나 독자는 순서대로 텍스트를 읽거나 배치된 자료를 읽을 필요가 없다. 작가가 구상하고 창작하며 배치한 내용을 오롯이 독자에게 전달하려면 독자가 조력을 공여해야 한다. 이런 상황에서 작가와 독자의 위상, 양자 사이의 거리감이 또렷하게 존재할 수 있을까? '없다'고 말하는 순간 『디지털 구보 2001』은 하이퍼텍스트 소설로서 가치가 한층 공고해진다.

하이퍼텍스트 소설의 한계를 넘어서

앞에서 살펴본 바와 같이 하이퍼텍스트 문학은 "디지털 문명 사회에" 부합하는 새로운 문학을 모색하기 위한 노력이자 그 결과일 수 있다. 그러나 인터넷 소설에 이어 웹소설이 대중의 인기를 구가하고 있는 것과 달리 하이퍼텍스트 문학은 거의 종적을 감추었다.[13] "새로운 모색"은 어째서 지속되지 못했을까? 이는 하이퍼텍스트 문학이 내재한 한계와 무관하지 않아 보인다.

첫째, '철학 없는 테크닉 숭배'[14]에 함몰될 위험성이 있다. 하이퍼텍스트 문학은 다양한 디지털 매체 기술이 도입되어 문자 텍스트와 결합함으로써 상호매체성을 형성하는 기술형技術型 문학이다. 그런데 문자 텍스트와 디지털 매체의 결합이 구체적으로 문학적 심미성을 획득하지 못하고 화려한 동영상이나 이미지, 음악과 같은 기술적 측면에 함몰되는 결과를 낳을 수 있다. 즉, 문학성과 매체성의 결합을 통해 구체적 미학이 실현되어야 함에도 불구, 양자 사이에 메울 수 없는 심각한 균열이 발생하거나 한쪽으로 치우치는 한계를 드러낼 수 있다.

둘째, 문학성을 담보하기 어려울 수 있다. 구성적 하이퍼텍스트 덕분에 누구나 자유로운 글쓰기를 할 수 있는 환경이 갖추어졌다. 그런데 이 과정에서 창작된 글을 모두 문학이라고 칭한다면 '편협

---

13) 2020년 웹소설 플랫폼 문피아에서 5월 11일부터 6월 19일까지 40일에 걸쳐 치러진 『제6회 대한민국 웹소설 공모대전』에는 약 5,000편의 작품이 공모되었다. 연재글을 기준으로 본다면 7만여 편에 달하는 이 수치는 교보문고 데이터베이스에 등록된 1993년 1월부터 2018년 4월까지 출간된 판타지 소설의 두 배에 가까운 양이다. 물리적 텍스트의 양을 비교하면 그 차이는 한층 극적이다. 25년에 걸쳐 출판된 판타지 소설의 분량은 31,766권, 웹소설은 794,150편에 달하기 때문이다.

14) 황국명, 「다매체 환경과 소설의 운명」, 한국현대소설학회, 『현대소설연구』 11, 1999, 13쪽.

성, 경박성, 즉흥성'[15]을 띠는 작품이 양산될 위험이 있다. 현재 인터넷 네트워크에서 벌어지고 있는 문학성 논쟁 또한 같은 맥락에서 이해할 수 있다.

셋째, 독자 추수주의로 인해 창작의 자유를 보장하기 어렵다. 영상세대의 등장은 문학에서 반성적 사유보다 감각적 사유가 강화되는 방향으로 흐르게 하고 있다. 이러한 환경하에서 문학은 진정성을 상실하고 상업적, 선정적 성격을 띠게 될 것이다. 하이퍼텍스트 문학이 인터넷 네트워크에 존재하는 문학 양식임을 감안할 때, 독자와 갖는 상호작용은 강력할 수밖에 없고 독자를 외면하거나 그들의 기대를 외면하기 어려울 수밖에 없다.

넷째, 네트워크를 인위적으로 조작함으로써 작품을 왜곡할 수 있다. 인터넷 네트워크에서는 인쇄 시대의 책에 대한 은밀한 시도보다 훨씬 강력한 통제력을 발휘할 수 있다. 이 때문에 작품에 대한 환상 만들기를 통해 독자들을 지배할 위험성이 존재한다. 네트워크의 속도와 긍정적 익명성이 부정한 통제 권력에 의해 조종되고, 작품에 대한 왜곡된 정보를 생산 · 전파하는 등 그 폐해가 심각한 상황에 이를 수 있다는 전망도 하이퍼텍스트 소설의 가능성을 억누르는 위험 요소 중 하나다.

이처럼 명확한 한계가 있음에도 전 세계에서 하이퍼텍스트 문학을 실험한 데에는 그만한 이유가 있게 마련이다. 그 이유의 밑바닥에는 문학의 수식어처럼 느껴지기까지 하는 위기와 그에 대한 불안감이 자리하고 있지 않을까? 창작자와 독자, 그리고 연구자는 각자의 자리에서 문학의 수식어처럼 여겨지기까지 하는 위기에 응전하기 위해 복기하고, 진단하며, 예측한다. 그 결과 중 하나가 하이퍼텍

15) 김성곤, 『뉴미디어 시대의 문학』, 민음사, 1996, 65쪽

스트 문학이라는 전복적인 구상일 것이요, PC통신의 발달과 궤를 함께 해 온 창작 플랫폼이며, 무수한 글쓰기 앱app일 것이다. 저마다의 특색을 갖고 운영되는 문학의 장 덕분에 마니아층이 두터워졌고, 적게는 수만 많게는 수십만의 조회수를 구가하는 작품도 심심찮게 나타나고 있다.

이러한 상황에서 우리에게 필요한 것은 '중심' 이나 '정전' 에서 벗어나 자유롭게 읽고 쓸 수 있는 용기일 것이다. 그리고 문학 공동체가 새로운 서사를 오롯이 마주할 수 있도록 일련의 노력이 필요할 것이다. 이 용기와 노력만이 빈번히 언급되는 '문학의 위기' 가 '문학의 기회' 를 추동함을 체감할 수 있을 것이다.

Ⅳ
문학이 예언하는 내일의 풍경

'다음'의 인간을 바라보는 기준들

— 윌리엄 깁슨의 소설 『뉴로맨서』

왜 지금, 여기에서 포스트휴먼일까?

우리는 언제 자신의 정체성, 주체성, 구체성, 삶과 죽음을 생각할까?

'그런 느낌이 든다.' 또는 '그런 것 같다.'의 수준이 아니라, 논리적 완결성을 갖춘 생각으로. 역사적으로 인간은 중세의 종교혁명, 19세기의 산업혁명 등과 같은 조건이나 상황에 의해 출현한 새로운 자아와 타자들과 대면했을 때 인식론적 성찰을 해왔다. 이러한 인간의 성찰은 현재 새로운 조건에 부합하는 '인간에 대한 재인식'이 아닌 '인간의 폐지'라는 전례 없는 급진적인 양상으로 표출되고 있다. 이는 3의 혁명으로 지칭된 정보기술의 혁명, 유전공학의 혁명이 촉발한 인간의 존재 의미에 대한 다각적인 논쟁을 통해서 나온 것이다. 그 논쟁은 전통적 인간의 범주를 균열시키는 트랜스휴먼 Transhuman, 포스트휴먼Posthuman, 인간 기계human machine, 초인간, 호모 사이버네티쿠스Homo cyberneticus, 그리고 테크노 사피엔스 Tschnosapience와 같은 새로운 범수의 형태로 고도의 과학기술이 창출한 조건 아래서 인간의 존재 의미를 묻는다.

캐서린 헤일즈N. Katherine Hayles는 포스트휴먼을 "구성은 다양하지만 공통된 주제는 인간과 지능을 가진 기계의 결합이다. 포스트휴먼 주체는 혼합물, 이질적 요소들의 집합, 경계가 계속해서 구성되고 재구성되는 물질적-정보적 개체"[1]라고 정의했다. 더 확대하자면 포스트휴먼, 즉 "새로운 인지 주체는 휴먼과 휴먼-아님, 지구행성과 우주, 주어진 것과 제작된 것의 복잡한 배치이며, 그것은 우리의 사유 방식을 한꺼번에 재조정하라고 요구한"[2] 것이다.

그런데 포스트휴먼 '주체'는 어떤 의미일까? 캐서린 헤일즈가 말한 바와 같이, "포스트휴먼 주체는 그 경계들이 지속적으로 구성되고 재구성되는 혼성체이자, 이질적인 요인들의 집합체이며, 물 질 - 정보적 실체이"고, '지속적으로 구성되고 재구성' 한다. 이러한 특성을 포스트휴먼 주체에 대한 논의가 다양한 층위에서 이루어짐을 의미한다.

흥미로운 사실은 포스트휴먼 주체에 대한 논의가 과학기술, 사회문화, 정치경제, 이데올로기, 종교의 관점 속에서 서로 충돌하거나 소통되고 있으며, 현대 지적 탐색에서 중요한 위치를 차지한다. 이들 논의는 '지금, 여기' 우리의 삶과 직접적으로 연결되므로 현실에서 작동하는 과학기술의 발전과 시대상황에 따른 인간 주체의 올바른 전망을 보여주는 계기가 될 수 있으리라 여겨진다.

애호와 혐오, 포스트휴머니즘의 관점들

포스트휴머니즘으로 포괄될 수 있는 이 논의들은 현재와 미래의

---

1) 캐서린 헤일즈, 허진 역, 『우리는 어떻게 포스트휴먼이 되었는가』, 열린책들, 2013, 25쪽.
2) 로지 브라이도티, 이경란 역, 『포스트휴먼』, 아카넷, 2015, 205쪽.

인간에 대한 공포와 해방이라는 양면적인 관점을 보여준다. 기술혐오주의와 기술애호주의 혹은 기술유토피아의 경향으로 구분되어 논의되는 이 관점은 과학기술의 구체적 적용에 힘입어 단순한 상상이 아닌 다가올 구체적 현실로 받아들이게끔 한다.[3)]

기술혐오주의적 포스트휴머니즘에 투영된 문제는 인간 '주체'와 기술의 한계를 통해 파악할 수 있다. 인간은 기술을 창조하고, 그 기술에 영향을 받으며 오늘에 이르렀다. 이를 감안하면 "포스트휴먼 정서로의 전환은 긴안의 타자였던 과학기술이 이제 일상적 인간 기능으로 흡수되었다는 인식을 의미한다."는 말이 낯설지 않게 느껴진다. 왜냐하면 '포노사피엔스'라는 말이 낯설지 않을 정도로 스마트폰은 일상적인 존재를 넘어 신체의 일부 또는 새로운 신체라고 느끼기 때문이다. 같은 맥락에서 기술발명품은 "실제 일을 수행하는 도구일 뿐만 아니라 사람들의 정체성, 생활방식, 가치체계를 정의하는 것으로 간주"[4)]되기도 한다. 이러한 인간과 과학기술의 관계를 고려할 때, 기술혐오주의의 기계(정보)에 의한 순수한 인간의 오염이나 폐지 주장은 '특정' 인간 '주체'에 대한 관점에 근거하여 제기된 것으로 볼 수밖에 없다. 이때의 인간 '주체'는 기계 등의 문명에 오염되지 않은, 다소 비현실적으로 느껴지기까지 하는 순수한 휴머니즘적 '주체'일 것이다. 이는 "이 견해에서 말하는 상실될 인간 '주체'는 기존의 지배적 관점인 자유주의적 휴머니즘 '주체'로 귀결"이고, "현실적으로 존재하는 과학기술과 인간관계의 변화에 따라 그 의미

3) 포스트휴머니즘의 논의와 결합하고 있는 대표적인 과학기술 적용의 예는 인간과 기계의 결합(인간 생리기능을 모방한 인공 심장 보조장치, 인공 달팽이관 등), 유선공학적 실험(인간 게놈 프로젝트, 초음파 태아 감별, 태아 유전자 감별, 맞춤 아기, 줄기세포 복제 등), 가상현실(virtual reality)의 구현과 적용(군사훈련 및 운전교육 등의 시뮬레이션 등) 등이다.

4) Dani Cavallaro, *Cyberpunk & Cyberculture: Science Fiction and the Work of William Gibson*, The Athlone Press, 2000.

가 재고되어야 하는 인간 '주체'의 관점을 발전적으로 논의한 것이 아니라, 과거의 진부한 인간 '주체'의 관점으로 현재와 다가올 미래를 바라보려는 퇴보"가 될 것이다.[5)]

그렇다면 인간과 기계의 융합이 의심의 여지가 없는 명확한 현실로 규정하는 기술애호주의적 포스트휴머니즘의 관점에서 인간'주체'를 바라본다면 어떤 결론에 도달할 수 있을까? 기술애호주의에서 읽을 수 있는 '주체' 또한 "미신, 불안 혹은 보수주의와 같은 외적 제약에 얽매이지 않는 이성적 '주체'"[6)]의 변형이라는 점에서 "자연에 대한 인간의 조작을 찬양하는 것에는 인간의 우월성을 지속시키고, 인간과 비-인간의 경계를 다시 새기"[7)]게 함과 동시에 대중으로 하여금 고학기술의 "전지전능함과 자기-초월에 대한 유사 종교적 환상"[8)]이 무엇인지를 고구하게 할 수 있을 것이다. 그런데 이 과정에서 인간의 불멸을 주장하는 세속적 무신론이 발생할 우려가 없지 않다. 이 때문에 "자유주의적 휴머니즘이 초월적 이성에 근거하여 인간의 구체적 삶을 왜곡시켰듯이, 기술애호주의는 전지전능함, 불변, 영성의 수사적 장치들을 동원하여 대중으로 하여금 죽음과 같은 인간의 육체적 한계를 망각하게 만들고, 구체적인 현실의 삶을 방치하게 만드는 환상을 유포"[9)]한다는 우려는 기술애호주의적 포스트휴머니즘의 관점이 당면한 한계가 무엇인지를 또렷하게 보여준다

---

5) 하상복, 「새로운 '주체'의 가능성: 포스트휴머니즘과 윌리엄 깁슨의 "뉴로맨서"를 중심으로」, 새한영어영문학회, 『새한영어영문학』, 2007, 123쪽.

6) Elaine Graham, "In Whose Image? Representations of Technology and the 'Ends' of Humanity." *Ecotheology* 11(2), 2006, p.164.

7) ___________, "Post/Human Conditions." *Theology & Sexuality* 10(2), 2004, p.22.

8) Mervyn F. Bendle, "Teleportation, Cyborgs and the Posthuman Ideology." *Social Semiotics* 12(1), 2002, p.58.

9) 하상복, 위의 글, 123쪽.

고 하겠다.

소설에서 만나는 포스트휴머니즘 논쟁

"문학적 텍스트가 과학 이론과 기술적 인공물의 문화적 함의를 탐색하는데 있어 더 많은 것을 수행"[10]할 수 있다는 점에서, 구체적인 문학 텍스트를 통해 새로운 '주체' 모델을 탐색할 수 있다. 소설은 과학기술의 사고와 창조물들을 구체적인 장소, 인물, 상황을 하나의 특수한 세계 속에 배치하여 인간, 기계, 자연의 상호영향의 가능한 방식과 문제들을 탐색할 수 있게 한다. 나아가 문학 텍스트는 과학기술의 담론에서 충분하게 검토할 수 없는 존재론적 문제와 과학기술이 파생시킬 수 있는 문제들을 고민하게 만드는 인식론적 실험의 장이 될 수 있기에 포스트휴먼 주체 탐색의 의미가 있다.

특히 『뉴로맨서*Neuromancer*』는 "과학기술과 주체 사이의 복잡한 관련성을 쉽게 이해하도록 하는"[11] 사이버펑크 소설의 대표작가인 윌리엄 깁슨William Gibson의 대표작으로, "가장 탁월하고, 예술적으로 성공하고, 그리고 비평적으로 환대받은"[12] 작품이라는 점에서 대표성을 띈다. 또, 1984년에 출판되었지만, 가상현실, 인공지능, 유전공학의 양상이 언급되고 있어 오늘의 문제를 살피는 데 충분한 도움이 된다.[13]

---

10) 캐서린 헤일즈, 허진 역, 『우리는 어떻게 포스트휴먼이 되었는가』, 열린책들, 2013, 22쪽. Hayles N. Katherine, *How We Became Posthuman: Virtual Bodies in Cybernetics, Literature, and Informatics*, U of Chicago P,1999, p.22.

11) Marjorie Worthington, "Bodies That Matter: Virtual Translation and Transmissions of the Physical." *Critique* 43(2), 2002, p.195.

12) Lance Olsen, *William Gibson*, Mercer Island: Starmont House, 1992, p.64.

자유주의적 휴머니즘의 변형된 주체, 『뉴로맨서』

깁슨은 『뉴로맨서』의 '주체' 구성에서 포스트휴머니즘의 패러다임을 자연스럽게 수용한다. 등장인물이 "인간과 지능기계의 결합"이고, "정보 코드로서 생명의 형태를 이해하는"[14] 모습은 깁슨이 일반적 포스트휴머니즘의 경향을 오롯이 수용하고 있음을 잘 보여준다. 한편 소설에서 인간의 정신을 은유하는 '뇌'는 '모던 팬더스'가 귀에 이식된 소켓에 프로그램 칩을 꽂아 정보 프로그램과 자신의 뇌신경을 연결하는 것처럼 '지능기계'와 무리 없이 결합한다.

'케이스'는 환경과 생명이라는 함축성이 강한 단어도 '정보 패턴'의 관점에서 받아들인다. 그는 거주지 닌세이를 "데이터의 들판"으로 이해하고, 매트릭스에서 "자신의 세포특징을 구별하기 위해 자신을 단백질 연결체"로 간주한다. 이처럼 "데이터가 육체를 만드"는 사고는 소설에서, 그리고 포스트휴머니즘에서 어색하지 않다.

주목할 것은 소설의 정보 코드가 모든 것을 규정하는 절대적 개념이라는 사실이다. 우리가 마주하는 일상에서 수준의 고하를 막론하고 정보 코드가 상당한 영향을 미치기는 하지만, 소설에서는 등장인물의 사고를 지배한다고 해도 과언이 아니다. 이 때문에 소설의 주체는 그 정체성마저 "정교한 모델", "정체성 모델"으로 귀결된다. 요

---

13) 포스트휴머니즘에 대한 논의에서 깁슨의 소설들은 중요한 논의 제재가 되고 있다. 대표적인 관련 저서들을 보더라도 깁슨이 포스트휴머니즘 논의 속에서 차지하는 비중이 지대함을 알 수 있다. 대표적인 예가 헤일즈의 『우리는 어떻게 포스트휴먼이 되었는가(*How We Became Posthuman*)』(35~48쪽), 스콧 부커트먼(Scott Bukatman)의 『터미널 아이덴티티(*Terminal Identity: The Virtual Subject in Postmodern Science Fiction*)』의 사이버스페이스 관련 부분(146~53쪽), 일레인 그레이엄(Elaine Graham)의 『포스트/휴먼의 재현들(*Representations of the Post/Human: Monsters, Aliens and Others in Popular Culture*)』의 일부(57~58쪽; 194~96쪽), 닐 배드밍턴(Neil Badmington)의 『포스트휴머니즘(*Post Humanism*)』의 12장(101~107쪽) 등이다.

14) Hayles N. Katherine, op.cit., p.11.

컨대 주체의 정체성을 구성하는 심리, 기억, 충동이 인간의 정신적 산물이 아니라, 오랜 시간에 걸쳐 축적된 정보의 정교한 모델로 규정되는 셈이다. '관계' 도 마찬가지다. 우리가 인간관계라고 부름직한 개념이 주체에는 결여돼 있다.

이들에게는 프로그램으로 구성된 예측가능한 정보 패턴이 있어 개별 주체의 인식에 영향을 미치고, 이 영향이 주체상호 간의 관계에도 영향을 미치게 된다. '케이스' 의 심리와 충동을 '아미티지' 가 프로필을 통해 파악하고, "너는 자살하려는 성향을 지니고 있어. 소프트웨어에 따르면 앞으로 한 달이 고비라고 하더군."이라고 확신하는 이유도 바로 여기에 있다. 그런데 '아미티지' 의 이런 말은 낯설지 않다. '나' 는 어떤 사람인지를 고민하기보다 누가, 어떤 이유로 확산했을지 가늠할 수 없는 정보로 '나' 를 규정하는 '우리' 의 모습이 '아미티지' 와 다르지 않을 수 있기 때문이다.

인간의 정체성을 예측할 수 있고, 분석할 수 있는 정보의 패턴으로 이해한다면 어떤 일이 생길 수 있을까? 예측과 분석에 조작의 가능성이 있다면? '아미티지' 는 이를 잘 보여주는 주체다. 그는 인공지능 '윈터뮤터' 가 육체라는 껍데기 속에 "생기 없는 대체 정체성"을 집어넣은 주체로, 상부의 명령으로 러시아 넥서스를 바이러스 프로그램으로 파괴하는 '스크리밍 피스트' 라는 임무를 수행하다 실패한 '윌리스 코오토 대령' 이었다. 그는 상부와 의회에 의해 존재 자체가 부정되고 떠돌아다니다 정신분열증 판정을 받고 시설에 수용됐고, 사이버네틱 모델을 적용한 실험적인 치료 프로그램을 접하게 됐다. 문제는 이 치료과정이 '윌리스 코오토 대령' 을 위한 것이 아니라, '아미티지' 라는 새로운 정체성을 구성하는 과정이었다는 것. 즉 '윈터뮤터' 가 '윌리스 코오토 대령' 의 정체성을 조작한 시기로 볼 수 있다. '아미티지'는 '몰리'의 말처럼 "개인적인 생활도 없이, 가만히 앉아 벽을 보다가 뭔가 찰칵하면 윈터뮤터를 위해 열심히 일을 하는 존재"일 뿐이다.

그런데 주체의 기억, 감정, 욕망은 육체와 무관할까? '플랫라인'은 이 질문에 대한 깁슨의 답변이라고 보아도 무관하다. 한때 '딕시'는 '머코이 폴리'였다. '케이스'가 '스프롤'에서 실력 있는 콘솔 카우보이로 활동할 수 있었던 능력을 갖추도록 만든 스승이자 그 분야의 전설적 인물, '머코이 폴리'. 그가 낡은 러시아제 인공심장 때문에 죽자, '센스/네트'는 수백만 달러를 투자해 "죽은 사람의 기술과 강박관념 그리고 무조건 반사까지 모사한" 구조물로 '딕시'를 조형한다. 이 때문에 '딕시'는 '인간 정신(뇌)=인공지능'이라는 패러다임을 그대로 적용한 미래 과학기술의 일면을 보여준다.

우리가 '딕시'에게 감정을 투영할 수 있다면 그의 고통을 고스란히 느낄 수 있을까? 육체를 제외하면 인간의 기억, 감정, 욕망을 그대로 드러내기 때문에 충분히 느낄 수 있을 것처럼 느껴진다. 그러나 한편으로는 구조물에 불과한 그의 고통에 공감하기란 쉽지 않아 보인다. '딕시'는 자신이 죽었다는 사실조차 인지하지 못했던 구조물에 불과하다. 그래서 그는 '케이스'에게 "이번 일이 끝나거든 이 빌어먹을 것을 좀 치워줘."라고 죽음을 부탁한다.

『뉴로맨서』의 주요한 패러다임은 '인간 의식=정보 패턴'이다. 우리는 '케이스'의 신경 감각과 '몰리'의 감각 신경이 자연스럽게 연결되는 장면을 통해 이를 이해할 수 있다. '케이스'의 감각 신경은 '심스팀'을 통해 '몰리'의 감각을 인지한다. 그리고 인공지능 '윈터뮤터'와 '뉴로맨서'는 '케이스'의 기억과 감정을 파악하여 '린다리'로 나타나 사랑을 속삭이기도 하고, 불법 거래인 '줄리어스 딘',

포주 '존', 장물아비 '핀'의 정체성을 가지고 나타나기도 한다.

생명 형태를 정보 패턴으로 파악하는 패러다임의 전환은 소설 속 주체의 사고에 작동한다. 그들은 인간 '주체'를 "물리적 실체가 아닌 패턴"[15]으로 여긴다. 이 때문에 주체는 기억, 감정, 욕망을 구체화하는 육체를 분리하고, 경시하며, 폐기할 수 있는 사물로 인식한다. 그런데 '케이스'는 매트릭스에서 자신을 고용한 사람의 정보를 훔치다가 신경계 손상을 입고 사이버 스페이스에 접속할 수 없다. 왜 일까? '케이스'는 포스트휴먼에게 육체와 정신, 둘 중 더 중요한 것은 무엇인지를 질문하기 위한 사례에 불과할까?

그곳은 유토피아일까, 디스토피아일까?

소설의 공간인 '치바Chiba'는 사람들에게 장기이식, 신경 접합, 마이크로 생체공학과 동의어로 인식될 정도로 스프롤에서 흘러나온 온갖 신기술 범죄의 부산물이 모여드는 곳이다. '케이스'는 이곳에서 육체가 폐지된 사이버 스페이스에 접속하면서 "그의 존재 그 자체"를 느끼며 절망한다. 이러한 '케이스'의 삶은 사이버스페이스와의 접속을 통해 "육체가 없는 환희"를 느껴왔던 그가 "고깃덩어리"로 경멸해왔던 육체에만 근거할 수밖에 없음을 보여준다.

그런데 이는 '치바'를 찾아든 이들에게는 거의 필연에 가깝다. 정보가 최고의 가치인 '치바'에서 돈만 있으면 비루한 육체는 언제든 교체된다. 버려진 육체는 어떻게 될까? "병원 탱크 속에 장기이식용으로 분해"된다. 이 때문에 '치바'는 육체에 대한 경멸은 육체의 한

15) Hayles N. Katherine, op.cit., p.36.

계를 초월하려는 욕망과 동음이의어다.

135세의 '딘' 은 유전자 외과술로 DNA 재종을 받아 젊음을 유지한다. 사이보그 사무라이인 '몰리' 는 다기능의 은색 렌즈를 눈에, 작은 칼날을 손톱에 각각 이식했다. 바텐더 '래츠' 는 기계 팔을, 불법사업가 '웨이지' 는 초록색 눈을 이식했다. '모던 팬더스' 의 리더인 '루퍼스 얀더보이' 와 일원인 '엔젤로' 는 각각 고양이와 상어의 몸을 지니고 있다. 이들의 외양은 제각각이지만 더 젊고, 더 강하고, 타인에게 더욱 두려운 모습을 지니길 바라는 욕망만은 똑같다.

그러나 '딘' 부터 '엔젤로' 의 욕망은 '테시어—애쉬풀 가문' 의 그것에 비하면 단순하기 그지 없다. 이들은 육체적 한계를 극복하는 수준을 넘어 불멸을 추구한다. '윈터뮤터' 와 '뉴로맨서' 를 창조하고, 우주에 건설된 인간 거주지인 '프리사이드' 를 소유한 이들의 부는 막대한 수준에 이른다. 이들은 시간의 흐름에 거의 영향을 받지 않을 듯한 권력과 부를 유지하기 위해 냉동 보존장비로 일족의 생명을 연장하고, 냉동에서 깨어난 아버지와 자녀의 근친상간으로 일족을 유지한다. 이 가문의 딸인 '3제인' 의 글에서 알 수 있듯이 과학기술을 이용하여 프리사이드 내의 "스트레이라이트 저택 내에 육체의 연장을 만들고", 근친상간으로 "스스로를 봉인하여 내부를 향해 끊임없이 성장하는 단절 없는 자아의 우주를 만들어낸 것이다." 이것은 과학기술을 통해 죽음과 삶을 초월하고자 하는 극단적인 욕망을 보여준다.

매트릭스로 변한 '윈터뮤터' 의 말처럼 "모든 것의 산술 합계이며 쇼 자체"일 뿐이다. 소설 속에서 매트릭스라는 더욱 발전된 인공지능으로 변한 '윈터뮤터' 가 '케이스' 에게 "세상은 달라지지 않아. 세상은 그저 세상일 뿐이"라고 말한 것처럼 가상현실은 현실과 분명히 다르다. 그래서 이러한 패러다임의 구성 메커니즘을 헤일즈는 단적으로 "선험적인 상상 행위"[16]라고 주장한다.

이처럼 『뉴로맨서』는 육체에 대한 경멸은 일반적 포스트휴머니즘이 찬양하는 인공지능과 인간지능의 결합에 투영된 욕망, 유한한 육체에 의해 인간이 겪고 있는 삶의 문제를 과학기술을 통해 극복하고자 하는 욕망을 구체적으로 보여준다.

포스트휴먼과 인간적 윤리

로지 브라이도티는 비판적 포스트휴먼의 주체성에 초점을 맞추어야 한다고 주장한 바 있다. 규범과 가치, 공동체 유대 형성과 사회적 소속의 형식들, 정치적 통치 문제와 같은 쟁점들은 주체의 개념을 가정하고 또 요구하고 있음을 감안하면 로지 브라이도티의 주장은 타당해 보인다.

그러나 포스트휴먼에 관한 논의를 전개할 때 간과할 수 없는 부분이 있다. 포스트휴먼의 주체성이 타자를 상정하고 차이를 만드는 주체성이 아니라, 관계에서 생성되는 주체성을 뜻한다는 점이 그것이다.

따라서 포스트휴먼 주체를 이해하기 위해서는 이를 받아들이고 이야기하는 이들의 정의가 필요하다. 너무나도 당연하게 포스트휴먼 주체를 어떻게 받아들이느냐에 따라 내용은 달라지게 마련이다. 가령 누군가가 포스트휴먼 주체를 다양체로 구성된 관계적 주체로 정의한다면, 차이를 가로질러 작업하고 또 내적으로 구별되지만 그

16) Hayles N. Katherine, op.cit., p.13.

러면서도 여전히 현실에 근거를 두고 책임을 지는 주체로 정의한다면 그 반대의 정의를 내린 이와는 또렷이 변별되는 결론에 도달할 수밖에 없다.

> 나는 비판적 포스트휴먼 '주체'를 다수의 소속을 허용하는 생태철학(eco-philosophy) 안에서 다양체로 구성된 관계적 '주체'로 정의한다. 차이들을 가로질러 작업하고 또 내적으로 구별되지만 그러면서도 여전히 현실에 근거를 두고 책임을 지는 '주체'로 정의한다. 포스트휴먼 '주체'성은 체현되고 환경 속에 놓여 있기 때문에 부분적인 그런 형태의 책임성을 표현하며, 집단성, 합리성, 공동체 건설에 대한 강력한 의식을 기반으로 하고 있다. (중략) 비단일적 '주체'를 위한 포스트휴먼 윤리학은 자아중심의 개인주의라는 장애를 제거함으로써 자아와 타자들 사이의 상호연계성에 대해 확장된 의식을 제안한다. 거기에는 인간-아닌 '대지'의 타자들도 포함된다.[17)]

물론 이때 인간-아닌 타자에는 기계도 포함된다. 기계 및 과학 기술은 대지나 우주의 존재들과는 또 다른 의미에서 인간에게 새로운 삶을 살게 함과 동시에 새로운 존재 가치나 정체성을 발견하게 한다. 기계나 기술은 이제 인간의 삶에서 배제할 수 없는 것이 되었지만 앞서 트랜스휴머니즘에서 살폈듯이 이것에 대한 무한 긍정 또한 위험하다. 비유적으로 말하자면 비판적 포스트휴먼 '주체'는 휴머니즘과 트랜스휴머니즘 사이에서 공동체적 윤리적 관계의 '주체'로서 경계타기를 한다.

헤일즈 역시 "포스트휴먼은 특정한 인간 개념의 종말, 개별 작인

17) 로지 브라이도티, 이경란 역, 『포스트휴먼』, 이카넷, 2015, 67~68쪽.

과 선택을 통해서 자신의 의지를 실행하는 자율적 존재로서 스스로를 개념화할 부와 권력, 여유를 가진 극히 소수의 인간에게만 적용될 수 있는 개념의 종말을 의미한다."며 포스트휴먼의 등장이 휴머니즘의 종말을 뜻한다고 말하지만, 동시에 "치명적인 것은 포스트휴먼이 아니라 포스트휴먼을 자아를 보는 자유주의적 휴머니즘의 관점에 접합하는 것이다."[18]라고 하여 기계와의 관계를 성찰 없이 긍정하며 또 다른 우월한 인간종을 만들어내려는 꿈은 위험하다고 경고한다. "나의 꿈은 무한한 힘과 탈신체화된 불멸이라는 환상에 미혹되지 않고 정보 기술의 가능성을 받아들이는 포스트휴먼, 유한성을 인간 존재의 조건으로 인정하고 경축하며 인간 생명이 아주 복잡한 물질세계에, 우리가 지속적인 생존을 위해서 의지하는 물질세계에 담겨 있음을 이해하는 포스트휴먼이다."[19]는 말 역시 기술우호적 포스트휴머니즘을 경계하며 관계로서 존재를 형성하고 있는 포스트휴먼 주체를 인식한 것이다.

헤일즈와 브라이도티의 주장을 복기하면 우리에게 필요한 것은 '관계'와 '다양성'을 기반으로 인간이 무엇인지를 고민하고, 같은 맥락에서 포스트휴먼을 바라보아야 할 것이다. 김기봉의 말처럼 "나는 누구인가의 정체성은 결국 개체로서 내가 공동체와 국가 그리고 세계와 더 나아가 우주와 어떤 관계를 맺느냐로 규정"[20]될 수 있음을 감안하면 더욱 그러하다.

18) Hayles N. Katherine, op.cit., pp.502~503.

19) Hayles N. Katherine, op.cit., p.29.

20) 김기봉, 「빅데이터의 도전과 인문학의 응전」, 경기대학교 인문학연구소, 『시민인문학』 제30호, 2016, 31쪽.

AI를 위한 윤리학

— 『블레이드 러너』 시리즈

SF(적) 상상력

'장르문학'이라는 단어가 유령처럼 느껴질 때가 있다. 문학계를 비롯해 한국문화에서 '본격'과 '장르'를 구별하여 말하는 경향이 점점 옅어진다고 느끼는 순간이 적지 않음에도 그렇다. SF만 하더라도 장르문학임에도 불구하고 본격문학을 취급하는 출판사에서 출판되고 있다. 그러나 본격 리얼리즘 서사의 성과에 미달되거나 종이 다른 대중서사나 장르서사라는 오해도 여전히 자리한다. 이를 상기하면 우리는 본격문학과 장르문학의 혼효混淆가 두드러지는 시대를 살고 있는지도 모른다.

문제는 이러한 이야기를 논외로 하더라도 SF적인 상상력이 우리 시대에 더 이상 낯설지 않고, 관련된 문화상품은 친숙하기까지 하다는 것은 부정하기 어렵다는 것이다. 심지어 수준 낮은 펄프픽션pulp fiction이 아니라 문학적·영화적 상상력의 독특한 방식으로 말이다. 게다가 이 절에서 살펴볼 포스트휴먼posthuman과 포스트휴머니즘posthumanism에 관한 고민은 40여 년 동안 이어져 왔다. 영화만 하더라도 리들리 스콧RidleyScott의 「블레이드 러너 2019」와 드니 빌뇌브Denis Villeneuve의 「블레이드 러너 2049」(2017)로 이어졌다. 원작

소설을 더하면 고민의 시간은 더욱 길어진다. 필립 K. 딕이 원작인 『안드로이드는 전기 양을 꿈꾸는가?*Do Androids Dream of Electric Sheep?*』를 쓴 후 24년 후인 1982년에 「블레이드 러너 2019」가, 다시 35년 만에 속편인 「블레이드 러너 2049」가 개봉되었다. 이렇게 오랫동안 같은 질문을 계속해 왔다는 건 그럴 만한 가치가 있다는 의미일 텐데, 도대체 포스트휴먼은 '무엇' 또는 '누구'일까?

포스트휴먼은 누구일까, 무엇일까?

로지 브라이도티Rosi Braidotti의 표현을 빌리자면 포스트휴먼은 "'인류세'로 알려진 유전공학 시대, 즉 인간이 지구상이 모든 생명에 영향을 미칠 능력을 지닌 지질학적 세력이 된 역사적 순간에, 인간을 지시하는 기본 준거 단위를 다시 생각하도록 돕는 생성적 도구다. 확장하자면, 포스트휴먼 이론은 또한 인간 행위자들과 인간-아닌 행위자 둘 다와 우리가 맺는 상호작용의 기본 신조를 지구행성적 규모로 다시 생각하는 데 도움을 준다"[1]고 한다. 이는 우리가 함께 살펴볼 드니 빌뇌브 감독의 영화 「블레이드 러너 2049」(2017)에서도 다르지 않다.

영화의 배경은 핵전쟁 이후 대다수 지구인이 테라포밍한 식민지 화성으로 이주해버린 암울한 근미래다. 각자의 사정으로 지구행성을 떠나지 못한 인간들은 낙진이 쌓이고, 엔트로피가 극대화되는 폐허에서 살며, 다원적인 생태계의 영구적인 종말을 환기하듯이 살아있는 동물은 극히 희귀한 상품으로 고가로 거래되고, 전자칩을 부착

1) 로지 브라이도티, 이경란 역, 『포스트휴먼』, 아카넷, 2015, 13~14쪽.

한 동물, 안드로이드, 리플리컨트가 자연계와 노동력을 대신하는 현실. 필립 K.딕이 『안드로이드는 전기양의 꿈을 꾸는가』에서 묘사했고, 드니 빌뇌브 감독이 「블레이드 러너 2049」(2017)에서 제시한 근미래의 상황이다. 로지 브라이도티의 의견과 크게 다르지 않다. 물론 브라이도티과 필립 K.딕의 의견이 다른 부분도 있다. 비록 종말이나 디스토피아가 도래했음에도 여전히 전지구적인 자본주의의 위력이 '추상적 실재'로 강력하게 군림하는 '미래'[2], 세계의 종말이 자본주의의 종말을 가져오지는 않는 미래가 그것이다.

그리고 여기서 기억해야 할 인물이 있다. 바로 프레드릭 제임슨Fredric Jameson이다. 그는 SF가 미래, 특히 공허하고도 동질적이면서도 결정된 미래, 자본과 국가에 의해 생명조차 빚으로 저당 잡힌 미래, "식민화된 미래"[3]를 파악하는데 유용한, 실재The Real로서의 역사에 대해 질문을 던지는데 유효한 하위 장르라고 이야기 했다. 이를 고려할 때 원작과 영화는 포스트휴먼의 사회적 현실, 곧 자본이 행성적인 규모로 우주적인 식민화를 추진하며, 인간과 자연과의 생태계적 순환 사이에 급격한 단절이 도래하고, 안드로이드(소설)-리플리컨트(영화)가 인간과 엇비슷하거나 더 나은 능력으로 제조되어 인간의 노동력을 대신하는 새로운 프롤레타리아트로 출현하는 근미래를 형상화했다고 볼 수 있다.

---

2) 로빈 우드, 이순진 역, 『베트남에서 레이건까지—할리우드 영화읽기: 성의 정치학』, 시각과언어, 1995, 228쪽.

3) Fredric Jameson, "The Future as Disruption." *Archaeologies of the Future: The Desire Called Utopia and Other Science Fictions*, Verso, 2005, p.228.

포스트휴먼에게 허락된 시간, 4년

지젝은 안드로이드-리플리컨트의 '실체 없는 주체성', 즉 모든 지식과 감정, 기억마저도 타자(인간)로부터 일방적으로 부여받은 텅 빈 주체성을, 주체가 흘린 눈물의 내밀한 경험을, '역전된 은유'의 논리로, 곧 데카르트적 주체가 전도된 안드로이드-리플리컨트 코기토임을 이야기했다. 그러나 이러한 해석은 안드로이드-리플리컨트의 주체성을 데카르트적 주체가 탄생하기 위해 그저 '사라지는 매개자'로 간주하는 결과를 낳을 수 있다. 때문에 포스트휴먼적 상상력은, '사라지는 매개자'로서 계급적이거나 젠더적인 '안드로이드-리플리컨트 코기토'의 지위를 보다 적극적으로 복원할 필요가 있다.

> 자본과 지식의 융합은 새로운 유형의 프롤레타리아트를 낳는다. 말하자면, 사적인 저항의 마지막 한 구석마저도 빼앗긴 절대적 프롤레타리아트. 모든 것은, 즉 가장 내밀한 기억까지도, 주입된 것이며, 따라서 이제 남아 있는 것은 말 그대로 순수한 실체 없는 주체성(이는 프롤레타리아트에 대한 마르크스의 정의다)의 공백이다. 아이러니하게도 우리는 「블레이드 러너」를 계급의식의 출현에 관한 영화라고 말할 수도 있을 것이다.[4)]

흥미로운 사실은 이 추론의 과정과 데카르트의 '코기토'의 출현과정을 환기하기도 한다는 것이다. 특히 꿈과 광기, 사악한 천재 등 내부의 모든 실정적인 내용을 철저히 의심하면서 비워나가고 그런 엄밀한 과정을 통해 어떠한 중심도 좌표계도 없는 텅 빈, 탈구된, 불연

---

4) 슬라보예 지젝, 이성민 역, 『부정적인 것과 함께 머물기—칸트, 헤겔, 그리고 이데올로기 비판』, 도서출판b, 2007, 22~23쪽.

속적인 근대적 주체의 출현을 이야기하는 데카르트의 서사는 「블레이드 러너」에서는 그와는 반대로 리플리컨트 주체의 출현에 대한 "역전된 은유"[5]의 서사가 된다. 한쪽은 모든 실정적인 내용을 텅 비워가는 주체의 탄생에 관한 이야기이며, 다른 한쪽은 모든 실정적 내용까지도 외부로부터 철저하게 주입된 텅 빈 주체의 탄생에 대한 이야기가 되는 것이다. '데카드'라는 성은 데카르트를 의도적으로 연상시키는 것 같지 않은가?[6] 「블레이드 러너」에는 여성 안드로이드인 '프리스'는 인간인 '세바스찬(원작에서는 이지도어)'에게 "나는 생각한다, 고로 나는 존재한다I think, Therefore I am."고 조롱하듯이 말한다. 데카르트적인 코기토에 대한 리플리컨트의 이러한 조롱은 얼핏 반데카르트적으로 보인다. 그러나 한편으로는 인간의 코기토와는 상이한 '안드로이드 코기토'를 적극적으로 상정할 필요도 있으리라고 여겨진다.[7]

그러나 '안드로이드 코기토'는 불필요할 수도 있다. 왜나하면 안드로이드는 모든 기억과 지성, 감성이 외부로부터 주입된 '실체 없는 주체'이기 때문이다. 그래서 소설은 안드로이드를 "우리는 기계죠. 병뚜껑처럼 찍어낸 존재예요. 내가 실제로, 개별자로 존재한다는 것은 환상에 불과했던 거죠. 나는 단지 한 기종의 견본일 뿐이었어요.", "우리는 태어나지 않아요. 자라지도 않죠. 병에 걸리거나 나이가 들어서 죽는 것이 아니라 마치 개미처럼 닳아서 망가지죠. 우리는 바로 그런 거예요. 당신은 아니지만요."[8]라고 말한다. '레이

5) 슬라보예 지젝, 이성민 역, 앞의 책, 85쪽.

6) 노명우, 「데카르트와 "블레이드 러너"의 데카드」, 문화과학사, 『문화과학』 26, 2001.; 강순규, 「비인간적인 인간과 인간적인 복제인간: 영화 「블레이드 러너」를 중심으로」, 부산대학교 영화연구소, 『영화』 4(2), 2012, 206쪽.

7) Fredric Jameson, "History and Salvation in Philip K. Dick." *Archaeologies Of The Future—The Desire Called Utopia and Other Secience Fictions*, Verso, 2005, p.374.

첼'의 이러한 말은 "안드로이드는 사회적 존재인 것처럼 잘못 취급되는 물건이 아니라 물건인 것처럼 잘못 취급되는 사회적 존재"[9]임을 암시한다. 게다가 안드로이드는 우수한 지능과 능력을 갖고 있지만, 끝끝내 인간과 같을 수 없다. 인간의 노예로, 시뮬라르크의 하나로, 결국 소모될 프롤레타리아트로 존재할 뿐이다. 그래서일까, '넥서스-6안드로이드'의 수명은 4년에 불과하고, 연장할 수 없다. 아무리 뛰어난 안드로이드라 하더라도 4년 뒤에는 폐기처분할 소모품이라는 것이다.

그런데 왜 소설 속 안드로이드의 수명은 4년일까? 소설에서는 안드로이드의 반(半)영구적인 전지교체의 기술적 불가능성과 신진대사의 문제가 소략하게 언급될 뿐이지만, 영화에서는 기억과 경험의 주입을 통해 감정이 생겨나 리플리컨트가 인간과 같아지는 것을 방지하기 위한 안전장치가 언급된다. 왜 일까?

그 이유를 설명하기 위해서는 두 작품 사이의 시간적 격차를 고려하지 않을 수 없다. 영화는 화성을 탈출한 리플리컨트들이 자신을 만든 주인인 타이렐 사의 회장 을 찾아가 수명을 연장하려다가 결국 실패하는 이야기이지만, 소설의 안드로이드들은 수명연장에의 희망조차 없이 남은 삶을 황폐한 지구에서 숨어산다. 게다가 그들은 안드로이드 사냥꾼들에게 '퇴역'당할 위기에 처해있다. 이들이 체감하는 두려움, 희망 없음에서 비롯되는 공포로 가득 찬 4년은 안드로이드가 겪어야 하는 근본적인 고통과 맞닿아 있다.

---

8) 필립 K.딕, 박중서 역, 『안드로이드는 전기양의 꿈을 꾸는가?』, 폴라북스, 2013, 285쪽, 292쪽.

9) Hayles N. Katherine, *How We Became Posthuman: Virtual Bodies in Cybernetics, Literature, and Informatics*, U of Chicago P,1999, p.304.

당신은, 진짜 울고 있습니까?

'레이첼'이 '데카드'의 아파트에서 처음 만나는 장면을 떠올려보자. '레이첼'은 자신을 인간이라고 믿지만, '데카드'는 그녀가 리플리컨트임을 증명하려고 한다. 그래서 '레이첼'의 내밀한 기억을 상기시킨다. '데카드'는 '레이첼'의 내밀한 기억이 제조사 타이렐사 회장 조카의 기억을 이식한 것에 불과하다는 것을 알고 있다. 그런데 '데카드'가 '레이첼'에게 네 기억은 이식받은 기억, 체험하지 않은 기억이기에 가짜 기억에 불과하다고 말할 때, '데카드'를 본 관객은 '데카르트처럼 말하네?'라고 생각하게 된다. 게다가 인간이 아니라는 '데카드'의 말을 들은 '레이첼'은 눈물을 흘리기 시작한다! 우는 것이 주체성의 내밀한 경험이라면[10] '레이첼'은 인간의 내밀한 경험을 리플리컨트임에도 한 것이라고 보아도 되지 않을까?

이 질문에 관해 지젝의 의견을 살펴보는 것이 유의미할 수 있다. 지젝은 "'인간성'의 상실에 대한 침묵의 비탄, 결코 그럴 수 없다는 것을 알면서도 다시 인간이고자, 인간이 되고자 하는 무한한 갈망, 혹은 역으로, 내가 진정으로 인간인지 아니면 한낱 인조인간인지에 대한 영원토록 괴롭히는 의심—바로 이와 같은 결정되지 않은 직접적 상태들이야말로 나를 인간으로 만드는 것"[11]이라고 말한다. 두루뭉술하다는 느낌이 들지만, '레이첼'의 눈물을 보고 우리는 '리플리컨트도 눈물을 흘린다!'거나 '기계도 울 수 있네' 정도를 생각할 뿐, 우는 행위가 그녀를 '인간으로 만드는 것' 또는 '인간적인 너무

---

10) 조르주 바타유, 조한경 역, 『종교이론—인간과 종교, 제사, 축제, 전쟁에 대한 성찰』, 문예출판사, 2015. 참조.

11) 슬라보예 지젝, 이성민 역, 『부정적인 것과 함께 머물기—칸트, 헤겔, 그리고 이데올로기 비판』, 도서출판b, 2007, 81~82쪽.

도 인간적인' 것이라고 여기진 않을 것이다. 영화의 마지막 부분에서 '데카드'와 최후의 결전을 벌이고 그를 살려준 뒤, 빗속에서 천천히 죽어가는 리플리컨트 전사 '로이'의 모습에서조차 말이다.

또한, 영화 속에서 인간이 만든 과학기술의 결정체인 리플리컨트들의 감정표현은 목적 달성을 위해 인간이 인공지능 로봇에 기계적으로 주입한 단순한 수단이다. 그러나 「블레이드 러너 2049」에서는 인공지능의 감정표현이 극대화되어 인간과 유사하게 '눈물', '그리움'과 '사랑'의 감정까지 표현할 수 있게 묘사된다. 때문에 인간다움의 조건을 논의하기에 앞서 가족과 사랑, 감정(눈물)과 존엄성을 떠올릴 수 있다.

앙드레 말로는 '인간은 불완전함을 극복하기 위해, 인간은 끊임없이 방황하고 무언가를 시도하며 이로인해 다시 고뇌하는' 과정을 반복하면서 발전한다고 말했다.[12] 앙드레 말로가 제시한 '인간의 조건과 영화 「블레이드 러너」의 인간의 조건은 몇 단계를 거쳐서 절제되고 간략화한다. '블레이드 러너'의 원래 의미는 '리플리컨트 제거용 인간'이며, 이 '제거'는 인간을 위한 것이다. 이들에게 임무는 사용기한이 다한 리플리컨트를 제거하는 것이고, 임무를 수행한다는 말은 폭력적인 행위를 자신과 같은 리플리컨트에게 행한다는 것과 다르지 않다.

이처럼 「블레이드 러너」 시리즈의 캐릭터들은 지배자인 인간에 대한 복종과 서비스를 위해 제작되지만, 점차 자신의 수명연장과 정체성을 고민하는 존재로 진화한다. 전편에서 '나는 생각한다. 고로 존재한다.'라는 데카르트의 명언을 주고받는 대화 장면은 역설적으로 '주입된 임무'만을 수행해야 하는 안드로이드들의 한계와 '생각할

12) Andre Malraux, *La Condition humaine*, Le Livre de Poche, 1965. 참조.

수 있는' 인간에 대한 '질투와 욕망'을 복합적으로 나타낸 것이다. 한편, 드니 빌뇌브의 작품에서 'K'는 자신에게 심어진 기억으로 인해 인간과 자신의 정체성을 의심하기까지 합니다. 그는 튜링테스트부터 인조인간과 인간을 구분하기 위한 보이스-캄프 테스트까지를 완벽히 '클리어'했다는 전제를 갖고 있다. 그럼에도. 이는 「블레이드 러너」 시리즈의 엔딩 장면에서도 각기 강조된다. 물이 떨어지는 장면에서 '로이'가, 눈이 내리는 계단에서 'K'가 인간을 위해 희생하는 내용으로 말이다.

'오프월드'라는 당신들의 세계

「블레이드 러너」 시리즈는 '오프월드'라는 지구 밖의 우주세계를 미래의 이상적 삶의 공간으로 묘사한다. 이와 대조되는 지구의 모습은, 리들리 스콧과 드니 빌뇌브의 작품의 배경은 각각 LA와 샌프란시스코로, 어둠과 무질서하며 환락적 기능이 돋보이는 도시의 모습으로 그려지지요. 리들리 스콧의 영화 속 LA와 샌프란시스코는 황폐하다. 이 황폐의 이유는 인간의 욕망과 그로 인한 몰락 때문이다. 영화 속 LA는 '타이렐'과 '웰레스' 같은 상류층 자본가와 하류층에 속하는 백인 및 동양인(길거리 상인들) 그리고 인간들에게 조롱받는 다수의 리플리컨트 등과 같이 '(자본을) 가지 못한 자'들이 뒤섞여 있다. 이러한 세계관은 드니 빌뇌브의 영화에서 한층 심화한다. 해당 영화의 배경인 샌프란시스코는 쓰레기 처리장으로 묘사되며, 무력함으로 인해 폭력적으로 변한 인간들과 모래, 벌 등 자연적 요소가 남아 있다. 'K'가 '데커드'를 찾아가는 장소는 라스베이거스 사막을 연상시키는 주황색 모래벌판이다. 모래사장 위에 눈과 입이 비어 있는 거대한 인간 얼굴 형상의 조각은 그 크기 면에서는 예전에 인간이 누렸던 힘을 상징하는 것처럼 보인다. 그러나 눈과 입이 비어 있다. 왜 그 형상은 눈과 입을 잃었을까? 미래사회에 무력화된 인간의 조건 중 존중과 배려의 가치를 상실한 시대를 암시하는 것은 아닐까? 자신이 인간일지도 모른다고 믿는 'K'에게 거대한 인간 형상의 조각들은 인간의 위대함과 인간적인 무력함을 동시에 보여주는 장치로 작용하지는 않았을까?

'오프월드'는 글자 그대로 지구 대 우주의 구별을 강조하기 위한 장치로서, 지구를 더 이상 살기 힘든 곳이다. 인간 삶의 공간으로서 열악하거나 '가지지 못한 자' 또는 '선택받지 못한 자'들에게 주어진 버려진 장소, 오프월드. 영화에서 지구의 모습은 LA와 샌프란시스코 등으로 제한적이지만, 미래사회의 이분법적 구조는 영토적 자본과 국력 대치 등을 부각하지 않는다. 그러면 그 자리에 무엇이 있을까? 시뮬라르크로 이루어진 '월레스'의 이상향에 대한 광고입니다. 누군가가 의도적으로 만들어 놓은 허상을 바라보며 그것이 실재라고 믿는 것이다.

'월레스'의 도움으로 '데커드'가 '오프월드'로 가는 과정 중 사고로 인해 지구로 돌아오는 장면은 유토피아로 묘사되는 시뮬라시옹의 가상세계가 비현실적임을 나타낸다. 벡이나 제임슨이 위험사회가 된 지구에서도 인간의 존재론적 인식 전환을 통해 유토피아적 가능성을 열어두려 하는 것처럼[13], 오프월드는 미래사회의 욕망적 존

---

13) 김경신, 「Sci-Fi 애니메이션영화 "공각기동대"에 나타난 미래지향적 욕망의 정신분석적 고찰」, 한국만화애니메이션학회, 『한국만화애니메이션학회 2010 춘계종합학술대회 학술대회자료집』, 2010, 116~132쪽.; 김경신, 『'매트릭스'와 '공각기동대'에 나타난 Sci-Fi 영상문화 비교연구: 크리스티앙 메츠와 자크 라캉 이론을 중심으로』, 성균관대학교 석사학위논문, 2009, 10쪽.

재이지만 결국 그 욕망은 실현되지 못한 채 대상으로만 남아있다는 라캉의 논제를 다시금 확인하면서.[14)]

아이러니하게도 지속적으로 디스토피아적 공간으로 보여진 LA는 무질서 속에서 모든 인종이 공존한다.[15)] 리들리 스콧이 작품에서 일본여성의 이미지를 강조하여 아시아적 상징성을 나타냈다면, 드니 빌뇌브의 영화에서는 일본, 한국, 중국 등 아시아국가의 문자가 등장하여 도시의 배경은 더욱 혼종성을 띄게 된다. 특히 '타이렐'의 건물 내부 인테리어는 첨단 기술과 고대 문명의 전통성이 어우러지고, '데커드'가 머무는 장소의 인테리어 소품 및 배경도 전통과 현대, 미국과 세계 등의 신화적 장소로 설정돼 있다. 이외에도 아날로그와 디지털 문화의 혼재, '데커드'를 주축으로 리들리 스콧의 등장인물 및 스토리텔링의 연결, 두 편 모두에서 등장하는 유사한 디자인의 공중비행이 가능한 자동차 등 드니 빌뇌브 감독은 여러 요소에서 과거와 미래를 잇고 다양한 문화적 요소를 배치해 충돌의 효과를 극대화하기도 한다.

AI에게 인간의 조건을 제시할 수 있을까?

『이코노믹리뷰*Economic review*』에 따르면, 2017년 사우디아라비아 정부는 국제투자회의 '미래투자회의 미래 투자 이니셔티브'에서

14) 김석, 『에크리: 라캉으로 이끄는 마법의 문자들』, 살림출판사, 2007.

15) 라캉의 상징계적 욕망에 따르면, "현재의 욕망은 충족되기 전의 긴장감에 불과하다면, 욕망은 끊임없이 미래로 미루어지며 현재로서는 이루어질 수 없는 대상이 된다. 그러나 SF영화들은 미래 사회를 상상하며 욕망되는 기표들을 제시했고 그중 일부의 기표들은 현실화되었다." 김경신, 『'매트릭스'와 '공각기동대'에 나타난 Sci-Fi 영상문화 비교연구: 크리스티앙 메츠와 자크 라캉 이론을 중심으로』, 성균관대학교 석사학위논문, 2009, 106쪽.

"인공지능 로봇 '소피아'에게 최초로 시민권을 부여"하며, 인공지능 로봇의 정체성을 제고할 수 있는 기회를 제시했다. '소피아'는 인공지능 휴머노이드 로봇으로, 영화 속의 캐릭터처럼 외모는 물론 목소리와 자연스러운 표정을 구현할 수 있다. 그러나 전 세계가 '소피아'에 주목하는 이유는 외형 때문이 아니다. '소피아'가 "나는 인간을 파괴할 것이다.", "당신이 나에게 친절하다면 나도 당신에게 친절할 것이다."라고 인터뷰할 만큼 파격적인 언행으로 진화한 인공지능의 수준을 보였기 때문이다.

구글과 IBM, 애플, 페이스북 등 많은 ICT기업이 인공지능 기술력 증진에 주력하고 있지만, 대부분 생산성 증진 또는 소비자와 시대적 흐름을 읽기 위한 '빅데이터를 빠르게 해결하는 수준'에 머물러 있다. 하지만 알파고와 이세돌, 커제 등의 바둑 등에서 보듯 인공지능이 인간의 오래된 노하우와 감성을 이기는 원인을 짐작하기 어려울 정도의 속도로 발전을 거듭하고 있다. 독거노인을 위해 대화를 시도하고 안정감을 주기 위한 가정형 로봇의 등장이나, 인간과 교류할 수 있는 소셜 로봇 등이 자동으로 학습하는 기술로 진입했음을 보여주는 사례일 것이다. 이렇게 빅데이터를 바탕으로 감정의 교류를 모방하여 인간과 소통하려는 실험적 시도가 이루어지고 있는데, 우리는 여전히 마음 한 편에 미래사회에서 인공지능(AI)은 인간의 감정적 영역을 침범할 것인가에 대한 두려움과 의문에서 자유롭지 않다. 누구도 시원한 답을 알려준 적도 없다. 그래서 관련 업계는 "인공지능의 인격화"에 대한 철학과 인공지능의 역기능 방지를 위한 가이드라인을 마련해야 한다고 주장하고 있다.[16)]

그런데 인공지능에 '인격'을 부여할 수 있을까? 인공지능은 "인간을 초월한 그 무언가"로서 일정부분에서 인간보다 우수한 능력을 발휘하고 심지어 인간의 감정을 모방할 수 있다. 그렇지만 '끊임없는 고뇌와 방황을 통한 자기성찰에 도달' 할 수 없고, "인공지능은 인간이 될 수 없"[17]다. 때문에 인공지능은 인간이 될 수 없으며 인간다움의 조건인 '기억 및 공감' 을 통해 인간과 교류할 수 없다는 「블레이드 러너」 시리즈의 35년에 걸친 결론 도출은 그래서 허무하고, 또 타당해 보인다.

인공지능의 빅데이터 분석과 모방을 통해 실현될 수 없는 '공감' 은 역시 감정과 연결된다. 감정표현을 읽거나 동정하는 능력을 넘어 타인과 같은 경험을 통해 순간순간 공감각적인 경험을 기억하고 지속적 공유의 반복으로 정서적 상태나 조건을 이해하는 복잡한 감성적 능력이기 때문이다. 이는 인간의 선천적인 능력의 일부이자, 사회적 관계와 윤리적 실천으로 발전되며 사람들 간의 지속적 교류와 연대를 위한 인간 정서 및 상황을 인지하고 이해하려는 태도 위에서 형성된다. 이러한 공감을 나누는 것이야말로 우리가 기계가 아닌 인간으로 자리할 수 있도록 하는 근본적인 이유가 될 것이다. 그리고 영화 속 안드로이드들은 그것이 가능한 것처럼 욕망해 온 것, 그 자체일 것이다.

---

16) 최진홍 · 김진우, 「Her와 A.I. 사이—인공지능의 인사, 그리고 미래」, 『이코노믹 리뷰』, 2017.11.15.,(https://www.econovill.com/news/articleView.html?idxno=325943)(검색일자 : 2022.11.25.).

17) 최진홍 · 김진우, 위의 글.

탈진실 시대의 입과 혀를 위하여

"한 개의 단백질로 둘러싸인 나쁜 소식"의 시작

노벨상을 수상한 영국의 생물학자 피터 메더워Peter Brian Medawar는 바이러스를 "한 개의 단백질로 둘러싸인 나쁜 소식"이라고 표현했다. 이 문장은 '한 개의 단백질'이라는 바이러스의 특성과 '나쁜 소식'으로 운위되는 감염증의 발발로 인한 피로감을 효과적으로 드러낸다.

'한 개의 단백질'에 불과한 바이러스는 이 단순성 덕분에 자신의 목표와 목적에 따라 숙주와의 관계를 자유로이 설정한다. 이 과정에서 일시적으로 숙주의 "육체적 · 정신적 · 사회적으로 온전히 안녕한 상태"[1]가 훼손되지만, 양자가 오랫동안 상호 관계를 맺고 적응하는 사이에 바이러스는 독성이 줄고 숙주는 내성이 증가하여 일종의 평형상태에 도달한다. 문제는 다른 곳에서 발생한다. 바이러스가 새로운 숙주 동물종의 몸속에 들어가는 종간 전파가 그것이다. 바이러스와 새로운 숙주가 평형상태에 도달하려면 이전의 숙주가 그랬던 것

---

1) 1958년 세계보건기구는 "건강이란 단순히 질병이 없거나 병약하지 않은 상태가 아닌, 육체적 · 정신적 · 사회적으로 온전히 안녕한 상태"라는 적극적 정의를 시도했다. Consitution of the World Health Organization(preamble), The First then Years of the World Health Organization, Geneva: W.H.O., 1958.

처럼 고통스럽고 지난한 과정을 거쳐야 한다. 우리는 이 과정을 코로나바이러스감염증-19(이하, '코로나19')로 경험하고 있다.

코로나19가 시작된 이래로 전 세계는 감염병으로 인해 일상이 붕괴할 수 있음을 마주했다. 2019년 말부터 우리는 일상 속 생명을 위협받고, 물리적 자유를 제한당했으며, '코로나 블루'로 불리는 불안과 우울을 마주하고 있다.[2] 그리고 장기화하는 사태 속에서 막연한 희망과 위안, 그리고 벗어날 수 없는 공포가 뒤엉킨 '위드 코로나', '포스트 코로나Post Corona[3]'와 같은 단어를 마주하는 가운데 보지 못했거나 눈길을 거두어 왔던 경제적 위기와 사회적 진통이 수면으로 부상하는 광경을 보게 되었다. 가령 2020년 1월, 2월에 영국과 미국에서 지속해서 보고되었던 제노포비아Xenophobia 관련 사건은 코로나 사태에서 발생하는 안전에 대한 위협감과 불안한 정서가 객관적 판단을 요하는 사안에 대해서도 과민반응이나 비합리적인 판단을 유발할 수 있음을 보여주었다.[4]

이처럼 우리는 "한 개의 단백질로 둘러싸인 나쁜 소식"을 견디면

---

2) 경기연구원의 조사에 따르면 2020년 5월 당시 조사 대상의 48%가 코로나 사태 이후 우울감을 경험하고 있고, 수면 장애 비율이 20%에 이른다. 특히 우울감은 전업 주부와 자영업자들이, 수면 장애 비율은 계약직과 같은 경제적 취약 계층에서 두드러졌다.

3) 2020년 3월 「월스트리트저널」과 세계경제포럼 등의 칼럼에서 사용되면서 널리 인용되고 있는 '포스트 코로나'는 감염병의 유행 이후인지, 감염병의 종식 이후인지를 명확히 하지 못한다는 점에서 그 뜻이 정확하지 않다. 그럼에도 사회적 변화 양상과 추이를 의미하는 용어로 널리 사용되고 있다. '포스트(post)'라는 지극히 중의적인 의미로 쓰여왔던 단어의 함의를 도출하는 게 '포스트코로나'를 준비하는 첫걸음일 것이다.

4) 코로나 사태 초반, 이민자와 외국인에 대한 혐오 정서가 증가한 사례는 영국과 미국에 국한하지 않는다. 대한민국에서도 실제 위험성을 떠나 중국인의 상가출입을 금지하고, 공공장소에서 외국인을 이유 없이 비난했으며, 교실에서는 다문화 청소년이 교사와 친구들에 의해 자행되는 혐오표현으로 심리적 고통을 느껴야 했다. 강경민 · 김동욱, 「폐렴보다 무섭게 퍼지는 '중국인 혐오'… 침 뱉고 출입 막고 막말」, 『한경닷컴』, 2020.02.03., (www.hankyung.com/international/article/202002036143). ; 조영관, 「'코로나 시대' 이주민 배제와 차별 이제 그만」, 『아시아레터』, 2020.04.21.,(http://www.peoplepower21.org/International/1700532)(검색일자 : 2022.11.25.)

서 감염병의 횡행과 무관하게 불안과 공포, 그리고 '이후'에 대한 요구가 대중의 상상 속에서 은유로 존재할 수 있음을 체감하고, 외집단outgroup으로 인식되기 쉬운 집단에 대한 편견이 얼마나 빠르고 넓게 형성될 수 있는지, 이 편견이 얼마나 가혹한 행동으로 이어질 수 있는지를 알게 되었다. 요컨대 질병이 환자나 의사, 사회의 역할을 기술하고 확립하며 이러한 역할을 권리와 의무로 구조화하는 가운데 정치적 · 미적 · 윤리적으로 새로운 표준이 무엇인지를 살피게 한 것이다.

병이 나쁜 거지 사람이 나쁜 건 아니지 않나요?

2020년 5월, 이른바 '이태원 클럽발 코로나19 집단감염사태(이하, '이태원 사태')'가 일어났다. 당시의 표준이었던 확진자의 동선이 공개되자 우리 사회의 상당수는 감염자의 상태를 걱정하거나 왜 방역 수칙을 준수하지 않았냐고 비난하기보다 그가 성 소수자 클럽에 방문했다는 사실에 주목했다. 대중의 궁금증을 해소하기 위해서였는지, 그에 편승하려 했던 것인지는 알 수 없으나 언론의 성 소수자 집단을 향한 악의적인 보도를 시작했다. 이 과정에서 확진자의 개인정보가 노출됐고, 이름뿐이던 방문 장소가 구체적인 뜻을 지니게 되었다.

여기까지가 제3자의 입장에서 바라본 '이태원 사태'다. 이제 당사자의 목소리를 들어볼 차례다. 박상영의 연작소설 『믿음에 대하여』는 5월, 이태원에서 '이태원 사태'를 바라보았던 '이쪽 사람'의 이야기를 비교적 상세히 다루고 있다. '이쪽 사람'이 기억하는 2020

년 5월, 이태원. 그때 그곳에서는 어떤 사건이 아니라, 감정이 남았을까.

소설에서 '이태원 사태'는 슈퍼 전파자인 '기남시 55번 확진자'에서 시작됐다. 그는 빠른 속도로 "언론의 메인 뉴스를 장식했다. 그가 연휴 기간 돌아다닌 동선, 업소의 명단이 공개되었고, 인터넷에는 그가 만났던 사람들과 그의 회사까지 낱낱이 까발려졌다." '기남시 55번 확진자'로 인해 그의 "회사가 통째로 셧다운됐으며, 거기서 근무하는 천여 명이 모두 자가격리에 들어갔다"고도 알려진다. 그리고 '이쪽 사람'이 아닌 경우와 달리, '기남시 55번 확진자'와 무관할 불특정 다수의 성 소수자 집단이 동시에 부각되고, 사회적 지탄을 받는다.

> 기남시 55번 확진자의 회사가 통째로 셧다운됐으며, 거기서 근무하는 천여 명이 모두 자가격리에 들어갔다고 했다. 포털 사이트 뉴스난에 들어가보니 유흥에 미쳐 타인에게 피해를 주는 사람들, 이 시국에 성적 욕망을 풀기 위해 거리로 술집으로 뛰쳐나온 더러운 동성애자들이라며 댓글마다 비난이 가득했다.
>
> — 박상영, 「보름 이후의 사랑」, 『믿음에 대하여』, 문학동네, 2022, 103쪽.

포털사이트에서 제공하는 뉴스에 달린 댓글은 '기남시 55번 확진자'를 "유흥에 미쳐 타인에게 피해를 주는 사람들, 이 시국에 성적 욕망을 풀기 위해 거리로 술집으로 뛰쳐나온 더러운 동성애자"라고 비난한다. '기남시 55번 확진자'가 "유흥에 미쳐"있는지, "성적 욕망을 풀기 위해" 나온 것인지, "더러운 동성애자"인지는 댓글 작성자들에게 중요하지 않다. 이들에게는 감염병으로 인한 공포와 불안을 비난으로 바꾸어 쏟아부을 대상이 필요할 뿐이다.

'기남시 55번 확진자'를 향하던 "비난이 가득"한 댓글이 조롱과 비아냥으로 바뀌는 데에는 오랜 시간이 걸리지 않는다.

> 동기인 누군가가 요즘 인터넷에서 유행하는 짤방이라며 링크를 올렸다. 55번 확진자가 들렀던 게이 클럽의 전경이라고 했다. 마스크를 쓴 채 걸 그룹 노래에 맞춰 춤을 추는 사람들의 모습이 흘러나왔는데 영상 제목이 '암컷 게이가 수컷들에게 구애를 하는 춤'이었다.
>
> — 이걸 춤천지라고 부른대
>
> — ㅋㅋㅋㅋㅋㅋㅋㅋㅋㅋㅋㅋ
>
> 채팅방 사람들이 연신 웃어댔다. 나는 전혀 웃기지 않았다. 저 무대 위 사람들이 구애를 위한 몸짓을 하는 것처럼 보이지 않았다. 그것은 차라리 일주일 내내 구겨져 있던 이들이 모든 걸 다 내려놓고 추는 살풀이에 가까워보였다. 나는 아무 말도 하지 않고 창을 닫아버렸다.
>
> — 박상영, 앞의 글, 103~104쪽.

그러나 성 소수자가 정부의 방역 대책에 불성실했다는 증거는 어디에도서도 찾을 수 없었다. 실제로 다수가 정부의 대책에 적극적으로 따랐음에도 불구하고, 코로나19에 대한 불안이 높은 상황에서 그들을 향한 낙인이나 편견이 더욱 심화한 것이다.

팬데믹은 새로운 정치적 기준—특히 생명관리정치의 기준—을 요구한다.[5] 우리는 팬데믹 상황으로 각각의 집에 갇히면서 사회를 영토가 아니라 감염망 지도를 통해 다시 인식하게 되었고, 자연스럽게 이전 시기와는 다른 방식의 사회적 관계 맺기를 고무하고, 드러내고, 구성했다. 이 정동적 네트워크 속에서 감염병으로 인한 공포와 불안을 비난으로 치환하여 외집단에게 쏟아붓는 상황을 우리는 어떻게 생각해야 할까? 무엇보다 하루가 멀다 하고 쏟아지던 비난과 조롱, 그리고 혐오의 문장을 마주해야 했던 '이쪽 사람'의 마음은 아물었을까? 아물어 가고 있을까?

> 세상 사람들 모두가 누군가의 탓을 하는 시대에 나는 누구를, 무엇을 원망해야 할지 몰랐다. 하루에 십수 명이 확진될 땐 세상이 무너질 것처럼 야단하며 확진자 동선을 낱낱이 공개하고 술집 영업을 제한하더니 이제는 하루에 몇십만 명이 걸려도 아무런 통제도 하지 않는 정부를? 이태원 상권이 싸그리 몰락한 이 판국에도 단 한 푼도 빼먹지 않고 꼬박꼬박 임대료를 받아 챙기는 건물주를? 아니면 딱 요맘때 이태원을 헤집었던, 기남시 55번 환자를? 최초로 한국에 이 병을 들여온 사람을? 아니면 어머니가 그토록 믿는 신을 탓해야 하나? 아무것도 믿지 않는 나는 도통 무엇을 탓해야 할지 알 수가 없었다. 그래서 나는 나 자신의 탓으로 돌리기로, 이 모든 것들에 제대로 대처하지 못한 나 자신을 비난하기로 하는 수밖에는 없었다.
>
> — 박상영, 「믿음에 대하여」, 『믿음에 대하여』, 문학동네, 2022, 225쪽.

"도통 무엇을 탓해야 할지 알 수가 없"었던 이들은 '철우'처럼 "자신을 비난하기로 하는" 쪽을 선택했다. "인생에 진짜 마지막은 언제

---

5) 삶의 재생산에 필수적이었던 사회성이 '생존위협'이자 죽음과 밀접하게 관련한 문제가 되었고, '사회적인'의 의미가 달라진다. 뒤르캠의 문장을 빌리면 사회성의 두 가지 핵심 원리인 영토를 기반으로 "역동적 면대면 상호작용"과 "인간 행위자들에 대한 구조적인 결정력" 모두가 재편되는 셈이다.

나 남아 있는 법이"므로 '이쪽 사람' 들의 내일은 점칠 수는 없다.

그러나 우리는 이제 알고 있다. 소설과 성 소수자 커뮤니티를 오갔던 '썰' 그리고 2020년 5월에 작성되었던 기사가 팬데믹으로 인해 성 소수자가 마주해야 했던 현실적인 문제, 즉 한 명의 감염자로 인해 발생한 비난과 혐오에 대한 극심한 스트레스와 공포를 드러냈다는 것. 어쩌면 소수자 집단은 그들을 향한 비난과 혐오 표현으로 코로나19라는 프랙탈fractal이 무엇으로 구성돼 있는지를 그 어떤 집단보다 또렷하게 보여준 셈이다.

코로나19가 남긴 탈진실Post Truth

감염병의 횡행과 함께 거론되는 대표적인 인간의 신체는 무엇일까? "카드모스의 집은 감염병으로 비어가고, 검은 하데스는 신음과 애곡으로 번영을 누리"[6]던 때로부터 미증유의 팬데믹으로 전 세계가 신음하는 지금에 이르기까지 '입' 은 감염병의 은유로 자리해 왔다. 특히 코로나19는 네트워크를 타고 무수한 인포데믹이 양산되어 '가짜뉴스' 가 그 어떤 감염병보다 두드러졌다. 사실 '가짜뉴스' 는 본질적으로 사실 여부를 검증할 수 있다. 그러나 특수한 목적을 위해 허위 정보를 포함하여 생산 · 유통하는 만큼 그 힘은 약하지 않았다.[7] 코로나19를 치료하려면 표백제를 마시라거나 염산을 뿌리면 감염되지 않을 수 있다는 오정보, 목구멍을 촉촉이 유지하고 매

6) 소포클레스, 강대진 옮김, 『오이디푸스 왕』, 민음사, 21쪽.

7) K. Shu, A. Sliva, S. Wang, J. Tang, and H. Liu(2017), "Fake news detection on social media: A data mining perspective." *ACM SIGKDD Explorations Newsletter* 19(1), pp.22~36.

운 음식을 피하라는 말도 확산했다. 특히 고농도 알코올이 코로나 19 감염으로부터 인체를 지켜주고 바이러스를 죽인다는 '가짜뉴스'를 믿은 이 중 60명은 실명했다.[8] 우리나라에서도 '가짜뉴스'는 적지 않았고, 이들은 "유트브도 비메오도 아닌, 태어나서 처음 보는 스트리밍 사이트에 올라온 영상"이 "단체 채팅방"을 통해 확산했다.

> 노인 대상으로 백신 접종이 시작됐을 때에도 어머니는 맞지 않겠다고 난리를 피웠다. 늙은이들에게 정체불명의 백신이 배정됐다는 둥 이상한 소리를 하기에 도대체 어디서 그런 소리를 들었느냐고 물어봤더니 교회 단체 채팅방에서 받았다는 한 동영상 링크를 보내왔다. 유튜브도 비메오도 아닌, 태어나서 처음 보는 스트리밍 사이트에 올라온 영상이었는데, 한눈에 봐도 조악하기 그지 없었다. 빌 게이츠를 주축으로 베일 뒤에서 세계를 조종하려는 세력이 가짜 바이러스를 퍼뜨렸으며 아주 작은 나노로봇을 넣은 백신을 유통해 인간의 의지를 조종하려 한다는 내용이었다. 자신을 전문의라고 소개한 한 백인 남성이 백신 주사를 맞은 부위에 자석을 붙이는 퍼포먼스도 나왔다(놀랍게도 자석이 팔에 철썩 붙었다).
>
> — 박상영, 앞의 글, 216쪽.

왜 전 세계적으로 가짜뉴스 현상이 확산하고 있을까? 코로나19라는 미증유의 사태가 야기한 공포가 객관적 사실보다는 감정과 개인적 믿음에 대한 호소가 여론 현상에 더욱 큰 영향을 미치는 현상을 나타낸 결과는 아닐까. 탈진실이 잡은 곳에는 사실관계를 확인하려는 노력이 사라지고, 감정싸움이 전면에 나타났다. 이제 우리는 명

8) 이재영, 「"알코올이 코로나에 좋다"…가짜뉴스에 최소 800명 사망」, 연합뉴스, 2020.08.13.,(https://www.yna.co.kr/view/AKR20200813129800009)(검색일자 : 2022.11.25.)

확한 사실관계를 통해 의견을 비판적으로 검토하기보다, 믿고 싶은 것, 이해할 수 있는 것을 사실로 착각하며 살고 있다.

배명훈의 「차카타파하의 열망」은 탈진실의 결과라고 불러도 좋아 보인다. 소설은 비말감염으로 인한 두려움을 없애기 위해 비교적 수월한 '마스크 착용'이 아니라, 거센소리를 포기한 세상에서 시작된다.

'나'는 역사학도로 "역사학 연구자로서 선입견 없이 한 시대를 받아들이게 하는 것"을 유일한 목적으로 삼는 "도서관처럼 생긴 문서고" '격리실습실'에서 "2020년 어느 날을 기준으로 그 이전에 만들어진 정보만 모아놓은 근대사 아가이브"를 연구한다. '나'의 주제는 "2020년에 한국에서 처음 열린 걸링 리그"다. "아무도 몸사움을 하지 않고 단 한 번의 반정 시비도 일어나지 않으며 내내 화기애애한 분위기에서 벌져지는 지열한 승부의 세계!"를 자랑하던 이 리그는 그러나 "그 유명한 2019년 감염병의 여바"로 "블레이오브를 고압에 두고 중단되고 말았다."

'옛날 영상'에 등장하는 '근대인'에 대한 '나'의 불편한 감정은 소설 곳곳에 자리하고 있다. 특히 '나'에게 "2020년 사람들의 발성은 너무 이상했다. 곡 집어 말할 수는 없지만 어전지 오래 듣고 있기가 거북"할 정도이고, "선수가! 경기 중에!" "짐을 뱉는" 야구 경기는 충격에 가깝다. "2020년이, 그 유명한 대감염병의 시대가, 근대사의 변곡점으로 다뤄지는 것부더가 마음에 들지 않"는 '나'에게 2020년은 어떤 의미일까?

실습실에 들여서는 안 되는 사전 지식이지만, 근대인들에게 2020년은 혐오를 재발견하는 시기였다. 혐오가 죄조로 발명된 게 아니고, 잠재해 있던 혐오를 하나하나 그집어내기 시작안 시대라는 듯이다. 감염병이 전 세계에 버지자 사람들은 다른 사람들을 적극적으로 증오하기 시작했다. 원래도 싫어했지만 이제 더는 숨기지도 않았다. 그래서 이 시기의 혐오에 관해서는 남아 있는 자료가 엄청나게 많았다. 말도 안 되게 많았다. 슬모없는 21세기인들 같으니.

— 배명훈, 「차카타파의 열망으로 3화」, 『SF엔솔러지 Pandemic』,
밀리의서재 오리지널, 2020. 8쪽.

'나'에게 2020년은 "혐오를 재발견하는 시기"였다. 2020년을 기점으로 '근대인'은 "2019년의 삶을 불결하다고 느끼기 시작"하고, "2021년 사람들은 2020년의 생활 양식마저 비위생적이라 느꼈"다. '나'의 세계에서 시간이란 이전 시간을 부정하고, 혐오함으로서 우월감을 느끼는 시대에 불과하다.

소설의 말미에서 '서한지'로부터 탈출을 권유받은 '나'는 "달줄같은 거 빌요 없"지만, "그가 나에게 "탈출"을 권했기에 나는 나도 모르게 그 손을 잡"고 만다. 이 과정에서 "서한지에게서 날아온 침이 얼굴에 닿"는 "비명을 질러야"할 정도의 사건이 벌어지지만 '나'는 "가다르시스를 느꼈"을 뿐이다. "탈출" 후 '나'는 "오염되었고 실습은 실배"하였음을 알았지만, 이와 동시에 '장문으로 막여 있었던 22세기'를 통해 "비로소 2020년을 이해하게 되었다."

남은 문제들

2020년 5월 6일, 이태원의 한 게이 클럽이 지역사회 감염자가 클럽에 들렀다는 것을 알리며, 확진자에 대한 비난과 추측을 자제할 것을 요청하는 글을 SNS에 게시했다. 그러나 정보를 투명하게 공개하여 "모두의 안전"을 지키려는 작성자의 의도와 달리, 이 게시물은 기사 「이태원 게이클럽에 코로나19 확진자 다녀갔다」에 전용되었고, 게이 클럽은 '이태원 사태'의 진원지로 지목됐다. 확진자의 거주지와 직종은 순식간에 공개되었고, 언론은 그가 이른바 '블랙수면방'에 들렀다는 이유로 변태적인 성적 실천에 대한 혐오와 공포를 자극하는 르포 기사를 내보냈다. 2020년 5월 초부터 5월 중순까지 SNS에서 성 소수자 혐오 발언은 크게 상승했다.[9] 이태원 클럽에 다녀온 이들은 코로나 검사와 자가격리 과정을 거치면서 HIV 감염 감염 여부를 대답해야 했고, 동선이 노출돼 아웃팅outing 당하거나 그럴 수 있다는 두려움에 직장에 사직서를 제출하기도 했다는 이야기가 커뮤니티를 떠돌았다.[10] 사실 여부와 상관없이 소설과 커뮤니티의 '썰'은 성 소수자가 마주해야 했던 현실적인 문제, 즉 한 명의 감염자로 인해 발생한 비난과 혐오에 대한 극심한 스트레스와 공포를 드러낸다.

한편 이 스트레스와 공포는 확인하려는 의지가 있다면 충분히 사실인지 거짓인지를 가릴 수 있는 '가짜뉴스' 속에서 피해자의 수를 불렸다. 아니, 더 정확히 이야기하면 코로나19는 공포가 객관적 사실보다는 감정과 개인적 믿음에 대한 호소가 여론 현상에 더욱 큰 영향을 미치는 현상을 나타낸 탈진실 그 자체일지도 모른다. 그리고

9) 해당 기간 성 소수자 혐오발언은 하루 평균 15,000여 건에 달했고, 성 소수자에 대한 부정적인 언급 비율은 89%였다. 국가인권위원회, 『2020 국가인권위원회 통계』, 2020, 20쪽, 24쪽.

10) 선우, 「"이태원에서 혹여 게이인 게 들킬까 봐 무섭다고 했어"—코로나가 이태원에 남긴 혐오의 흔적」, 『프레시안』, 2020.6.17.,(https://www.pressian.com/pages/articles/2020061710442844467)(검색일자 : 2022.11.25.).

이 즈음에서 우리는 코로나19의 진짜 이름이 무엇이어야 하는지를 고민하게 된다.

일찍이 수전 손택Susan Sonteag은 『은유로서의 질병*Lllness as Metaphor and AIDS and Its Metaphors*』에서 아리스토텔레스의 전통을 좇아[11] 은유를 "한 사물에 다른 사물에 속하는 이름을 부여하기"[12] 라고 정의했다. 이 때문에 감염병은 지극히 '의학적'인 동시에 '문학적'이고 '신화적'일 수 있다. 이 깨달음은 이는 포스트코로나 시대를 준비하는 단초이기도 하다. 연민과 공포를 정화하여 진실의 명료한 인식과 도덕적 고양에 도달하는, 질병에서 비롯한 온갖 오염된 감정과 반지성적 신화화에서 벗어나 "병은 메타포가 아니며, 병을 대하는 가장 진실한 방법이자 병을 겪는 가장 건강한 방법은 메타포적 생각을 되도록 정화하고 그것에 가장 저항하는 것"임을 깨달아야 할 것이다.

---

11) 일찍이 아리스토텔레스는 『시학Poetics』에서 생리혈, 정액, 대소변 등을 신체 밖으로 배출하는 활동을 가리키는 의학 용어 카타르시스(catharsis)를 서사시, 비극 그리고 희극으로 대표되는 허구의 세계에 적용했다. Asristotle, "Poetics." Vencent B. Leitch, et al., *The Norton Anthology of Theory and Criticism*, W. W. Northon & Company, 2001, p.95.

12) Susan Sonteag, *Lllness as Metaphor and AIDS and Its Metaphors*, Picador USA, 1978, p.93.